CHAPITRE I

Lucie et Marie paressaient à la fenêtre de leur chambre, scrutant l'horizon dans cette grande maison de campagne qui les avait vu grandir. Vingt ans déjà que les jumelles y avaient vu le jour.

Les vacances débutaient dans une lourdeur pesante, étouffante, prélude à un été chaud et un ennui mortel déjà installé. Cette journée-là, plus que les autres, ne semblait promettre que moiteur et monotonie.

Les deux sœurs guettaient la venue d'un invité, impatientes, et déjà une voiture blanche annonça son arrivée. À l'approche du véhicule, elles dévalèrent les escaliers pour l'accueillir.

Un jeune homme, grand et blond, se dressa hors du véhicule suivit de ses parents. Tout droit venu de la ville, et non mécontent d'arriver enfin à destination, José salua ses cousines d'une bise retenue.

La distance qui les tenait éloignés au quotidien ne leur permettait de se voir que très rarement et, pourtant, un lien très fort les unissait.

Profitant de cette journée ensoleillée, celui qu'elles considéraient comme leur propre frère avait parcouru les nombreux kilomètres qui les séparaient pour leur rendre visite.

À mesure que le soleil gagnait son zénith, la maisonnée souffrait un peu plus de la canicule.

N'y tenant plus, Marie suggéra une balade jusqu'au petit bois voisin pour y trouver un peu de fraîcheur. À peine les nouveaux venus avaient-ils eu le temps de se poser.

L'idée ravit Lucie et José, mais leurs parents n'exprimèrent aucune envie de quitter la maison et les encouragèrent à s'y rendre sans eux. José, Marie et Lucie s'exécutèrent sans se faire prier.

La gourde sanglée au porte-bidon, sac sur le dos, ils enfourchèrent leur vélo pour foncer en direction du bois.

L'astre étincelant brûlait leur visage à mesure qu'ils pédalaient vers le bois. L'écrasante chaleur appesantissait chaque coup de pédale, les mains moites glissaient sur le guidon. Parfois, ils s'arrêtaient pour boire une gorgée d'eau plus vraiment fraîche. Et parfois l'un d'eux regrettait presque d'avoir quitté le confort et l'ombre de la maison de leurs parents et songeait à faire demi-tour. Quelque vingt minutes plus tard, ils pénétrèrent enfin le petit bois sombre, berceau d'une surprenante sensation de fraîcheur bienfaitrice. La route pour y parvenir s'était révélée longue et pénible sous un ciel ardent et une atmosphère étouffante. Cet air frais soudain et enveloppant s'offrit à eux comme la récompense de leurs efforts.

José, Lucie et Marie prirent le temps de descendre de vélo pour se reposer un instant sans avoir à souffrir de la morsure du soleil. Ils marchèrent un temps à côté de leur monture mécanique avant de la chevaucher de nouveau. Il s'en fallu de peu de temps avant qu'ils ne voient s'achever la traversée de la parcelle boisée. Explorée, d'un bout à l'autre, ils durent se résigner à la quitter.

Le goût de Lucie pour les excursions dans les bois la poussait à s'y aventurer fréquemment pour y rêvasser, quitter un instant le monde bruyant de la civilisation. Elle y trouvait là son havre de paix. Alors les environs, elle pouvait se vanter de bien les connaître. Elle et ses camarades n'avaient nulle envie de rentrer déjà. Elle leur proposa alors de les emmener dans un autre bois, un bois qui, cette fois, offrirait une étendue plus vaste à parcourir et promettait une vraie randonnée.

Marie, José et Lucie se connaissaient par cœur et le sens de l'orientation plus que discutable de cette dernière ne leur avait jamais échappé. Ils la suivirent mais non sans quelques réticences.

« T'es sûr de savoir où tu nous emmènes ? s'assura José

— Mais oui, c'est pas la première fois que je me balade par ici, je connais bien le coin. »

Lucie se voulu rassurante, à peine froissée par leurs appréhensions sur ses qualités de guide.

Les liens qui les unissaient tous trois étaient étranges, incompréhensibles. Nul n'aurait su expliquer pourquoi ils s'entendaient si bien. En tous points différents, tant par leur physique que par leur personnalité, rien ne leur semblait commun. Marie et Lucie étaient aussi brunes que leur cousin était blond, leur silhouette svelte drapée d'une longue chevelure, leur frimousse illuminée d'un large sourire et leur regard rieur couleur noisette contrastaient avec la carrure large, la blondeur et l'air pincé soutenu d'un regard bleu de José. Et, bien qu'elles soient aussi calmes et posées qu'il fut nerveux et colérique, ils s'adoraient.

Pourtant, si tout semblait les opposer, une passion commune pour les mondes chimériques les unissait. Lors de leurs rares retrouvailles, ce sujet nourrissait toutes leurs conversations, à l'écart des adultes trop terre à terre.

Si Lucie ne s'était pas sentie piquée par l'appréhension non masquée de José, c'est qu'elle doutait elle-même. Elle se souvenait s'être souvent perdue et si elle était parvenue à gagner d'autres bois ce fut souvent le résultat du hasard à la suite d'égarements fréquents.

Sur une route de bitume ombragée, préservés de la brûlure de l'astre, ils pédalèrent encore quelque temps avant de gagner, tout à fait, le bois recherché. Et bien que Lucie le retrouva sans mal, il n'en fut pas de même du chemin de randonnée qu'il leur fallait emprunter.
Finalement confiants, Marie et José suivaient leur guide sans protester. Comme à son habitude, Lucie cheminait au hasard des sentiers, curieuse de voir où ils pourraient bien les mener.
Quelque trente minutes passées, José comprit que sa cousine ignorait tout à fait où elle les menait. Engagés dans une forêt plus étendue qu'ils ne le soupçonnaient en y pénétrant, ils s'y étaient enfoncés profondément, sans doute, puisque l'orée avait disparu de l'horizon, avalée par des ares de verdure et de bois.

Perdus au beau milieu, la direction à prendre pour en sortir leur restait totalement inconnue. Lucie se garda bien d'en faire la remarque, espérant voir la solution se présenter d'elle-même. Marie et José, non dupes, gardaient le silence, attendant de découvrir où Lucie les mènerait.

Les sentiers empruntés paraissaient semblables les uns aux autres. Un instant, ils leur semblaient reconnaître un arbre, l'instant d'après un tronc gisant, là un talus, là une crevasse. L'impression de tourner en rond les envahit progressivement.
À perte de vue, ne demeurait que la nature pour seule maîtresse des lieux. Ni trace d'issue, ni âme qui vive pour leur indiquer le chemin à prendre.

Lucie se résigna à stopper là la balade et descendit de vélo.

Culpabilisant, les mots lui manquaient pour annoncer leur situation mais sa mine déconfite la trahit. José et Marie, pied à terre, ne comptaient pas se priver de l'en blâmer. Cela faisait plus d'une heure qu'ils avaient quitté la maison et leur famille ne tarderait pas à s'inquiéter.

« Alors ! Je croyais que tu connaissais bien le coin !? attaqua Marie.

— Ouais, maintenant à cause de toi, on est perdus ! renchérit aussitôt José.

— Ça va ! Vous croyez que je l'ai fait exprès peut-être ? Je n'y suis pour rien si tous les chemins se ressemblent ! Je me suis trompée, ça arrive à tout le monde ! »

Lucie ne leur laissa pas le temps de rétorquer.

« Maintenant, au lieu de râler, vous pourriez m'aider à retrouver le bon chemin ! »

Aucune objection ne fusa et chacun prit un instant de réflexion avant de voir Marie proposer, la première, une solution. Mais cette idée ne fit pas l'unanimité.

« Et si on se séparait ? Comme ça, on cherche la sortie chacun de notre côté et on se retrouve ici dans trente minutes pour faire le point. Y'en aura bien un d'entre nous qui trouvera un moyen de sortir de cette forêt ! On aura trois fois plus de chance de trouver !

— Et trois fois plus de chance de s'éparpiller dans la forêt et de se retrouver perdu tout seul ! T'as vraiment des plans géniaux toi ! critiqua Lucie, volontairement sarcastique.

— Trop forte la fille ! Allez ! on va tous se perdre chacun de son côté ! Super !!! railla José, sautant sur l'occasion pour tourner en dérision la suggestion de sa cousine.

— Tu crois qu'on va retrouver le chemin jusqu'ici si on s'éloigne alors qu'on n'arrive même pas à retrouver la sortie ? Ajouta Lucie plus sérieusement. Et puis, tout seul, on n'a encore moins de chance de la trouver ! Non, je propose qu'on reste groupé, ça vaut mieux. Au moins, si l'un de nous arrive à sortir, on est sûr que les deux autres sortiront en même temps. »

Épuisés mais contraints d'avancer, ils enfourchèrent à nouveau leur vélo après décision du chemin à prendre. José, jusqu'alors resté sans émettre de suggestion, fut donc sollicité pour faire ce choix, ceux de ses cousines s'étant avérés douteux. Il opta pour la voie la plus dégagée, témoin de passages fréquents. À ce qu'il pensait, cela ne pouvait être que de bon augure.

Etait-ce un leurre pour tromper les malheureux égarés qui s'aventuraient là ? Moins de deux cents pas plus avant, la nature reprenait ses droits.

Nombreux furent les coups de pédales et les tours de roues avant de voir le sentier onduleux, devenu l'unique trajectoire possible, finir par disparaître de nouveau sous un tapis d'herbes folles et un mur de ronces parées d'épines effilées.

Face à ce spectacle désolant, Marie ne rata pas l'occasion de se venger des sarcasmes infligés plus tôt par son cousin.

« Merci, José, pour ta brillante idée !

— Oh ça va ! »

Aucun d'eux ne tenait vraiment à faire machine arrière. Ils tentèrent alors de traverser la barrière végétale en dépit de ses aiguilles menaçantes. Ce ne fut pas sans de pénibles efforts, ni sans s'écorcher les membres dont la peau, déjà rougie par la brûlure du soleil, se révélait d'autant plus sensible aux estafilades de ces aiguilles. Entraîner leur monture avec eux leur réclamait, également, une énergie considérable, mais ils n'envisagèrent pas un instant de les abandonner derrière eux. Ils se débattirent contre les branchages agressifs, frappant de nouveau chaque fois qu'ils tentaient de les repousser, s'agrippant férocement à leurs vêtements dont ils gardaient parfois un lambeau. José luttait farouchement, plus que ses cousines toujours très calmes, dans un duel acharné face aux ronces.

Très vite, ils s'aperçurent que le barrage hostile ne s'étendait pas plus que sur cinq ou six pas. Au-delà, le chemin redevenait net et praticable.

Bizarre, songea Lucie.

Le goût de l'aventure habitait Lucie, tout comme sa sœur. La situation la ravissait donc, en réalité, bien plus qu'elle ne l'inquiétait vraiment. Cette journée sans éclat, hormis celui du soleil, commençait à prendre une tournure inattendue et excitante loin de lui déplaire. Sans doute, leur réservait-elle encore d'autres surprises. Elle l'espérait.

José, bien loin de ces rêveries, se préoccupait davantage de ses bras meurtris et de ses vêtements restés prisonniers des épines.

« Bordel ! » Jura-t-il.

Marie et Lucie s'amusèrent de le voir ainsi se débattre. Tant bien que mal, ils s'extirpèrent énergiquement de leur piège et passèrent, victorieux, au travers.

Les habits transformés en lamentables chiffes, José laissa échapper un soupir de contrariété.

Une fois libre, il scruta l'horizon, aux côtés de Lucie et Marie, dans l'espoir d'y voir une aide.

Aussi loin que la forêt le leur permettait, ils ne parvenaient qu'à percevoir des arbres, petits et grands, agglutinés les uns aux autres, interdisant toute visibilité utile. Et, face à eux, le chemin maintenant dégagé dessinant un large coude.

José, Marie et Lucie, marchèrent à côté de leur vélo jusqu'à ce qu'ils puissent apercevoir ce que dissimulait la sinuosité. Au-delà, la piste disparaissait, de nouveau, derrière d'autres broussailles.

Plus que ce nouveau contretemps, un fait étrange et inhabituel retint l'attention de Lucie et lui laissa une drôle d'impression. Depuis leur extraction du piège de ronces, plus un chant d'oiseaux, ni grésillement d'insectes, ni bruissement de feuilles ne se faisait entendre. La nature faisait silence laissant penser que quelque chose d'important se préparait.

Mais elle était seule à constater ce changement plus qu'anormal et fit face au scepticisme de son cousin et sa sœur.

« Tu te fais des films ! » railla José, plus contrarié par son état vestimentaire que par les élucubrations de sa cousine.

Bien qu'elle leur sourit, Lucie demeura soucieuse face à cette altération troublante.

Les broussailles traversées, ils se remirent en selle pour suivre l'unique voie qu'offrait la forêt. Quelques dizaines de pas plus haut, un autre barrage végétal entravait le passage. Mère Nature ne se montrait décidément pas de leur côté.

Cette fois, la faute incombait à de grands saules pleureurs se serrant volontairement afin de barrer la route aux randonneurs indiscrets en donnant l'illusion que rien n'existait plus au-delà de leur luxuriant feuillage.

Mais il en eut fallu bien davantage pour les décourager. Motivés par leur curiosité, ils ne comptaient pas se laisser berner par quelques branches. Aussi écartèrent-ils les lianes de saule pour entrevoir ce qu'elles dissimulaient. Dense était le rideau qu'ils durent traverser, mais cela leur sembla toujours mieux qu'un nid d'épines.

Marie fut la première à regarder à travers la dernière épaisseur. Elle resta figée de stupeur. Revenue de sa surprise mais prise d'excitation, elle désira partager sa découverte, sans attendre, avec sa sœur et son cousin.

« Eh ! venez voir ce qu'il y a derrière ! J'y crois pas ! » les interpella-t-elle

José écarta à son tour les fines branches souples et resta médusé à son tour.

« Qu'est-ce que c'est que ça ?
— Ça ne se voit pas ?
— Ha, ha ! Si ça se voit. Mais qu'est-ce qu'elle fout là ?
— Bonne question. »

Tandis qu'ils débattaient, l'esprit de Lucie vagabondait à tout autre chose. Elle observait l'endroit où ils se tenaient, l'inspectait même, cherchant désespérément ne serait-ce que la présence d'un insecte, mais en vain. Tourmentée par ce silence inexpliqué et inquiétant, cette absence de vie autre que celle des arbres et des plantes hostiles à leur présence, elle rejoignit Marie et José près de l'arbre gardien du mystère qu'ils venaient de percer. A son tour, elle passa la tête entre les rameaux flexibles, poussant un peu sa sœur, un peu son cousin pour se faire une place entre eux.

« Faites voir ! Qu’est-ce qu’il y a là derrière ? »

Tout comme eux, elle fut stupéfiée par l'apparition.
Ce qui se dévoilait sous leurs yeux était plus qu'inattendu. Dans cet endroit tenu secret par quelques forces mystiques de la nature, à l'écart de tout, se dressait une vieille demeure de style colonial.

En cet instant, Lucie était certaine d'au moins une chose : le destin, ou peu importe le nom qu'il pouvait porter, les avait conduits jusque-là. Quelque soit la force les ayant menée en ce lieu, le hasard n'était pas seul coupable.

CHAPITRE II

« Mais qu'est-ce qu'une maison pareille fait dans la forêt ? s'interrogea Marie à voix haute.

— C'est pas normal ! À mon avis, personne n'a jamais dû la découvrir sinon elle ne serait pas isolée ici, présuma Lucie. Elle serait habitée.

— Qu'est-ce qui te dit qu'elle ne l'est pas ? » contesta José

Lucie dû admettre qu'elle n'en savait effectivement rien. Tout était possible.

« Si quelqu'un l'avait déjà vu, poursuivit Marie, ça m'étonnerait qu'elle n'ait pas retenu son attention. Vous avez vu la maison ? Elle attire bien l'attention, non ?!

— Tiens, suggéra Lucie, portée par son imagination, d'un ton rieur et bon enfant, ça me rappelle le conte d'Hansel et Gretel sauf que là, la maison n'est pas en pain d'épice. Si ça se trouve, il y a peut-être une sorcière à l'intérieur ! Et si on allait voir si quelqu'un y vit ?

— On peut toujours y aller mais ça m'étonnerait qu'on y trouve une sorcière.

— Ouais, grogna José, arrête de lire des contes de fées, ça te réussit pas !

— Bon ça va ! alors on y va oui ou non ?

— C'est parti ! » acquiescèrent-ils d'une seule voix.

Mais, avant même de faire un pas, José douta.

« Je ne suis pas sûr, finalement, qu'elle soit habitée. Vous imaginez, vous, que quelqu'un vive ici coupé du monde, au beau milieu d'une forêt ?

— C'est peut-être un vieil ermite ! suggéra alors Marie.

— N'exagérez pas ! Y'a quand même des routes autour de la forêt et la ville n'est pas si loin que ça. C'est pas parce qu'on n'arrive pas à en sortir que personne ne le peut. S'il y a quelqu'un ici, il doit certainement mieux connaître la forêt que nous !

— Ce serait super ! Bondit Marie, enthousiasmée par l'hypothèse de sa sœur. Comme ça, il pourra nous aider à retrouver notre chemin ! »

Effectivement, il s'agissait peut-être là de leur unique espoir de sortir enfin des bois.
Portés par ces paroles pleines de promesses réconfortantes, ils traversèrent le feuillage dense des grands saules. Les rameaux flexibles caressèrent de leurs longues feuilles lancéolées leurs bras meurtris plus tôt par les cruelles épines de ronces. Une caresse qui rassurait et mettait en confiance. Le caractère hostile de la forêt semblait loin derrière eux. Maintenant, elle paressait les inviter à s'engager plus profondément dans leur découverte. Elle les avait testés, ils s'étaient montrés audacieux, déterminés, elle les récompensait donc à la hauteur de leurs efforts.
Sitôt franchis, les branchages souples se rabattirent derrière eux, condamnant le passage comme un piège se refermant sur eux. Cernée d'immenses arbres formant une palissade imprenable, la maison se voyait protégée d'un rempart contre toute intrusion. La saulaie qui les encerclait désormais n'offrait plus aucune issue.

Ils se dévisagèrent tous trois un instant, partageant cette désagréable sensation qu'il leur était maintenant interdit de rebrousser chemin. Contraints mais tout autant curieux, ils se dirigèrent vers la mystérieuse maison.

Il leur sembla avoir pénétré au cœur de la forêt car, là, se trouvait une grande clairière dans laquelle reposait la demeure. De style colonial, les murs se bardaient de bois blanchi et la toiture se couvrait d'ardoises grises verdies de mousse. Visiblement en parfait état, exception faite de quelques volets cassés, elle semblait vaste, se composant, à première vue, d'un rez-de-chaussée et d'un étage supérieur. Un escalier central de trois larges marches menait à une petite terrasse couverte par un prolongement de la toiture et fermée d'une rambarde.
Quatre énormes piliers de bois supportaient une lourde poutre sur laquelle reposait cette toiture.
Sur l'estrade, une vieille banquette de bois, garnie de coussins rouges ternis par les années, attendait que l'on s'y asseye.
Deux grandes fenêtres, en guillotine, en perçaient les murs tandis

qu'une troisième, dans la toiture, ouvrait l'étage sur l'extérieur.
Les volets restés ouverts laissaient apparaître des vitres sales et poussiéreuses.

Traînant leurs vélos avec eux, ils les abandonnèrent dans les hautes herbes de la clairière pour gravir les marches du perron. Une fois face à la porte d'entrée, aucun d'eux n'osa frapper.
Ils jetèrent un coup d'œil furtif à travers les vitres, rendues opaques par la crasse, afin de s'assurer de son état d'occupation. Frottant du bout d'une manche la surface vitrée, ils ne purent qu'apercevoir, de l'autre côté, des persiennes, toutes fermées, certaines cassées. Rien ne laissait deviner ce qui se trouvait à l'intérieur de l'habitation. Elle ne leur livrerait pas si facilement ses aveux.

Marie revint sur la remarque de son cousin, parvenant à la même conclusion que ses camarades.

« Je suis d'accord avec toi, José ! Cette maison n'est certainement pas habitée ! »

Bien loin d'être découragée, Lucie brûlait de hâte de découvrir ce que recelait la demeure abandonnée.

« Alors, qu'est-ce qu'on fait, on entre ? » pressa-t-elle.

Désertée depuis fort longtemps semblait-il, une telle antique bâtisse renfermait sans nul doute des trésors fabuleux qu'ils comptaient bien découvrir. Cette idée engendra une impatiente excitation.

Empressés, ils se postèrent face à la porte à double battants. Elle ne possédait plus de poignée, mais avait conservé son énorme verrou cuivré.

José affectait de se montrer moins curieux que ses cousines et resta un peu en retrait lorsqu'elles s'avancèrent pour ouvrir la porte d'entrée. Marie, quant à elle, pouvait parfois se montrer moins téméraire que sa sœur.

« Vas-y, ouvre-la toi !
— Et si elle est fermée à clef ?
— Si tu n'essaies pas, on ne le saura jamais ! »

Fébrilement, Lucie poussa la porte. Par chance, elle ne se trouvait pas verrouillée et n'opposa aucune résistance. Elle grinça lentement sur ses gonds rouillés, emportant sur son passage quelques toiles d'araignée poussiéreuses. Se tournant alors vers son cousin et sa sœur, Lucie vit que José avait disparu.

« Où est José ?
— J'en sais rien. Je ne l'ai pas vu partir. »

D'abord surprises, puis inquiètes, elles le hélèrent d'une voix faible et prudente, de peur que quelqu'un d'autre ne les entende. Comment savoir si la maison était vraiment inhabitée, si personne ne s'y cachait ?
Elles furent très vite rassurées par sa réapparition d'un côté de la maison. José venait d'en faire le tour pour l'inspecter, mais revenait bredouille. L'arrière ne proposait rien de plus intéressant.

« Y'a rien de l'autre côté. Même pas une seule fenêtre, ni de porte. C'est bizarre, vous ne trouvez pas ? Heureusement que celle-là n'est pas fermée ! »

L'information ne manquait pas d'intérêt, pourtant Lucie n'y prêta guère attention, obsédée par ce qui les attendait à l'intérieur.

« Oui, c'est bizarre ! Bon alors, tu viens ? On entre tous les trois en même temps, d'accord ?
— D'accord !
— OK ! »

Sans plus attendre, Lucie passa le seuil de la porte la première. Marie et José lui emboîtèrent le pas.
Une fois dans l'entrée, la grande sobriété de l'intérieur mais aussi l'extrême saleté installée leur sautèrent immédiatement aux yeux. Sans aucun doute possible, furent-ils les premiers à y pénétrer depuis fort longtemps. Comme ils purent l'envisager, ils n'y trouvèrent aucune âme.
« P…, c'est vraiment dégueu ici ! Personne n'a jamais fait le ménage dans cette baraque! » Jura José

Marie, un peu plus détendue, analysa la situation avec humour, Lucie en profita pour blaguer, encourageant José à surenchérir.

« Cette fois c'est sûr, à voir les toiles d'araignée qu'il y a ici, personne n'y a mis les pieds depuis des années ! Et vous avez vu la couche de poussière ?!

— Si quelqu'un vit ici, il aurait bien besoin d'une femme de ménage ! À mon avis, cette maison est tellement vieille qu'ils ne devaient pas connaître le balai !

— Je parie que c'est en voyant la crasse qu'il y a ici qu'ils en ont eu l'idée ! »

S'ensuivit un fou rire collectif.

En dépit de la saleté, la maison semblait restée dans un état identique à celui de l'époque où elle demeurait habitée. Chaque pièce était soigneusement ordonnée. Leur fonction, attribuée autrefois, s'en trouvait facilement identifiable.

Leur calme retrouvé, ils examinèrent très sérieusement le décor de chaque pièce. Aussi grande fut la maison, le rez-de-chaussée ne se composait que d'une pièce unique. Très pauvrement meublé, l'intérieur se laissait deviner grâce à la timide clarté qui filtrait au travers des persiennes.

Le plafond se portait très haut au-dessus de leur tête et les murs jaunis apparaissaient nus de tout ornement.

À gauche de l'entrée, un reste de bois brûlé subsistait dans le foyer d'une petite cheminée et, reposant en face, une banquette identique à celle de la terrasse, témoignaient de soirées passées devant l'âtre.

À droite, une grande table aux pieds tournés, cernée de chaises en rotin, avait pu recevoir des tablées de six convives. Et, dans un coin, un poêle en fonte, sur lequel reposait encore une bouilloire, évoquait un espace cuisine à l'importance moindre. Tout cela, ils pouvaient se l'imaginer. S'imaginer aussi la couleur originelle du carrelage qu'ils devinaient couvrant le sol qu'ils foulaient. La poussière et l'encrassement le masquaient, mais un ton orangé se laissait deviner.

José, Marie et Lucie avancèrent prudemment dans la pièce, évitant, quand ils le pouvaient, les innombrables pièges de soie tissés

partout où leur regard se posait. Ils se dispersèrent aux quatre coins de la salle pour l'explorer. De profondes empreintes, laissées derrière eux dans l'épaisse couche de poussière, trahissaient leur passage.
Consciemment indiscrètes, Lucie et Marie fouillèrent les meubles en quête de quelques trésors oubliés. L'une explora le salon, l'autre la cuisine. La cheminée, parée d'un modeste encadrement sculpté de représentations florales, supportait une tablette sur laquelle Marie découvrit une carafe de verre blanc emplie d'eau jaunie par les siècles.

« Il faudrait la faire analyser », se moqua José, spectateur de l'inquisition perpétrée par ses cousines.

« À tous les coups elle est radioactive ! »

Ses persiflages les amusaient toujours.

À droite de la banquette, un petit meuble bas présentait une coupelle de cuivre. Vide, elle aussi.

Lucie n'eut pas plus de chance que sa sœur. Un petit meuble à persiennes, posé près du poêle, ne lui offrit que quelques assiettes en porcelaine, dont certaines ébréchées. Le contenu de son petit tiroir fut également sans intérêt.

La prospection du rez-de-chaussée se révéla infructueuse. Il ne recelait, hélas, ni objets de valeur, ni quelques documents d'époque dignes d'intérêt.

Ses cousines toutes à leurs fouilles, José poursuivit l'exploration de la pièce unique. De l'extérieur, un étage était visible. Il s'interrogeait donc sur le moyen d'y accéder. Son petit tour de la demeure lui avait révélé l'absence totale d'accès, cela se faisait donc de l'intérieur.
S'approchant davantage du fond de la pièce, il eut la surprise d'y découvrir un escalier. Faisant pourtant face à la porte d'entrée, ni lui ni ses cousines ne l'avaient alors remarqué. Pour cause, l'escalier se situait dans une alcôve très sombre du mur que le peu de lumière, perçant péniblement vitres et persiennes, ne parvenait à atteindre. José jugea alors opportun d'interrompre les investigations inutiles de ses cousines.

« Eh les filles ! Venez voir ce que j'ai trouvé. »

Elles échangèrent un regard interrogateur avant de mettre un terme à leur activité pour le rejoindre. Le mobilier sommaire n'avait plus rien à leur offrir.

Face à la découverte, Lucie se sentit envahie d'un frisson d'angoisse et devint hésitante. L'inconnu demeurait excitant tant que l'on y voyait quelque chose. L'obscurité de l'alcôve la rendait effrayante et dissuasive. José, quant à lui, impassible, conservait son pragmatisme.

« Qu'est-ce qu'on fait ? On monte ou on ne monte pas ?

— Personne n'a pensé à emporter une lampe torche ou un briquet par hasard ? »

Fouillant ses poches, Lucie brandit, victorieuse, une petite boîte.

« J'ai des allumettes, mais il nous faudrait des bougies !

— Je crois avoir vu des chandelles sur la cheminée, tout à l'heure » intervint Marie.

Elle se hâta de chercher les précieuses chandelles pour revenir au plus vite auprès d'eux, rassurée par leur proximité.

Chacun reçu la sienne, un peu cassée pour l'une, déjà consumé pour une autre mais bien utiles tout de même. Leur lumière leur apportait un sentiment de sécurité et un peu plus d'assurance.

Dehors, le soleil brillait toujours et chauffait l'intérieur de la maison. La cage d'escalier surchauffée et investie par la poussière offrait une atmosphère presque irrespirable. Quand ils le pouvaient, ils portaient une manche à leur nez pour s'en préserver.

Protecteur et plus assuré que ses cousines, José prit la tête pour gravir les marches de l'escalier. Ils montèrent lentement, pas à pas, écartant les toiles collantes sur leur passage. Lucie et Marie craignaient surtout d'en croiser les fileuses, frémissant dans des gémissements sans fin.

Secrètement anxieux, José peinait à conserver son sang-froid. Las de leurs jérémiades incessantes, il stoppa son ascension et fit brusquement volte-face.

« Vous allez la fermer ! »

Cet emportement inattendu trahit son angoisse. Interloquées, elles firent silence sans autre plainte.

Tout autant désireuse de découvrir ce que réservait l'étage, Marie se laissa pourtant envahir par l'angoisse que l'atmosphère étrange de la maison faisait naître chez chacun d'eux.

« Ce n'est peut-être pas une si bonne idée que ça finalement ! Et si on sortait d'ici ? »

Fruits de la peur, José et Lucie ignorèrent ses paroles. Sans même lui accorder de réponse, ils poursuivirent la montée des marches. Marie ne disposait d'autre choix que de les suivre au risque de se retrouver seule au rez-de-chaussée.

La maison si haute, l'escalier n'en finissait pas de s'élever. Coudé, il révéla, plus haut, de nouvelles marches qui grimpaient toujours davantage. Leurs pas lents et hésitants ralentissaient considérablement leur progression. José empoignait la rambarde poussiéreuse pour se hisser. Lucie et Marie s'agrippaient au bas de son t-shirt, un geste rassurant qui leur donnait du courage.

Les flammes chancelantes des chandelles révélaient l'anxiété dessinée sur leurs traits déformés par leur danse. La cire chaude coulait parfois sur leur main sans provoquer de douleur. Leur esprit demeurait focalisé sur l'ascension et ce qui les attendait en haut.

Enfin parvenus aux dernières marches, une nouvelle porte les accueillit. Travaillée avec plus de soins que celle de l'entrée, joliment ciselée, elle présentait une grosse poignée ronde et argentée.

Face à cette porte, il leur fallait désormais trouver le courage de l'ouvrir. Nombreuses furent les minutes qui s'écoulèrent avant que l'un d'eux n'ose enfin tourner la poignée pour, enfin, pousser la porte.

CHAPITRE III

Le silence installé dans la pâle lueur des bougies, seule leur respiration haletante venait briser ce calme oppressant. Un long regard échangé précéda le geste à la fois attendu et redouté.

Lassé du temps resté suspendu, José rassembla son courage et agit le premier. Le souffle court, il avança une main tremblante et hésitante vers la poignée argentée. La main serra fort le globe avant d'oser le tourner.
La porte s'écarta dans un léger grincement, déchira sur son passage quelques vieilles toiles avant de libérer un courant d'air frais venant alors leur caresser le visage.

Par-dessus une épaule, chacun tenta de voir l'intérieur de la pièce avant d'oser y pénétrer, mais le palier ne permettait aucune visibilité. Les entrailles serrées, ils s'avancèrent timidement avec le sentiment de violer une intimité. Passé le seuil, ils pénétrèrent dans une chambre détonnant avec la pièce solitaire du rez-de-chaussée. Une fenêtre à double battant, dépourvue de persienne, faisait face au palier. Bien qu'elle ne fut pas épargnée par la saleté, celle-ci laissait passer suffisamment de lumière pour éclairer passablement la chambre, meublée avec beaucoup plus de soins. Ses murs, dépouillés eux aussi d'ornement, se couvraient néanmoins de papier peint. Le sol en parquet disparaissait invariablement sous une épaisse couche de poussière.

Déambulant à travers la pièce sur un sol grinçant, Lucie, Marie et José observaient leur environnement. Sans déroger à leurs indiscrètes manies, dans l'idée de rendre cette visite productive, les sœurs s'intéressèrent de plus près au contenu du mobilier.

À peine visible dans la faible clarté, un secrétaire reposait sous la fenêtre. Ils pouvaient néanmoins le discerner comme un meuble ciselé d'une rare élégance. Un vieil encrier et un porte-plume garnissaient encore l'écritoire.

Marie en ouvrit, un à un, le grand tiroir central et les trois petits latéraux pour n'y découvrir que de vieux papiers jaunis et déchiquetés.

« À mon avis, des rongeurs sont passés avant nous ! »

De son côté, Lucie fouilla l'énorme garde-robe, sans fioriture, longeant le mur de droite. Elle en espérait de sublimes robes d'époques ou autres habits datant de l'époque des propriétaires de la demeure, mais en vain. L'imposant meuble avait été vidé. Il leur sembla alors tristement évident que cette bâtisse n'était pleine que de mystères et que rien de plus n'y avait été oublié. Lucie laissa échapper un profond soupir de déception.

« Eh bien, ce n'est pas ici qu'on va trouver de vieux trésors. À part les meubles, ils n'ont rien laissé de valeur et je me vois mal repartir avec une table ou une armoire sur mon vélo ! »

Cette remarque arracha un sourire à ses camarades.

La chambre trouva plus d'intérêt au regard de José et il ne tarda pas à imiter ses cousines. Examinant la partie gauche de la pièce, il rôda autour du grand lit à baldaquin. Un lit remarquable et immense, aux montants sculptés d'une main de maître et capable d'accueillir tout au moins cinq personnes pour s'y reposer. Bien que cette idée le fasse bailler, pour rien au monde il ne s'y serait étendu. La crasse et l'humidité imprégnées dans les draps suffisaient à le dégoûter raisonnablement pour lui ôter tout désir de sieste. Le mouchoir sur le nez, José mesurait chacun de ses gestes pour ne pas remuer trop de poussières au risque de réveiller ses vieilles allergies.

Il ouvrit le tiroir de chacun des deux meubles de chevet et, plus chanceux que ses cousines, y dénicha deux pièces d'argent anciennes qu'il s'empressa de glisser dans sa poche sans vraiment les regarder. Méthodique, il préférait achever d'explorer la chambre, le temps voulu pour les examiner viendrait bien assez tôt. Il prit, néanmoins, le temps de narguer ses cousines toujours bredouilles.

« Eh, les filles ! Moi, j'ai trouvé quelque chose !

— Quoi ? Qu'est-ce que t'as trouvé ?

— Montre-nous ! » s'impatientait déjà Marie

Curieuses et envieuses, les jumelles se précipitaient déjà sur lui. Il sortit les pièces quelques secondes, à peine le temps pour leur dévoiler, avant de les remettre tout aussitôt à l'abri de crainte qu'elles ne les lui dérobent. Elles eurent juste le temps d'admirer les deux ronds de métal argenté dans le creux de sa main, jalousant le trésor découvert.

« Quelle chance tu as ! Nous, on n'a encore rien trouvé ! pleurnicha Marie.

— Tu ne veux pas m'en donner une ? quémanda Lucie d'une voix presque implorante.

— Pas question ! Je les mettrai dans ma collection.

— Quel radin ! »

Il ne restait rien à fouiller dans la chambre pour les deux sœurs. Ne demeurait, dans un coin de la pièce, qu'un meuble à persienne sur lequel reposait une vasque en émail destinée à la toilette.

Au bord du découragement, elles jetèrent un dernier coup d'œil sous les meubles n'y trouvant, là encore, qu'un amoncellement floconneux de poussières, visiblement l'unique chose qu'elles emporteraient de cet endroit.

Cette dernière prospection infructueuse eut raison de leur enthousiasme. Découragées, elles scrutèrent le périmètre de recherche une dernière fois.

De manière inattendue, le regard de chacun se posa sur une imposante silhouette, plaquée contre le mur de la garde-robe et recouverte d'un immense drap grisâtre. La chose mystérieuse aurait pu se rendre visible dès leur entrée dans la chambre si elle ne s'était réfugiée dans l'ombre de la garde-robe. Leurs yeux désormais accoutumés à la pénombre, elle leur apparaissait enfin.

Lucie s'avança, d'un pas véloce, vers le grand drap et le tira d'un geste brusque et impatient. La poussière, qui vola en nuage, fit tousser José. Dissimulé dessous se dressait un extraordinaire miroir protégé du temps par le linge. Jamais ils n'avaient pu en voir de pareil.

Bien que piqué à certains endroits, il brillait d'un étrange éclat. Lucie se sentit irrésistiblement attirée par ce miroir, oubliant presque la présence de ses proches. Sa main en caressa le cadre sculpté d'une manière plus que singulière. Le ciselage ne ressemblait en rien au travail des autres meubles de la maison. Trop longtemps fixé, l'encadrement, sculpté de vagues, donnait des vertiges à en devenir presque hypnotique.

Plus surprenants encore étaient les angles. Quatre énormes poings saillants ornaient chacun d'eux, fermés, menaçants, prêts à cogner.

Les yeux levés vers le miroir, Lucie, Marie et José découvrirent avec

angoisse un grand œil ouvert, gravé sur le haut bord.
La visite de la demeure avait prouvé son état d'inoccupation, remontant à des temps anciens, pourtant ils craignaient d'être entendus par d'autres oreilles. Peut-être même par cet étrange miroir.

« Ce miroir nous observe ! Chuchota lentement Marie d'un ton angoissant.

— Mais ouais, c'est ça ! T'es un peu parano ! railla José, incorrigiblement sceptique. Il va aussi nous cogner avec ses poings tant que tu y es !? »

Tandis qu'ils se chamaillaient, Lucie considéra l'immense et mystérieux objet dans ses moindres détails. Très proche de la garde-robe, elle remarque très vite que quelque chose interdisait à cette dernière de s'adosser totalement au mur. Inspectant de très près l'emplacement du miroir, elle devina l'origine de cet obstacle. À hauteur du cadre, elle se dressa sur la pointe des pieds et tâtonna d'une main pour tenter de l'identifier. Palpant la chose, elle crut en reconnaître la forme, mais préféra s'en assurer avant de se prononcer. Marie et José, revenus à leur calme, l'observaient, dubitatifs. Lucie devait garder les mains libres et sollicita leur aide pour lui porter la lumière qui suffirait à lui donner raison.

« Marie, viens m'éclairer, s'il te plaît ! Je crois que j'ai trouvé quelque chose d'intéressant. »

Curiosité étant force de remotivation, Marie s'exécuta sans tarder et s'approcha de sa sœur, chandelle à la main.

« Qu'est-ce que c'est ?

— Attends un peu, j'en suis pas sûr ! Approche ta bougie que je vois si c'est bien ce à quoi je pense. »

Lucie indiqua à sa soeur la partie du mur qu'elle voulait voir éclairée. Marie approcha sa chandelle tandis que sa jumelle, toujours sur la pointe des pieds, en nettoyait un peu la surface pour ôter toiles d'araignée et poussière devenue compacte, gênant la reconnaissance de l'objet.

À son tour intrigué, José s'approcha pour tenter de l'entrevoir.
Quelques instants à tâtonner suffirent. Lucie rendit son verdict à ses amis, tenus en haleine.

« C'est bien ce que je pensais. C'est un rail ! »

Demeurant alors pensifs, Lucie eut tout le loisir d'imaginer une nouvelle théorie.

« Mais, attendez ! Je viens de penser à quelque chose. Passe-moi la chandelle ! »

Elle saisit brusquement la bougie des mains de Marie, si brutalement que la cire fondue se répandit le long de sa main jusqu'au poignet. Sans prêter attention à la chaude douleur, elle s'accroupit, tout aussi vivement, au pied du mur pour l'examiner.

« C'est bien ce que je pensais, il y en a un autre ici ! » s'exalta-t-elle

Transportée d'excitation, Lucie se posta de l'autre côté du meuble avant de solliciter, de manière directive, l'aide de ses camarades.

« José, prends l'autre côté de l'armoire. Marie, viens m'aider. Et maintenant on pousse ! »

La manœuvre difficile réclama un bel effort physique. L'énorme garde-robe, dès lors extrêmement lourde, semblait scellée au sol.
De toutes les forces qui leur restaient, ils parvinrent à éloigner du mur le meuble massif d'un écart équivalant à l'épaisseur du cadre hypnotique.
La masse déplacée, Lucie revint près du miroir et entreprit de le pousser sur les rails désormais dégagés. Elle se démena inutilement, sous l'œil scrutateur de Marie et José, sans parvenir à ses fins. Malgré tous les efforts fournis, le miroir resta fixe, sans même ciller. Les deux barres métalliques, probablement rouillées, entravaient sa mobilité.
Déjà essoufflée par le déplacement de la garde-robe, Lucie soupira.

Mains sur les hanches pour reprendre son souffle, elle fixa les rails avec frustration.

Marie et José la laissaient à ses intuitions, attendant leur moment pour intervenir. Face à son désarroi, ils ne tardèrent pas davantage pour lui prêter main-forte. Bien qu'ils aient choisi de se reposer sur l'instinct de Lucie, ils partageaient son exaltation et sa soif d'élucider l'énigme du miroir.

À trois, la tâche s'avéra plus aisée bien que la vitre étamée offrit encore quelques résistances. Péniblement, l'imposant objet coulissa suffisamment le long du mur pour leur permettre d'entrevoir ce qu'il dissimulait. José et ses cousines s'attendaient à y découvrir tableau de valeur ou coffre-fort, mais rien de tout cela ne s'y trouvait caché. À leur grand étonnement, une porte s'y abritait. L'étrange demeure semblait ne pas avoir encore révélé tous ses secrets.

Ils firent usage de leurs toutes dernières forces pour achever de repousser l'obstacle que représentait désormais l'énigmatique miroir. Dans un effort ultime, le cadre atteignit enfin l'extrémité opposée des rails faisant disparaître l'œil inquisiteur et les poings menaçants.
La porte dévoilée se plaçait bien loin de l'élégance du reste de la maison. Confectionnée de quelques planches de bois brut mal coupées, montées sans trop de soin, elle ne présentait qu'une simple serrure.

« Vous voyez ce que je vois ?
— On n'est pas aveugle, Marie !
— Vous croyez qu'on peut l'ouvrir ? » consulta Lucie

Cette nouvelle découverte ranima leur anxiété tout comme leur excitation. Ils tentèrent de pousser la porte mais, bien qu'elle ne parût pas verrouillée, la tirer vers eux semblait l'unique façon de l'ouvrir. L'absence de poignée allait vraiment compliquer l'opération.

« Et comment on fait pour l'ouvrir sans la poignée ? s'inclina José.

— Ça, c'est pas un problème, rassura Marie. Il nous suffit d'utiliser quelque chose comme un bout de bois, un crayon ou alors... »

Elle ne prit pas le temps d'achever sa phrase. Une idée lui vint tandis qu'elle réfléchissait à voix haute. Sans en dire davantage, elle se précipita vers le secrétaire pour en revenir, l'instant suivant, un petit objet à la main. Elle brandit alors, victorieuse, le stylo-plume tiré de l'encrier asséché.

« ...Ça ! Ça devrait faire l'affaire ! »

Elle le tendit à José qui l'inséra dans l'orifice et le coinça derrière la ferrure. Grâce à l'outil improvisé, il put tirer vers lui la porte qui n'offrit presque aucune résistance. Elle s'ouvrit lentement, presque sans bruit, libérant une odeur de renfermé.

Lucie se tint alors dans l'embrasure de la porte et fut invitée à la franchir en éclaireuse. Comme l'éclat de la chandelle, qu'elle serrait toujours entre ses mains, ne révélait rien de l'intérieur de la pièce cachée, sa curiosité fut dominée par la peur. La petite flamme perçait difficilement l'obscurité de tombeau.

Le souffle suspendu, elle serra la bougie, à en graver ses empreintes dans la cire, afin de se donner courage avant d'oser pénétrer dans la petite salle. D'un pas lent et prudent, elle tâtonna le sol de la pointe des pieds, à chaque pas, s'assurant ainsi qu'aucune marche ou cavité n'en piégeait la traversée.

Patientant au pas de la porte, Marie et José ne s'en trouvaient pas pour autant rassurés.

Pour se tranquilliser, Lucie ne cessait de leur parler tout en avançant vers le fond de la cellule.

« Vous êtes toujours là ? Continuez à discuter, j'aurai moins la trouille ! »

Son cœur battait à tout rompre, tant et si bien qu'elle eut le sentiment qu'il pourrait s'échapper de sa poitrine. Sans aération, l'air devenait difficilement respirable. Malgré la fraîcheur de la pièce, Lucie transpirait. Son échine se perlait de sueurs froides. L'angoisse faisait son chemin à mesure qu'elle avançait, elle aussi.

Au fur et à mesure de ses pas, la bougie finissait par éclairer la pièce qui ne s'avéra pas plus grande qu'un placard. À première vue, elle devait mesurer cinq mètres au carré et si elle avait tendu les bras, Lucie aurait pu en toucher les murs latéraux pour se guider.

Au fond de cette exiguïté, attendait une petite table en demi-lune, sculptée, un meuble judicieusement mit à l'abri, plus précieux que tous ceux que recelait la demeure coloniale. Ses moulures paraissaient dorées à l'or fin. Les trois pieds torsadés reposaient soigneusement sur un tapis de velours rouge. À l'inverse du reste de la maison, les murs s'ornaient là de minuscules peintures figurant d'étranges paysages. Parmi eux, certains manquaient, sans doute emportés avec le reste des affaires. Ne restaient, plantés çà et là, que les clous, témoins de leur présence passée.

Lucie approcha la chandelle de la table pour l'inspecter plus attentivement. En se penchant, elle découvrit un ravissant petit coffret y reposant délicatement. Promenant la lumière autour de l'objet, elle l'admira avant d'oser le saisir. Le couvercle embellit du dessin d'un chêne doré et les contours réhaussés de reliefs de plantes, les finitions en étaient remarquables.

Admirative, Lucie le saisit délicatement et jugea le reste du contenu de la pièce sans plus d'intérêt. Son poids la surprit, le coffret était assez lourd pour sa taille. Elle quitta vite la salle pour le porter à ses complices.

À la vue du précieux objet, Marie et José partagèrent, les mêmes lueurs d'admiration. Lucie le garda en main, fébrile, et tenta de l'ouvrir. En vain.

« C'est pas vrai, il est fermé !

— Regarde, il faut une clé pour l'ouvrir, fit remarquer José, désignant une minuscule serrure sur la face du boîtier.

— Comme par hasard ! »

Près de la modeste porte, le simple éclat de la flammèche ne leur suffit pas. En s'approchant de la fenêtre délivreuse de lueur du jour, ils purent mieux étudier le coffret. José saisit un coin du grand drap grisâtre et frotta une partie de la vitre afin de laisser pénétrer davantage de clarté naturelle. Lucie porta le coffret dans le faisceau et l'examina. La serrure en forme d'octogramme ne permettait aucune incertitude. En l'absence de clé, l'ouvrir s'avérait impossible. Inutile d'en tenter le crochetage et nul d'entre eux ne l'aurait osé de crainte d'endommager le si bel objet.

Cependant, tout autre chose retint l'attention de Lucie.

« Regardez ce qu'il y a de chaque côté de la serrure !

— Fais voir ! s'enquit José

— On dirait des yeux. Les yeux d'un animal sauvage ! » se troubla Marie.

D'un grenat flamboyant, ils fixaient droit devant eux, attentifs et l'air féroce.
Lucie n'en brûla que davantage de savoir ce que pouvait contenir le coffret.

« Il faut que l'on trouve cette clé ! Aidez-moi à fouiller la chambre et cherchez bien, elle doit être toute petite !

— Si on t'aide à trouver la clé, en échange, on partagera ce qu'il y a dedans ! marchanda alors Marie qui, pour l'heure, restait seule à n'avoir rien à emporter.

— Pas de problème, c'est d'accord ! »

Lucie ne s'attarda pas à discuter la requête de sa jumelle tant elle se consumait d'impatience. Seule comptait la découverte du précieux sésame.
Ils se mirent en quête du minuscule objet. José fouilla minutieusement chaque recoin du secrétaire avant de s'attaquer à la garde-robe.
Marie inspecta le lit que son cousin lui avait bien volontiers abandonné. Elle en retourna toute la literie avec précaution, puis explora les chevets et le meuble de toilette.
Lucie fouilla la salle secrète de fond en comble, des peintures au tapis jusqu'au-dessous de la table.
La visibilité restreinte, ils effectuèrent leurs fouilles au toucher, palpant, tâtonnant dans, autour, sous, derrière chaque pièce du mobilier. Vainement.

Premier à abandonner les recherches, José s'appuya sur le rebord de la fenêtre pour réfléchir.
Marie inspecta le miroir, sans grande conviction, et finit par renoncer à son tour. Epuisée, elle s'assit face à son cousin, sur le plancher encrassé.

« Tu vas être toute sale !

— Bah, pour maintenant ! »

Dépitée, Lucie inspecta le sol dans l'espoir d'y trouver quelque trappes, mais ce fut peine perdue. Elle finit adossée à la fenêtre près de José, le coffret précieusement entre les mains, le contemplant avec contrariété.

Et tandis qu'elle le fixait du dessus, Marie pouvait l'observer du dessous et put y voir ce que les deux autres ne soupçonnaient pas. Les yeux écarquillés, brillants d'exaltation, elle attira rapidement l'attention de sa sœur.

« Lucie !
— Quoi ?
— Je l'ai trouvé ! »

Marie, pourtant restée à la place qu'elle occupait sur le plancher, laissa José et Lucie perplexes.

« Quoi ? Qu'est-ce que tu as trouvé ?
— La clé ! J'ai trouvé la clé ! »

Elle se redressa tout de go et se précipita vers eux, la bouche fendue d'un sourire réjoui, le regard fixé sur le boîtier sans oser s'en détourner.

« Mais où est-elle ? s'impatienta Lucie
— Elle est là, regardez ! »

Marie saisit le coffret des mains de sa sœur et le retourna sous leur regard interdit.

La minuscule clé, maintenue par deux petits crochets métalliques, avait été savamment placée sous le fond creux du boîtier. Ce fut bien là le seul endroit où ils ne pensèrent à chercher. Pas même, dans l'étude du boîtier, n'y songèrent-ils.

Lucie s'empressa de libérer la clé. Le désir de connaître son secret renfermé la dévorait. Dans sa hâte, il faillit lui échapper et elle s'écorcha les doigts sur les crochets à maintes reprises.

Les doigts égratignés et rougis, tremblants et maladroits, elle inséra dans la petite serrure le sésame enfin libéré. Elle tourna la clé une première fois, mais le coffret refusa de s'ouvrir. Les respirations se

suspendirent à cet intense suspens.
Lucie la tourna une seconde puis une troisième fois pour qu'enfin le verrou lâche prise. L'énigmatique petite boîte allait enfin révéler son mystère. Lucie n'osait imaginer être déçue par son contenu, mais cette pensée l'effleura malgré tout. Elle l'ouvrit alors très lentement pour gagner du temps sur l'éventuelle désillusion. Un regard échangé avec José et Marie, ne tenant plus en place, et Lucie fut vivement priée d'accélérer la manœuvre.

« Tu te grouilles ! s'impatienta José.
— Aller ! Dépêche-toi de l'ouvrir ! »

Penchés dessus l'objet, le cœur battant à leur crever la poitrine, ils fixaient avec insistance le couvercle, dont rien n'aurait pu les distraire. Mais autre espoir, autre déconvenue. Le couvercle, une fois rabattu, ne révéla rien de plus qu'un écrin vide et une inscription en latin gravée sur l'intérieur.

« C'est pas vrai ! déprima Lucie. Vide lui aussi ! Pfff ! On n'a vraiment pas de chance ! »

Tandis que Marie et José déambulèrent une dernière fois dans la chambre, avec l'idée de ne plus s'éterniser là très longtemps, Lucie contempla le velours rouge qui garnissait l'intérieur de la cassette. Il lui faudrait s'en contenter en guise de souvenir de cette étrange visite.
Un détail l'intrigua pourtant. L'intérieur du coffret présentait moins de profondeur que l'extérieur ne le supposait. Le précieux écrin semblait receler autant de malice que la demeure l'ayant dissimulée. En secret, elle s'arma du stylo-plume, alors clé improvisée de la porte secrète. Elle en glissa la pointe entre la paroi et le velours de l'écrin. Le corps du stylo faisant usage de levier, elle souleva le compartiment velouté.
Son intuition s'avéra exacte. Un espace se trouvait encore sous la matière duveteuse. Avant d'ôter totalement l'étoffe, elle préféra en avertir José et Marie.

« Venez voir, je crois avoir découvert quelque chose d'autre. Ce n'est pas le vrai fond, il cache le véritable contenu du coffret. »

Piqués à nouveau de curiosité, ils rappliquèrent aussitôt près d'elle.

« Et c'est quoi cette fois ? se blasa José
— Je n'en sais encore rien, mais on va bientôt le découvrir. »

Installé sur la chaise du secrétaire, José préféra rester en retrait. Sceptique comme à son habitude, il attendit là de voir ses cousines faire une réelle découverte ou accuser une nouvelle déception.
La couche de velours ôtée intégralement, l'écrin révéla enfin son secret. Bien au-delà de leurs attentes, elles purent enfin admirer, sans nul doute, le seul vrai trésor de la maison. Tout le temps consacré à leurs recherches s'avérait finalement fructueux et méritait bien cette récompense. Leurs yeux étincelèrent d'émerveillement à sa vue. Le trésor se révélait à la hauteur de la beauté de l'écrin.
Leur silence hébété intrigua José. Il finit par s'approcher et contempla à son tour la merveilleuse trouvaille.

Un énorme médaillon de cuivre, un peu terne mais non oxydé, reposait sur un lit de velours ocre, occupant tout l'espace que lui offrait le coffret. L'étrange bijou dégageait quelque chose d'envoûtant. Cette même sensation captivante ressentit face au miroir comme dans la pièce secrète. Ce sentiment d'angoisse installé depuis leur entrée dans la demeure les poussant par là même à aller jusqu'au bout de leur quête pour en connaître tous les secrets. Et désormais, l'objet à portée de main, la maison coloniale leur dévoilait son dernier arcane, sans plus rien à cacher, telle une amie confiant son plus grand secret.

Un vieil homme à la barbe traînante se dessinait sur la face visible du bijou. Un médaillon semblable pendait lourdement à son cou. Sa main gauche serrait une boule de cristal quand l'autre s'agrippait à une épée. Trois quartiers inégaux divisaient singulièrement la représentation. Le plus petit d'entre eux isolait la tête de l'homme, qu'ils pouvaient sans mal s'imaginer être un mage. Les deux plus grands quartiers dissociaient la partie droite à la boule de cristal de la partie gauche à l'épée. Alors que les sillons se creusaient, distinguant les trois parties, leurs sommets se dessinaient pour se rejoindre au centre du médaillon porté par le vieil homme.

Lucie le délogea afin d'en voir l'autre face et y retrouva les trois mêmes quartiers. Inscrits dans chacun, des termes latins rappelaient l'inscription du couvercle. Les mots *Sapere, Fortia et Mageia* s'inscrivaient derrière la tête du mage, l'épée et la boule de cristal. Même si leur signification leur échappait parfaitement, l'amulette les fascina.

Marie voulu, à son tour, apprécier l'objet et chercha à le dérober aux mains de sa sœur, mais Lucie ne l'entendit pas de la même oreille. Persuadée de s'en faire définitivement destituer, elle le lui refusa. Elle s'était donné suffisamment de mal pour le dénicher et rien ne présentait plus de valeurs dans la maison que cette précieuse amulette.

« Allez ! Passe-le-moi ! s'insurgea Marie. J'ai bien le droit de le voir, moi aussi ! En plus, c'est moi qui ai trouvé la clé !

— Là où elle était, j'aurai bien fini par la trouver toute seule.

— Tu as déjà le coffret, alors passe-moi le médaillon !

— Pas question ! C'est moi qui l'ai trouvé et j'te connais, tu ne vas pas me le rendre ! »

Agacée par son entêtement, Marie saisit le bord de l'amulette et tenta de lui arracher des mains, mais Lucie refusa de lâcher prise. La main ferme sur le rond de cuivre, elle s'empressa de poser la cassette sur le sol, aussi délicatement qu'il lui était possible, afin de lutter efficacement contre sa sœur.

« Donne-moi ça !

— Non, pas question ! »

José prit part à la bagarre, irrité par ces chamailleries, et voulu s'emparer de l'objet de la discorde. Il agrippa, à son tour, un bout de médaille et tira de toutes ses forces pour leur soustraire. Il ne put que déplorer la détermination de ses cousines à entrer en possession du fabuleux bijou. Elles tiraient de toutes leurs forces, chacune de leur côté, et lui luttait du sien. Ainsi, le pire se produisit. Plus fragile qu'ils ne se le figuraient, le médaillon se brisa. José, Marie et Lucie, restèrent cois, chacun avec un quartier de l'épais médaillon en main.

« T'as vu ce que t'as fait ? s'énerva alors Lucie. À cause de toi mon médaillon est cassé ! T'es vraiment nulle !

— C'est ta faute ! Si tu me l'avais prêté, ça ne serait pas arrivé. »

La voix de Marie s'éteignit sur ses derniers mots. un vent terrible s'était levé, si violent et si brusque qu'il parvint à en ouvrir brutalement la fenêtre de la chambre. Au-dehors, d'épais nuages d'encre menaçants obscurcirent le ciel auparavant si bleu. Marie, José et Lucie pouvaient déjà entendre le tonnerre de l'orage qui s'annonçait résonner au-dessus de la maison. Oubliant leur dispute, ils écoutaient et observaient l'orage qui se préparait, silencieux et stupéfaits.
Rapidement, le vent se mit à souffler avec plus d'intensité, balayant la poussière de la chambre à leur visage.

« QU'EST-CE QUI SE PASSE ? » brailla José terrifié.

Tout comme ses cousines, il n'entendait rien à ce qui se produisait. Contraint de hurler pour se faire entendre à travers les rafales assourdissantes, il n'eut pour toute réponse que les cris de Marie et Lucie que les grains de poussière frappaient telles des aiguilles.
La tempête s'intensifia et, tandis qu'ils tentaient de s'approcher de la fenêtre pour la refermer, des bourrasques plus terribles les repoussaient toujours plus loin.
Les courants d'air violents repoussaient également le coffret reposant toujours sur le plancher, débarrassé de sa crasse. Lorsque leurs yeux se posèrent à nouveau sur lui, il leur apparut que le vent n'était pas seul à se déchaîner. Constat de l'effroi, le boîtier réagissait aussi.

« Mais, bon sang, qu'est-ce qui nous arrive ? »

Protégé derrière les carreaux de ses lunettes, José parvenait encore à entrevoir l'intérieur de la chambre plus nettement que ses cousines aveuglées par la poussière.
De l'intérieur du coffret, jaillit une intense lumière blanche aveuglante. Elle se répandit dans toute la pièce, comme une brume éblouissante, avant de prendre des teintes de vert et de bleu pastels. Brusquement, la poussière se leva en trombe, tourbillonnant dans la pièce entière. La brume aveuglante tournoya, elle aussi, pour les envelopper. Le vent gagna en puissance au point de les soulever du sol.

« Donnez-moi la main ! hurla Lucie
— Lucie, où es-tu ? Je ne te vois pas ! » s'égosilla Marie

Ne parvenant ni à se voir et à peine à s'entendre dans cette cacophonie de coup de tonnerre et de rafales assourdissantes, chacun ignorait où les autres se situaient dorénavant dans la pièce. Transportés par le vent, ils ne parvenaient plus à s'atteindre.

Les trombes brumeuses les entraînaient dans une valse effrayante et brutale, les suspendant dans les airs comme des pantins. Portés juste au-dessus de l'écrin, ils tourbillonnèrent à vitesse grandissante jusqu'à en perdre connaissance. La brume lumineuse pénétra alors dans le boîtier emportant avec elle ses prisonniers. Le coffret aspira brume et vent avant de se refermer, les faisant ainsi disparaître, eux-aussi.

Enfin, la tempête s'apaisa, enfin les nuages se dissipèrent et la poussière retomba sur le plancher comme si elle ne l'avait jamais quittée. Seuls, la fenêtre restée ouverte et le coffret demeurant au sol offraient encore leurs témoignages des terribles événements survenus dans la chambre de la demeure coloniale.

CHAPITRE IV

Lucie, encore inconsciente, s'éveilla, un intense mal de tête lancinant sous les tempes. Les yeux toujours clos, une froide humidité lui trempait le dos. Entrouvrant les paupières, le décor avait changé. Plus de chambre, plus de maison, plus de clairière ni de saulaie. Elle reposait désormais sur un sol boueux et irrégulier. Doucement, elle se redressa pour s'asseoir et s'adossa à un arbre planté derrière elle.

Lucie était désorientée. Où se trouvait-elle et comment y avait-elle atterri ?

Ses derniers souvenirs, un peu flous, se trouvaient dans la maison forestière. Elle se souvenait de la brume éblouissante, du vent la soulevant du sol et puis le trou noir. Tout cela semblait complètement fou et irréel.

Déboussolée au comble, elle tenta de se dresser sur ses pieds, mais, prise de vertiges, son mal de tête amplifia. Deux doigts sur les tempes, pour faire passer les douloureux élancements, elle se laissa glisser contre le tronc de l'arbre et se rassit très vite sur l'une de ses racines. Installée là, la fraîcheur et l'humidité du lieu obscur lui gelaient les os.

La vue un peu trouble, elle identifia, néanmoins, l'endroit. Quelques arbres épineux, aux racines aériennes, poussaient çà et là dans une atmosphère brumeuse. Maintes fosses d'eau boueuse parsemaient le terrain. Leurs tailles variaient comme, très certainement, leurs profondeurs.

Lucie ne douta pas un instant de l'identité du lieu, certaine de se trouver au cœur d'une mangrove. Mais elle ne cessait de s'interroger sur la façon dont elle y était arrivée.

Son regard se promena parmi la végétation primitive et les flaques stagnantes. Le territoire déserté paressait animé d'une tout autre sorte de vie, invisible, impalpable. Des eaux, provenait un bruit singulier qui attira son attention.

La vue plus nette et les maux de tête à peine dissipés, Lucie se leva enfin. Un peu chancelante, elle s'approcha de l'une des flaques. La

nappe d'eau bouillonnait pareillement aux autres.
Se penchant au-dessus, elle fut repoussée par une odeur âcre qui lui irrita gorge et nez. Elle eut un violent mouvement de recul avant de s'y pencher à nouveau, se protégeant le nez d'une main. De l'épais liquide s'échappait un gaz véhiculant le relent des marécages, l'odeur putride de ce qui se décompose. Sans nul doute ce gaz se trouvait-il à l'origine de ses vertiges.

Bien que se tenant à l'écart des mares pestilentielles, la survie des quelques arbres poussant dans cet environnement hostile tenait du miracle. Autour des fosses, pas même un brin d'herbe ne perçait le sol. Le liquide inquiétant suggérait une substance acide et sa grande curiosité ne l'aurait pas même poussée à y aventurer un doigt pour en comprendre sa composition.

Lucie revint près de l'arbre de son chevet pour y prendre une bouffée d'air un peu moins viciée. Elle remarqua alors une chose brillante dans la boue et s'accroupit pour le ramasser. l'identification de l'objet fut immédiate.

« Le médaillon ! »

Mais de l'amulette extraite du coffret, elle n'en trouva qu'un quartier. D'un bout de son t-shirt, elle le frotta pour en nettoyer la boue et reconnut alors la main droite du vieux Sage tenant la boule de cristal. C'est alors qu'elle se rappela Marie et José, la dispute et le médaillon brisé. Voilà pourquoi elle n'en retrouvait qu'un fragment, celui resté dans sa main lorsqu'il fut rompu durant la querelle avec ses proches.

Gagnée d'inquiétude en songeant à ce qu'il était advenu d'eux, Lucie scruta les alentours. Comme elle, ils avaient sûrement dû atterrir quelque part au pied d'un des épineux, songea-t-elle. De son arbre bienveillant, elle ne les vit pas et s'inquiéta alors qu'il ne leur soit arrivé malheur.

« Marie ! José ! Vous êtes là ? Cria-t-elle avec anxiété. Répondez-moi ! »

Elle se mit vivement à leur recherche à travers le marais, s'égosillant à s'en briser la voix, mais se résigna très vite. Fatiguée, étourdie d'air vicié, elle cessa sa battue. L'absence de José et Marie sonna comme une évidence. Évident également qu'aucune autre âme ne viendrait lui tenir compagnie.

Envahie par l'angoisse de la solitude en ce lieu étranger, inquiétant et malsain, elle s'assit alors sur le sol humide, serrant contre sa poitrine ses jambes repliées pour se mettre à pleurer. Jamais elle ne s'était sentie si seule, perdue et désemparée.

Il lui fallu quelques instants avant de se ressaisir. La puanteur du lieu ne l'invitait pas à s'y éterniser et une aide lui semblait maintenant indispensable. Une aide qui pourrait lui apprendre l'identité de cet endroit, peut-être même lui permettre de retrouver Marie et José et de comprendre le comment et la raison de sa présence.

Mais, pour l'heure, s'échapper de cet endroit devenait sa priorité. Le caractère inhospitalier du lieu faisait naître en elle une crainte grandissante. La volonté renaissante, elle se leva, frotta énergiquement la boue qui souillait ses habits et observa son environnement avant de choisir le chemin qu'elle suivrait.

« J'espère vraiment que je ne vais pas me perdre cette fois ! » soupira-t-elle en songeant qu'elle ne pouvait pourtant pas être plus perdue.

Lucie s'accusait intimement d'être responsable de ce cauchemar aussi palpitant que terrifiant.
Par sa faute, sa famille se trouvait peut-être en danger. Se réveiller dans un marais n'étant pour le moins pas très rassurant, elle s'imaginait José et Marie ayant gagné des lieux bien pires encore.

Incertaine de son choix, elle glissa le morceau de médaillon dans l'une de ses poches et emprunta le sentier faisant face à son arbre de chevet. Après avoir veillé sur elle, ce dernier pourrait bien lui porter chance.

CHAPITRE V

José fut tiré de son sommeil par son propre éternuement. Le nez dans la poussière, il reposait sur un sol dur et terriblement inconfortable. Il roula une première fois sur le dos pour prendre une grande inspiration puis roula une seconde fois sur lui-même pour se relever, prenant appui sur ses avant-bras.
Genoux au sol, il mit un certain temps avant de se lever tout à fait, abruti d'un terrible mal de crâne. La tête entre les mains, il attendit que la douleur sourde s'atténue.

José peinait à se souvenir des événements survenus dans les bois et la demeure mystérieuse, et préférait croire à un rêve surréaliste.
Une fois son mal de tête estompé, il voulut découvrir son environnement, mais sa vue était trouble. Instinctivement, il se mit à la recherche de ses lunettes, persuadé de les avoir perdues durant l'étrange tempête. Comme il tâtonnait le sol autour de lui pour les retrouver, elles lui glissèrent sur le bout du nez. Son trouble visuel était donc dû à tout autre chose. *Bizarre !* songea-t-il.

José entreprit de les nettoyer. Sans doute, étaient-elles ternies par la poussière. Mais, en les ôtant, il ne put que constater que, d'une façon incompréhensible et extraordinaire, sa vue devenue nette lui permettait désormais de voir distinctement sans leur assistance. Bien plus encore, José se sentait étrangement différent, changé, sans parvenir à déterminer la nature de ces changements. Plus inexplicables encore, les égratignures causées par les ronces des bois se portaient disparues de ses bras, mais ce détail lui échappa.

Sans se laisser troubler davantage par ce curieux phénomène, tout au moins positif pour lui, il rangea ses lunettes dans sa poche.

Sa migraine s'estompant, il put enfin examiner le cadre qu'il occupait. Il ne lui fallut qu'un bref instant pour s'apercevoir qu'il avait quitté la maison coloniale et resta interdit face au nouveau paysage l'entourant alors. La saulaie avait laissé place à la roche, la poussière sèche avait effacé la fraîche clairière et la demeure disparue au profit de hautes montagnes. Désormais en altitude, il se trouvait au sommet du monde.

José n'eut pas le temps d'admirer davantage le magnifique panorama s'offrant à lui. Il dut s'éloigner précipitamment de la place où il venait de s'éveiller, réalisant brusquement qu'il se tenait au bord d'un précipice. De manière inexplicable, il avait atterri sur un haut plateau, au sommet d'une montagne. L'endroit paraissait vaste et complètement désert. D'un bond en arrière, il se mit en sécurité au fond du plateau rocheux.

« Mais qu'est-ce que je fous là ? Qu'est-ce qui s'est passé ? »

José ne pouvait plus nier le phénomène particulièrement anormal s'étant produit dans la demeure coloniale. Tout ce dont il se souvenait avait bien eu lieu, il ne s'agissait pas là d'un mauvais rêve.

Soudain, à quelques pas de lui, au bord du gouffre, une chose étincelante sous les faisceaux ardents du soleil attira son regard. Il s'en approcha avec prudence, le pas lent et assuré, craignant de voir le sol se dérober sous ses pieds.

Se penchant alors pour le ramasser, José eut la surprise de retrouver le morceau de médaillon resté dans sa main durant la dispute d'avec ses cousines. Cette fois, il prit le temps de le contempler, comme il n'avait pu le faire dans la maison. Héritier du quartier gravé de l'épée et du mot *Fortia,* le mystère qui l'entourait restait entier.

« Qu'est-ce que ça peut bien vouloir dire ? »

Un instant, il abandonna sa réflexion et se tourna vers l'intérieur du plateau pour y chercher trace de ses deux cousines dont il n'avait pas encore remarqué la présence.

« Où sont passées Marie et Lucie? » s'inquiéta-t-il à voix haute comme si quelqu'un pouvait l'entendre et lui offrir une réponse.

Il ne les vit pas, ce qui l'inquiéta profondément. Une pensée terrible lui traversa alors l'esprit. Et si, en arrivant dans ce lieu, sur ce même plateau, elles étaient tombées dans le vide ! José voulut en avoir le cœur net pour effacer définitivement ce terrible doute planant.

S'avançant de nouveau au bord de la plate-forme, il chercha au fond du ravin quelques traces d'accidents. Rien ne semblait évoquer un tel drame. Il en fut rassuré. Peut-être n'avaient-elles pas quitté la maison forestière.
Il se sentit soudain très seul, ne sachant que penser de sa situation, du lieu où il se trouvait. Il ne comprenait rien à la façon dont il y était arrivé et ignorait quoi faire pour retrouver ses cousines, la maison abandonnée, ses parents...
Las, il s'assit dans la poussière, maudissant la forêt les ayant piégés, ainsi que la demeure coloniale et le médaillon responsables de son malheur.

Comme suite à un long moment de découragement, il décida de ne pas se laisser abattre et se conforta dans l'idée qu'elles pourraient avoir été amenées ailleurs. Peut-être, dormaient-elles encore, quelque part près d'un rocher, non loin de là.

Il rangea le médaillon dans l'une de ses poches et, d'un pas pressé, se mit à parcourir le plateau à la recherche des deux sœurs. Il s'éloigna peu à peu, pour élargir son champ de recherches et finit par disparaître parmi les rochers.

CHAPITRE VI

Un vent doux soufflait dans les hautes herbes qui venaient lui caresser délicatement le visage. Chatouillée par les brins, Marie s'éveilla. Elle était allongée sur un lit de verdure confortable et si haute qu'elle lui offrait un berceau protecteur, barrant la vue à qui pouvait se trouver autour.

Éblouie par le soleil, elle posa une main sur ses yeux. Une douleur sourde battait sous ses tempes, embrumant sa vision.

Elle se dressa pour s'asseoir, le temps de reprendre ses esprits. Tout était clair dans sa mémoire. Marie se souvenait des moindres détails de ce qui s'était produit jusqu'à son évanouissement, bien que cela lui semblât incroyable et irréel.

D'abord, elle pensa que le vent terrible et la tornade brumeuse l'avaient projetée à l'extérieur de la maison et cru reposer dans la clairière qui l'entourait.

Se levant en douceur, elle constata avec stupeur qu'elle se trompait. Autour d'elle il n'y avait plus trace ni de la demeure coloniale, ni des saules qui la cernaient. Plus de forêt non plus, tout avait disparu. À perte de vue, n'apparaissait désormais qu'une immense étendue de verdure.

Où la brume mystérieuse avait-elle bien pu la conduire ? Elle n'en doutait pas, c'était bien elle la responsable de ce voyage inopiné.

Marie repensa soudain au médaillon brisé qui semblait avoir provoqué la tempête et, à tout hasard, se mit à sa recherche. Mais ce n'est qu'un tiers du bijou qu'elle retrouva, caché sous les herbes couchées, écrasées par son poids lorsqu'elle y dormait encore. Il s'agissait là, sans nul doute, de la partie tenue entre ses doigts lorsqu'il s'était rompu durant sa querelle avec sa sœur jumelle. Celle-là même qu'elle tenait au moment où elle avait perdu connaissance.

Elle le contempla, le faisant rouler entre ses doigts pour en faire apparaître, tour à tour, les deux faces. Persuadée qu'il renfermait une grande magie, il lui restait encore à déterminer si elle était bonne ou mauvaise.

« Qu'est-ce qui va encore se produire par sa faute, maintenant ? »

Le fragment en sa possession portait la tête du mage. Elle se souvint également que le reste du médaillon s'était trouvé brisé en deux autres morceaux, partagés entre sa sœur et son cousin. Mais de quelle partie avaient bien pu hériter José et Lucie. Et que pouvait bien signifier les inscriptions gravées au dos de chacune d'elles.

Pensant qu'ils dormaient, eux aussi, quelque part dans la plaine, elle entreprit de les chercher. Mais les herbes, trop hautes, masquaient ce qui pouvait demeurer au sol et rendaient impossibles ses recherches. S'ils reposaient quelque part dans l'herbage, ils ne seraient visibles qu'à la condition qu'ils s'éveillent à leur tour.

Marie héla leur prénom sans obtenir de réponse. Elle songea, avec espoir, qu'ils avaient peut-être été portés plus loin et décida de chercher un endroit qui surplomberait l'immense plaine. Un tel site lui donnerait plus de visibilité et faciliterait ainsi ses recherches.

Il lui sembla voir une éminence à quelques centaines de pas de la place l'ayant accueillie endormie. Marie traversa la vaste plaine pour l'atteindre, enjambant les hauts brins qui se balançaient au gré de la douce brise, se courbant volontiers sur son passage dans un salut révérencieux.

Il lui fallut marcher un peu avant d'atteindre la butte sur laquelle elle grimpa pour sonder les alentours. Mais, aussi loin qu'elle parvenait à y voir, de tous côtés, elle ne vit ni José ni Lucie assoupi dans la luxuriante verdure. Elle fut alors gagnée par une grande tristesse mêlée d'angoisse.

« Où sont-ils ? Qu'est-ce qui leur est arrivé ? » soupira-t-elle

À peine le temps de s'apitoyer sur son sort que son attention se porta sur tout autre chose.

Du haut de sa petite colline, elle ne parvenait certes pas à retrouver traces de ses deux compagnons d'infortune, mais son poste de surveillance lui offrit vue sur un autre sujet pour le moins intéressant.

Bien loin de l'autre côté de la plaine, se dressait une immense palissade dominée par une tour de guet. Son visage tourmenté s'éclaira alors d'une lueur d'espoir. Cet édifice sortit de nulle part, lui apparaissait tel un phare dans la nuit, prometteur d'une localité cachée. Persuadée de trouver de l'autre côté l'aide dont elle avait besoin, elle imagina, également, la possibilité d'y retrouver ses proches déjà installés et l'attendant.

Marie ne s'attarda pas davantage sur son monticule verdoyant et se mit en route vers la citadelle inespérée. Elle connaissait, désormais, la direction à prendre pour avoir une chance d'obtenir des réponses à ses nombreuses interrogations.

CHAPITRE VII

Aucun être humain, pas même un animal ne semblait occuper ces horribles marais dont l'odeur, infligeant la nausée, ne voulait s'atténuer.
Lucie marchait depuis longtemps déjà. La brume s'épaississait peu à peu et elle savait que, bientôt, il lui serait difficile de s'orienter pour trouver une issue à ce lieu malsain.

Elle poursuivait sa marche désespérée, mais ne prêtait déjà plus attention à la direction qu'elle prenait. Quelque orientation choisie, chaque parcelle de marécage semblait identique aux autres et lui donnait la sensation de tourner en rond.

Des sueurs froides la faisaient frissonner. Fatigue et lassitude se faisaient déjà ressentir. Elle sentait le désespoir prendre, peu à peu, le dessus sur son optimisme naturel. Ce n'était qu'une question de temps avant de s'y abandonner totalement.

Au bord des larmes, les nerfs à vif, Lucie se livra à une ultime supplication de détresse sans espoir d'être entendue.

« Il n'y a donc personne ici qui puisse m'aider ? »

Elle se raccrochait désespérément à la pensée de retrouvailles avec son cousin et sa sœur, mais même ce désir profond ne lui suffisait plus pour résister à l'appel du désespoir.

Lucie poursuivit sa progression. Encore quelques minutes, se dit-elle. Encore quelques pas avant de renoncer si personne ne venait à croiser son chemin, si rien ne se présentait à elle pour la secourir.
Son dernier effort fut récompensé. À quelques pas droit devant elle, des buissons épineux s'agitèrent dans un nuage de brume un peu moins dense.
Ravie et soulagée de se trouver enfin en présence d'un être vivant, elle fit peu de cas de la nature de ce qui se dissimulait derrière. Qu'il s'agisse d'un être humain ou d'un animal sauvage, peu lui importait.

Balayant l'idée d'une nouvelle déception, Lucie envisagea, malgré tout, une vilaine farce du vent. Mais les buissons continuèrent de frémir, secoués de tremblements chaotiques de plus en plus intenses. La chose s'approchait d'elle à vive allure.

Prise de panique, elle se faufila derrière un arbre pour se cacher. Mieux valait-il ne pas prendre de risques tant qu'elle ignorait ce qui en sortirait.
Pour son plus grand soulagement, un jeune homme apparut finalement. Lucie l'observa, un instant, avant d'oser manifester sa présence.
La vingtaine révolue, le jeune homme était étrangement vêtu. Son attention se porta immédiatement sur son accoutrement qui ne ressemblait en rien à ce qu'elle connaissait. L'inconnu semblait sorti d'un autre temps. L'idée d'une réalité parallèle lui aurait paru absurde en temps normal, mais, depuis son réveil dans cette sordide mangrove, tout lui semblait possible.

Une fois hors des buissons, le jeune homme tendit l'oreille à l'affût de bruits suspects. Il semblait sur ses gardes. Essoufflé par une course folle, il regarda en direction du chemin qu'il venait d'emprunter afin de vérifier qu'il n'était pas suivi. Rassuré, il prit un instant pour remettre de l'ordre à ses habits. Il redressa son veston de cuir tombé de l'épaule, repoussa sa chemise de toile grossière dans ses culottes de peau et réajusta ses bracelets de force.

Puis, un dernier coup d'œil aux alentours et il extirpa, des buissons, un grand sac en toile plein à craquer, qu'il débarrassa de quelques brindilles et épines tenaces.

Alors qu'il s'apprêtait à reprendre route, Lucie sortit brusquement de sa cachette pour se planter devant lui avant qu'il ne s'éloigne.

Surpris par cette apparition soudaine et inattendue, l'étranger crut à une embuscade pour le détrousser de son butin. Il dégaina alors le long poignard qui pendait au ceinturon porté un peu lâche à la taille. Lorsqu'il comprit qu'il ne s'agissait que d'une jeune fille à l'allure peu menaçante, sa surprise en fut d'autant plus grande.

« Du calme ! Je ne suis pas armée, regardez ! » rassura Lucie, consciente d'avoir surgi trop vivement de sa cachette.

Elle exposa alors ses mains et tourna sur elle-même afin de l'assurer qu'elle ne dissimulait aucune arme.

Il la dévisagea sans que l'étrangeté de sa tenue ne lui échappe. À demi rassuré, le jeune homme rangea son poignard, à l'abri dans son fourreau, et passa la main dans son épaisse tignasse brune pour se redonner contenance avant de lui adresser enfin une parole.

« Vous êtes folle de faire peur aux gens comme ça ! J'aurais pu vous tuer !

— Je suis désolée, je ne voulais pas vous effrayer.

— Qu'est-ce qu'une jeune demoiselle comme vous fait ici ? Très peu de gens osent s'aventurer dans la mangrove. C'est un endroit plutôt dangereux. En général, on n'y rencontre que des voleurs qui viennent pour s'y cacher. Quelqu'un vous poursuivrait-il ? »

Il parlait beaucoup. Lucie se sentait dans l'obligation de répondre à ses questions si elle en espérait de l'aide. Ignorant encore à qui elle avait vraiment affaire, elle jugea prudent, cependant, de ne pas trop lui en révéler sur son histoire.

« En vérité, ça va vous paraître étrange, je ne me rappelle pas comment je suis arrivée ici.

— Vous avez perdu la mémoire ? Un enlèvement peut-être ?

— En quelque sorte ! Mais mes souvenirs sont flous juste en ce qui concerne mon arrivée ici. Ce qui est sûr, c'est que ça fait des heures que je marche et je ne suis toujours pas parvenue à sortir de cet endroit infect. J'ai l'impression de tourner en rond. Vous avez l'air de bien connaître les lieux. Accepteriez-vous de m'aider à rejoindre la civilisation ? Cet endroit commence à m'angoisser ! »

Sa voix, devenue presque suppliante, trahissait son désespoir. Le jeune homme comprit la situation et comptait bien en tirer profit. Feignant de réfléchir un instant, il l'examina discrètement pour tenter de déceler sur elle quelque objet de valeur susceptible de lui être rançonné en échange de son aide.

Il déplora de ne lui voir ni bijou, ni bourse jusqu'à ce que son regard se porte sur une chose brillante dépassant de l'une de ses poches. Cet objet gagna immédiatement son intérêt, mais, ne voulant pas éveiller sa méfiance, il préféra feindre l'ignorance avant de lui offrir son aide.

« C'est d'accord !
— Vraiment ? Je ne sais pas comment vous remercier ! »

Terriblement impatient, il ne put attendre davantage pour lui poser la question qui lui brûlait les lèvres.

« Quelque chose dépasse de votre poche ! »

Malgré sa bienveillance apparente, son sauveur de mauvaise fortune ne lui inspirait guère confiance. Lucie ne tenait pas à ce qu'il voit son fragment de médaillon. Elle le remit, alors, précipitamment au fond de sa poche pour le lui cacher.

« Ce n'est rien qu'un vieux bijou cassé.
— Vous pourriez peut-être me le donner, en cadeau pour me remercier de mon aide !
— Mais il n'a aucune valeur marchande ! Il n'est même pas en or, ce n'est que du cuivre.
— Il me plaît quand même ! »

La gravure qu'il était parvenu à entrevoir sur le bout de cuivre se trouvait être, en fait, la véritable raison de son intérêt pressant. Sans avoir pu distinguer ce qu'elle représentait, elle lui suggérait une certaine valeur au bijou et cette idée fut encouragée par la gêne de Lucie.

« Demandez-moi autre chose. Je tiens à ce bijou, il a une valeur sentimentale pour moi.
— J'accepte de vous aider, vous ne pouvez pas me le refuser. C'est vraiment peu cher payer à côté de la difficulté pour sortir d'ici. Vous allez faire une affaire ! »

Tandis qu'il avançait vers elle, tendant la main pour le prendre, assuré de s'être montré convaincant, Lucie recula d'un pas. Elle ne doutait pas que l'amulette soit à l'origine de son arrivée dans les marécages, qu'elle était la clé pour retrouver Marie et José et leur permettre de rentrer chez eux. Hors de question, de ce fait, de s'en laisser déposséder par ce maître chanteur.

« Je vous dis que je ne peux et que je ne veux pas m'en séparer !
— Vous refusez de troquer votre survie contre un vulgaire bout de métal ?
— Je refuse surtout de céder au chantage. Et j'attends de voir si vous serez capable de me faire sortir d'ici. En attendant vous n'aurez rien !
— Parce que vous comptez me récompenser une fois hors du marais ? Je vois bien que vous n'êtes pas d'ici, alors où trouverez-vous quelque chose qui pourrait m'intéresser ? »

Lucie dut admettre que le médaillon était tout ce qu'elle possédait et refusait d'autant plus de céder à son odieux chantage.

« Je vous donne ma parole de vous dédommager pour vos efforts, une fois sorti d'affaire.
— Je me moque de votre parole ! Désolé, mais ce que vous me proposez ne m'intéresse pas. Vous ne voulez toujours pas mettre en gage votre bout de métal ? »

Malgré son insistance et la situation délicate dans laquelle elle se trouvait, le voleur vit, à sa mine boudeuse, que sa réponse resterait ferme et définitive.

« Très bien. Tant pis pour vous. Il ne vous reste qu'à attendre qu'un autre bougre passe par ici. Bonne chance parce que vous risquez d'attendre longtemps. » ricana-t-il.

Le rançonneur sans cœur chargea son grand sac sur son épaule avant de s'éloigner en se gaussant, laissant là sa malheureuse victime. Lucie pesta devant tant d'avidité et si peu de pitié.

Un moment, le jeune homme songea que sa demoiselle en détresse changerait d'avis et le rappellerait dans l'instant, résolu à accepter sa proposition. Mais, elle n'en fit rien. Il admira sa détermination. En connaissance des dangers qu'elle encourrait, il se laissa attendrir, mais ne voulut rien laisser deviner de ses bonnes intentions.

Il s'attendait à la ténacité de Lucie qui la pousserait à le suivre. Il ne se trompait pas. Têtue, elle ne comptait pas laisser passer son unique chance d'échappatoire. Lucie entreprit de le filer à distance, espérant qu'il la conduirait, malgré lui, hors des sentiers marécageux. Avec un peu de chance, elle ferait la rencontre d'une personne plus honnête et serviable sur le chemin.

Malgré sa discrétion, il mit peu de temps à s'apercevoir de sa présence dans ses pas. Il s'en réjouit, son petit jeu allait pouvoir commencer. D'humeur à s'amuser avec elle, le jeune voleur lui préparait une filature pour le moins sportive.

Sans qu'elle s'y attende, il se mit à courir. Sautant par-dessus les taillis, slalomant entre les bosquets, empruntant les chemins invisibles à qui ne connaissait pas les lieux, il tenta de lui fausser compagnie.

Néanmoins, les efforts fournis depuis le début de la filature ne lui permirent de la distancer que de quelques pas. La motivation de Lucie était grande et la faisait courir vite.
Elle ne le quittait pas des yeux. Une seconde d'inattention risquait de lui faire perdre de vue sa cible.

Mais, concentrée sur sa course-poursuite, elle ne vit pas l'énorme racine aérienne qui se présenta à ses pieds. Elle trébucha et piqua du nez vers le sol mou et humide. Le temps de sa chute, son attention fut déviée. Avant qu'elle n'ait eu le temps de lever le museau de la boue, le voleur avait disparu de son champ de vision et elle se retrouva seule, à nouveau.

« C'est pas vrai ! Il a réussi à disparaître dans la nature ! maugréa-t-elle. Comment j'vais faire pour sortir de cet endroit de cauchemars, maintenant ? À part cet idiot, je ne vois vraiment pas qui pourrait s'aventurer dans un endroit pareil ! »

D'instinct, elle retourna sur ses pas et reproduit la course précédant sa chute, espérant retrouver la direction qu'avait pris le gredin avant de la semer.

Au moment où elle tourna les talons, un bruit assourdissant se fit entendre au-dessus de sa tête. Quelque chose brassait l'air avec puissance.
Lucie leva les yeux et fit l'expérience de l'horreur. Les recoins sinistres de la mangrove avaient pu offrir à son imagination tout un lot de craintes et de pensées effrayantes, mais elles se trouvaient bien loin de ce que le marais pouvait offrir en réalité. Une créature terrible masquait le ciel de son envergure. Pétrifiée d'horreur, Lucie regarda le monstre hideux fondre sur elle.

La bête était rapide, mais sa laideur et l'étrangeté de son anatomie ne lui échappèrent pas.
Aussi affreuse que terrifiante, elle présentait les traits d'une chimère entre l'humain et le vautour.
Lucie devina, à la vue de mamelles pendantes, qu'il s'agissait d'un être femelle et, malgré sa difformité, discernait facilement des traits féminins sur son visage cruel.
Les serres acérées, qu'elle portait à l'extrémité de chaque pied et main, se tendaient vers Lucie, prêtes à l'agripper. De ses immenses ailes de reptiles, déferlait un vent de furie sur la proie.

Comme elle se rapprochait, Lucie sentit, émaner de la créature, une odeur de vase et de chair en décomposition non sans lui rappeler celle des nappes marécageuses.

Le jeune voleur n'avait pas fui bien loin, mais Lucie l'ignorait encore. D'abord tapit à quelques pas du lieu de sa chute, puis perché au-dessus d'elle, sur un arbre presque mort, il la guettait. Et il n'eut aucun mal à identifier la créature surgie de nulle part. Pour en avoir déjà fait l'expérience, il ne connaissait que trop la cruauté et la sauvagerie dont elle faisait preuve envers ses victimes.

Du haut de son perchoir, il se sentit en devoir de venir en aide à son inconnue. L'idée même de voir l'affreux monstre mutiler la pauvre jeune fille sous ses yeux lui était insupportable.

À l'instant même où la femelle rapace se préparait à emprisonner Lucie entre ses griffes acérées, le jeune homme sauta sur l'abomination, l'alourdissant si brutalement qu'elle s'écrasa au sol, à demi sonnée.

Sans dire mot, il se releva et entraîna Lucie, encore choquée, dans sa fuite avant que la bête ne reprenne ses esprits.

bouleversée par sa terrifiante rencontre, Lucie le suivit sans réfléchir. Mais déjà les interrogations envahissaient ses pensées.

« Mais qu'est-ce que c'est que ce monstre ?
— C'est une harpie !
— Une quoi ?
— Une harpie ! Mais d'où vous venez ? Vous n'en avez jamais entendu parler ? »

Ces monstres, elle les connaissait, évidemment, pour avoir lu nombre de recueils de mythologie, mais être un jour livrée à ce genre de créature, elle ne s'y attendait point.

« Une harpie ! Mais ça n'existe pas, ce n'est qu'un mythe ! se dit-elle, à voix haute, abasourdie par la révélation du jeune homme. Mais où je suis tombée ? C'est pire que ce que je pensais ! »

Aux premiers instants de sa mésaventure, elle ne s'était préparée à rien de tout cela.
Désormais, la certitude que tout n'était qu'un commencement, que bien d'autres rencontres aussi étranges et dangereuses l'attendraient au détour d'un chemin, ne la quitterait plus. Ce serait une question de survie.

« Vous avez fait preuve d'une grande stupidité en vous aventurant ici sans aucun moyen de vous défendre ! » sermonna le voleur, l'interrompant dans sa réflexion.

Il semblait savoir exactement où il la menait bien que le choix des chemins empruntés parut hasardeux. Sorti du sentier initialement emprunté, il attirait Lucie à travers la mangrove, enjambant les buissonnets, chassant les branches sur leur passage, contournant les nappes bouillonnantes.

Sans stopper sa course, il observa leur environnement. L'inquiétude et une tension extrême étaient palpables chez le jeune homme.

« Mais où sont-elles ?

— Elles ? Qui ça, elles ? balbutia Lucie, à nouveau terrifiée.

— Les autres !

— Mais quelles autres ?

— C'est pas vrai, vous êtes complètement ignorante ! Je parle des deux copines de la saleté que je viens d'assommer. Normalement, elles sont trois et ne se séparent jamais !

— Vous plaisantez ? Si elles sont trois, on n'a aucune chance de s'en sortir !

— Elles doivent sûrement guetter le moment le plus propice pour nous sauter dessus.

— Pourquoi elles s'en prennent à nous ? Est-ce qu'on se trouve sur leur territoire ?

— Non, ce sont des voleuses d'âmes. D'abord, elles torturent leurs proies, ensuite, elles les tuent et les dévorent. Elles se nourrissent de la souffrance de leurs victimes.

— Mais je croyais que les harpies se contentaient de voler le repas des gens ou leur bétail ! »

Il s'arrêta, un instant, pour reprendre son souffle.

« Je vois que la mémoire vous revient ! souffla-t-il entre deux profondes inspirations. C'est entre autres ce qu'elles font, mais les gens en ont eu assez de se faire voler par ces créatures et de voir leur bétail décimé. Ils ont appris à se montrer plus malins qu'elles, c'est pour ça qu'elles sont obligées de chasser plus souvent. Et elles préfèrent de loin la chair fraîche de pauvres bougres. »

Il se redressa brusquement et tendit l'oreille, invitant Lucie à faire de même d'une main levée.

« Quoi ? Qu'est-ce qu'il y a ?

— Chut ! » ordonna-t-il simplement.

À cet instant, le son tonitruant des battements d'ailes se rapprocha à vive allure.

« Elles arrivent ! Vite, courez ! » hurla-t-il.

Le jeune homme, plus terrifié qu'il ne voulait paraître, prit la fuite aussi vite que ses jambes le pouvaient. Lucie reconnut le bruit menaçant et le suivit sans poser de question.

Elle eut bien des difficultés à maintenir la même cadence mais la peur, qui lui tordait le ventre, lui donnait la force de continuer à fuir. Pourtant, se seraient-ils déplacés à pas de géant, ils n'auraient pas eu plus de chance de réussir à échapper à leurs poursuivantes qui volaient deux fois plus vite qu'ils ne courraient.

Lucie s'essoufflait peu à peu et voyait déjà son compagnon d'infortune la distancer un peu plus à chaque enjambée. Jamais elle ne parviendrait à le rattraper. D'ailleurs, elle ne le voyait déjà plus.

Elle sentit, soudain, l'une des trois monstruosités derrière elle. Les bourrasques déplacées par ses ailes immenses venaient lui balayer ses longs cheveux dans le visage. La harpie se rapprochait dangereusement de Lucie, ne se tenant plus qu'à quelques coudées de sa proie. Avec effroi, elle se tourna vers la menace et vit deux serres se diriger droit sur elle. Dans un réflexe de survie, elle se recroquevilla et put, une fois encore, échapper à son agresseuse. Trop proche d'elle, cette dernière n'eut pas le temps de modifier sa trajectoire et referma ses griffes sur l'air qu'elle brassait toujours de ses ailes.

Hélas, le répit de Lucie ne fut que de courte durée, car les deux autres chipies succédèrent à la première en un instant.

Alors qu'elle s'apprêtait à reprendre sa fuite, dans un vain espoir de leur échapper, un sifflement l'interpella dans les buissons. Cherchant la provenance de cet appel, elle finit par apercevoir son sauveur, cacher dans le feuillage touffu. Lucie rampa jusqu'à lui aussi vite qu'elle le put et pénétra à travers les épais branchages noueux de l'arbuste pour s'y réfugier auprès du voleur.

D'un geste vif, il la tira vers lui avant que l'une des harpies ne l'agrippe par les épaules pour l'emporter.

Les demoiselles monstrueuses ne renoncèrent pas pour autant. Maintes fois, elles tentèrent de s'introduire dans leur abri de fortune, mais leurs ailes et leur corps trop imposants leur en interdisaient l'accès. Ainsi, les deux fuyards se sentirent brièvement en sécurité, souhaitant que les harpies finissent par abandonner.

« Je vous présente Aëllo, Ocypète et Céléno ce qui veut dire

Tempête, Vol rapide et Obscurité. Ce sont de vraies furies qui causent la famine et la destruction partout où elles passent. Tout ce qu'on peut faire, c'est fuir devant elles.

— Dis donc, c'est tout un programme ! »

Ils laissèrent s'écouler les minutes suivantes dans le silence, tous deux aux aguets du moindre mouvement de leurs ennemies communes. Le voleur profita de cette halte pour ôter ses bottines de cuir noir et en chasser quelques cailloux gênants tandis que Lucie observait les créatures sans en détacher le regard. Spectacle surréaliste pour elle et pourtant quotidien pour ce monde.

Bien décidées à ne pas renoncer à leur festin, les mangeuses d'hommes poursuivaient leurs tentatives obstinées pour s'introduire dans la cachette.

Le temps semblait s'être figé dans la mangrove. La constante clarté du jour, perçant l'obscurité, interdisait le décompte du temps passé dans le froid marais. Les minutes semblaient sans fin et finirent par se confondre avec les heures.

Depuis trop longtemps recroquevillés au cœur de l'arbuste, Lucie et Widley enduraient de douloureuses crampes faisant souffrir leurs membres contorsionnés. Lucie devint alors remuante.

« Il faut que je sorte de là. Je n'en peux plus.

— Un peu de patience, elles vont bien finir par se lasser. Si vous sortez, je ne donne pas cher de votre vie ! »

Une idée germa dans l'esprit de Lucie. Se faufiler par l'arrière du petit arbre lui permettrait peut-être de se soustraire aux trois monstres ailés et de se fondre dans la végétation jusqu'à ce qu'elle trouve un abri plus confortable. Elle comptait sur la taille imposante et donc handicapante des prédatrices pour leur échapper.

« Faites comme vous voulez. Moi, je ne reste pas ici plus longtemps ! »

Sans attendre un instant de plus, n'écoutant qu'elle-même, Lucie se faufila à travers le feuillage auquel elle faisait dos. Elle rampa discrètement sur quelques pas avant de se mettre à courir.

L'ouïe affûtée, les pestes perçurent les bruits de sa fuite et ne lui laissèrent aucune chance de prendre ses distances. Laissant là le jeune homme, encore barricadé entre ses branches, elles s'envolèrent à la poursuite de la malheureuse.

Bien que son plan pût avoir ses chances de réussite, Lucie avait omis de prendre en compte la densité végétale presque inexistante à l'intérieur du marais. De larges espaces entre les arbres facilitaient le passage des harpies, leur permettant de capturer leur victime à tout moment. Lorsqu'elle le comprit, il était trop tard pour rebrousser chemin.

Les dévoreuses d'âmes trouvèrent rapidement un accès au marécage et se délectaient déjà du repas qu'elles allaient faire.

Lucie ne regretta que trop de ne pas avoir écouté le voleur et de s'être montré si impatiente.

Malgré les risques encourus, le voleur ne se terra pas plus longtemps dans son nœud de branchages. S'exposant au danger, il se mit en quête de son inconnue, assuré de devoir lui porter secours une fois encore. Il espérait seulement ne pas arriver trop tard. Guidé par un hurlement de terreur, nul doute ne subsistait qu'il s'agissait d'elle.

Lorsqu'il parvint sur les lieux où se jouait le drame, Lucie se défendait tant bien que mal contre ses assaillantes, jetant des pierres ramassées au sol pour les tenir à distance. Un geste inutile et désespéré face à la puissance des furies qui jamais ne renonceraient.

Alors qu'il se précipitait pour lui venir en aide, poignard au poing, il fut le témoin d'un phénomène pour le moins étrange. Chaque fois qu'une pierre atteignait sa cible, elle s'évaporait littéralement dans les airs, parfois même avant de toucher l'une des mégères.

Lucie n'en fut pas moins étonnée. Aucun exploit de ce genre n'était relaté dans les ouvrages mythologiques dont elle s'était nourrie.

Revenu de son étonnement, le jeune homme la rejoignit pour prendre part à la bataille. Sa seule présence suffit à la rassurer.

Les chimères battirent en retraite et s'envolèrent hors de la zone marécageuse en poussant des cris inhumains. Lucie et son compagnon venaient de gagner, semblait-il, un combat pourtant perdu d'avance.

« Ouf, on a réussi à les faire fuir, se félicita Lucie, soulagée.

— Vous pensez que ce sont quelques malheureuses pierres qui les ont faites partir !? Un autre voyageur imprudent s'est sûrement aventuré par ici, tout comme vous. On a juste eu de la chance. » s'affligea le voleur, à la fois soulagé et atterré.

Mais de quelle chance s'agissait-il quand il eut été besoin qu'un autre périsse à leur place.
Comme en réponse à son hypothèse, un cri de terreur précéda d'horribles hurlements dans le lointain.

« Le pauvre s'en est moins bien tiré que nous ! »

Lucie écoutait sans répondre. Ses pensées allèrent à ses proches et son cœur se serra. Que n'aurait-elle donné pour avoir la certitude que la victime ne soit pas l'un d'eux.

« Maintenant, il faut partir avant qu'elles ne reviennent, préconisa-t-il. Je doute qu'un seul homme arrive à les rassasier. »

Frappée de mutisme, Lucie obéit. Elle comprenait qu'ici, le malheur des uns faisait indéniablement la survie des autres. Habitée par le sentiment de ne jamais pouvoir oublier les cris qui résonnaient encore, il faudrait du temps avant qu'ils ne cessent de faire échos dans sa tête.

Lucie suivit son sauveur dans une marche rapide et finit par reprendre le dessus sur ses horribles pensées. La parole lui revint alors, désireuse de trouver réponse au mystère des harpies.

« Vous avez vu ce qui s'est passé quand je leur ai jeté les pierres ? Elles ont disparu dans les airs ! »

Le jeune homme se rembrunit, posant sur elle un regard soupçonneux.

« Les harpies n'ont pas ce genre de pouvoir ! »

Un malaise vint s'installer. Lucie s'étonna de la soudaine

froideur de son allié ainsi que de sa réponse. Si les harpies n'étaient pas à l'origine du phénomène, quelle pouvait en être la cause ?

Elle accéléra le pas pour se placer à nouveau à sa hauteur et tenta de détendre l'atmosphère. Sans doute, lui tenait-il rancune d'avoir mis sa vie en danger en risquant la sienne.

« Merci pour ce que vous avez fait tout à l'heure. Vous n'étiez pas obligé de revenir me chercher. Et, je tiens aussi à m'excuser de vous avoir mis en danger en m'enfuyant. »

À son tour, le voleur resta muet.

« Vous êtes enfin décidé à m'aider à sortir d'ici ? insista-t-elle.
— Faut bien. Je ne veux surtout pas avoir votre mort sur la conscience ! lâcha-t-il enfin.
— J'espère que vous savez que je n'ai rien à vous donner en échange. Tout ce que je peux vous offrir pour l'instant, c'est une profonde gratitude. »

Il s'arrêta près d'elle et s'approcha un peu plus, une lueur espiègle dans le regard.

« Vous devrez vous montrer très reconnaissante alors ! nargua-t-il d'une voix langoureuse.
— C'est...c'est-à-dire ? bégaya Lucie, mal à l'aise face à ce revirement soudain.
— Détendez-vous ! Vous l'avez dit tout à l'heure, vous n'avez rien d'intéressant pour moi. »

De toute évidence, le jeune homme s'amusait d'elle. Cela en était presque vexant.

« Vous me devrez simplement quelques services.
— Pour quelles raisons, je devrai vous être redevable de plusieurs services ? s'indigna-t-elle.
— Je vois que vos problèmes de mémoire refont surface. D'abord, je vous ai sauvé la vie en vous tirant des griffes de ces

affreuses mégères à deux reprises. Et maintenant, je vous conduis à la sortie du marais.

— Va pour les deux premiers. Quant au troisième, j'attends de voir si vous saurez m'emmener saine et sauve hors de cet endroit puant. »

Les tensions finirent par se dissiper. Le jeune homme profita de cette accalmie pour tenter d'en savoir davantage sur sa compagne de voyage, baignée de mystères. Ses étranges vêtements, son pendentif, sa présence inexplicable dans la mangrove stimulaient sa curiosité.

« Vous n'êtes pas du coin, je me trompe ?

— Vous êtes très observateur. Mais je ne compte pas moisir ici très longtemps. Je dois juste retrouver deux personnes avec qui je voyageais et, ensuite, il me faudra trouver un moyen pour rentrer chez moi.

— J'ai tout de suite remarqué que vous n'étiez pas d'ici. Avec votre accoutrement, vous ne passez pas vraiment inaperçue !

— C'est pour ça que vous avez essayé de m'extorquer mon médaillon en marchandant votre aide ! Vous pensiez sans doute qu'une pauvre étrangère se laisserait plus facilement berner. Vous croyez vraiment que les gens sont plus stupides ailleurs qu'ici ? Je parie que, si je vous l'avais donné, vous vous seriez tiré avec en me semant comme vous l'avez fait tout à l'heure !

— Je suis vraiment désolé, s'excusa-t-il dans un éclat de rire. J'ai trouvé ça très amusant. Mais n'oubliez pas que je ne vous ai pas abandonné à votre sort et que je vous ai sauvé la vie ! En parlant de votre médaillon, j'ai vu qu'il portait une drôle de gravure. Je peux savoir où vous l'avez eu ? »

Lucie plongea la main dans sa poche et en sortit le bijou pour le contempler.

« On dirait qu'il en manque une grande partie !

— C'est vrai qu'il est incomplet. Ce sont les deux personnes que je recherche qui doivent avoir le reste. Comme je vous l'ai dit, il n'a aucune valeur. Je l'ai trouvé dans une vieille maison abandonnée. C'est une longue histoire un peu compliquée.

— Ça tombe bien, le chemin risque d'être un peu long avant de parvenir à la frontière. Vous aurez tout le temps de me raconter votre histoire.

— Désolé mais, bien que vous m'ayez sauvé la vie, je n'ai aucune confiance en vous. Un jour peut-être, je vous la raconterai. »

Le jeune homme s'était montré héroïque, mais restait un voleur et lorsqu'il serait informé des propriétés magiques du bijou, nul doute qu'il tenterait à nouveau de le lui dérober pour le monnayer au plus offrant. Il était préférable d'attendre d'en savoir plus à son sujet ainsi que sur l'amulette.

« Je le trouve étrange, tout comme vous. Dites-moi, au moins, qui sont ces deux personnes que vous tenez tant à retrouver ! À moins que ça aussi, ça ne soit un secret !

— Effectivement, je préfère ne rien vous dire d'eux pour le moment.

— Très bien, mademoiselle Mystères. Si vous voulez, je connais une personne qui pourra peut-être vous aider à retrouver vos amis. C'est une vieille femme généreuse comme il y en a peu. Elle vous apportera volontiers son aide. Elle ne reçoit pas souvent de visiteurs, encore moins d'étrangers, alors elle sera certainement ravie de vous accueillir chez elle.

— J'espère pour vous que vous ne comptez pas m'emmener dans un de vos repaires de brigands !

— Rassurez-vous, s'amusa-t-il, je ne fréquente pas ce genre d'endroit. Je préfère travailler seul, ça m'évite de devoir partager ce que je...gagne.

— Oh, je vois ! vous êtes un solitaire ! J'espère au moins que ma présence ne vous est pas trop insupportable !

— Ça va, je crois que je survivrai ! À condition qu'à l'avenir vous écoutiez mes conseils.

— Je pense avoir retenu la leçon. Mais, au fait, avec tout ce qui s'est passé, on n'a même pas pris le temps de se présenter ! »

Une main amicale fut tendue vers lui.

« Je m'appelle Lucie. »

Un sourire s'esquissa sur le visage du jeune homme, content de voir qu'elle abandonnait un peu de sa méfiance.

« Moi, c'est Widley. Ravi de vous connaître ! »

Malgré toute la défiance que le voleur lui inspirait, Lucie lui vouait une sincère reconnaissance. Il avait fait preuve d'un grand courage envers elle et elle espérait bien, un jour, pouvoir lui régler sa dette.

CHAPITRE VIII

Les heures filaient et José marchait toujours à travers la roche. Encore et toujours ce paysage monochrome de roc, ce triste décor qui ne menait nulle part.

Les jambes douloureuses, il peinait sous la chaleur sans pouvoir apaiser une soif devenue obsédante.

Il se posa un instant sur un rocher, non par fatigue, mais pour se plonger dans une profonde réflexion. La solitude et le paysage tristement invariable faisaient naître la lassitude.

Pourtant, nul autre choix ne s'offrait à lui que de poursuivre sa marche et refuser de se laisser abattre. Il pressentait que de courage, il lui en faudrait beaucoup avant de pouvoir retrouver ses cousines et un lieu plus familier.

Quelques minutes de pause lui suffirent. Il observa son environnement et repéra un nouveau chemin qu'il s'empressa de suivre. José marchait vite et parcourut une lieue en un rien de temps.

Au cœur du massif rocheux, le paysage se transformait. Devant ses yeux ébahis, apparut une imposante caverne creusée à flanc de montagne. Deux énormes piliers de bois se dressaient de chaque côté, soutenant une incroyable toile brute, tendue en guise d'auvent.

Depuis son réveil, José nourrissait l'espoir d'une rencontre, d'une aide à défaut de trouver ses cousines. À présent, face à ce décor impressionnant, l'idée que la grotte puisse être occupée provoqua une confusion de joie et d'anxiété.

Non sans une certaine réserve, il avança vers la cavité. Près de l'entrée, un énorme bûcher éteint fumait encore.

« Qu'est-ce qu'on a bien pu brûler dans un feu de cette taille ? »

Loin d'être rassuré, José s'obligea à pénétrer dans la grotte pour y trouver son occupant. Ce dernier pourrait lui indiquer le chemin d'une ville et peut-être aurait-il la bonté de lui offrir de quoi calmer son estomac affamé et apaiser sa soif.

L'entrée franchie, la fraîcheur du refuge le surprit. Les heures,

passées à griller sous le soleil, vite oubliées, il se délecta de ce moment de frais.
José ne s'introduisit pas davantage dans l'antre si sombre qu'il ne parvenait à en distinguer l'intérieur. Sur ses gardes, il préféra rester à proximité de l'entrée, prêt à prendre la fuite en cas de danger. Afin d'en savoir plus, il dut manifester sa présence.

« Est-ce qu'il y a quelqu'un ? Je me suis perdu. Quelqu'un ici peut m'aider ? »

La caverne, plus profonde qu'elle n'y paraissait, fit résonner la voix de José avec force.
Un silence s'ensuivit, mais ne fut que de courte durée.

« Qui ose pénétrer chez moi ? répondit une voix rauque et puissante. Qui se permet de me déranger ? »

José ne parvenait pas à situer cette voix, résonnant profondément depuis les plafonds de la grotte. Mais il n'eut pas à attendre car le propriétaire des lieux ne comptait pas rester caché.
De l'obscurité, s'avança le mystérieux personnage. Sa respiration était forte, son pas lourd et traînant.
À la pesanteur des pas, à la puissance de la voix, José soupçonna quelque chose de très inhabituel chez cette personne, bien loin de s'imaginer à quel point c'eût été le cas.
Il comptait les pas qui se rapprochaient trop vite pour être ceux d'un être normal. Trois enjambées suffirent à l'hôte de la caverne pour se tenir face à son intrus.
José frémit en apercevant une énorme tête sortir des ténèbres et le dévisager de pied en cap.
Le personnage ne lui laissa pas le temps de réaliser qu'il se trouvait face à un authentique géant des montagnes.

« Eh bien, petit voleur, tu es bien audacieux et imprudent de t'introduire ainsi chez moi !
— Non ! Je...je ne suis pas un voleur !
— Je suis sûr que tu mens. Qui d'autre oserait s'aventurer dans la montagne et surtout dans ma grotte ?

— Je vous jure que je n'avais pas l'intention de vous voler ! Je suis perdu, je cherche ma route ! »

José eut beau tenter de se justifier, le géant ne voulut rien entendre. Déjà, il ne l'écoutait plus. Tandis qu'il plaidait sa cause, le colosse avança son énorme main pour le saisir. Et dans cette main, il tenait une grande cage qui s'abattit sur lui sans lui laisser le temps de fuir.
José se trouva pris au piège, hébété et démuni face à une situation totalement absurde.
Le géant, quant à lui, semblait satisfait de sa prise, content d'avoir pris sa victime par surprise en se montrant plus rapide.

« Je t'ai senti arriver de loin. Je t'attendais. » sourit le géant.

Il traîna la cage à l'extérieur de la grotte, sous l'auvent, ballottant son captif, puis s'en retourna dans son logis. Revenu à ses esprits, nombre de questions se bousculèrent dans la tête de José.

« Mais où est-ce que je suis tombé ? Je rêve ou quoi, c'est bien un géant qui vient de me piéger ? Qu'est-ce qu'il va faire de moi ? »

À cette dernière question, il trouva potentiellement réponse en posant les yeux sur l'énorme bûcher alors tout à fait éteint. Sa crainte s'accentua lorsque réapparut le géant, armé d'une hache, avant de s'éloigner de sa démarche balourde. Les intentions du colosse étaient claires.

José profita de cette absence pour étudier sa prison et préparer son évasion. Les énormes branches, se serrant les unes contre les autres, lui interdisaient de se glisser entre elles pour s'extirper de la cage. Sans fond, elle devait peser plusieurs centaines de livres, aussi lui sembla-t-il inenvisageable de la soulever. Il lui fallait trouver un autre moyen.

José repéra une pierre affûtée, traînant aux abords de la cage. Passant alors le bras entre les barreaux de sa prison de bois, il l'étira autant qu'il lui était possible pour atteindre l'objet de son salut. Il dut répéter ses tentatives encore et encore avant d'y parvenir. Le retour inévitable du géant accentuait son angoisse et rendait ses gestes maladroits. Il devait pourtant agir vite.

Le caillou aiguisé en sa possession, José entreprit de scier l'un des barreaux pour tenter de le rompre. Mais la branche résistait aux incisions. Il lui faudrait plus de temps qu'il n'en disposait pour parvenir à se frayer une issue de secours. Et du temps, il n'en disposait que de peu. Le géant ne tarderait sans doute pas à revenir. C'était peine perdue.

Découragé, il s'abandonna sur le sol de poussière, replongeant dans ses réflexions en quête d'idées nouvelles, aux meilleures chances de réussite. Mais elles furent interrompues par le retour de son geôlier, le dos chargé de troncs.

L'ogre de dix pieds de haut, un peu bossu, n'était pas vraiment laid. En vérité, il ne s'agissait là que d'un homme aux mensurations exagérées. Ses vêtements, coupés dans une toile brute épaisse, sans doute cousus par le géant lui-même, devaient être son unique tenue à en juger par les diverses reprises et pièces rapiécées.

Sans prêter attention à son prisonnier, le colosse déposa dans le bûcher les énormes rondins fraîchement coupés, pour ranimer le brasier à l'intention de son malheureux prisonnier.
Inquiet pour sa sécurité, José commença à paniquer et décida d'entamer le dialogue avec le géant pour tenter de l'amadouer.

« Pourquoi allumez-vous ce feu ? »

Le géant resta muet, tout absorbé par sa tâche. Loin d'avoir la patience pour qualité, ce mutisme provoqua, chez José, un certain agacement et accentua son angoisse.

« Eh ! Répondez-moi ! Qu'est-ce que vous allez faire de moi ? » vociféra-t-il

Le grand homme s'obstina dans son silence. José perdit son sang-froid et lui jeta une pierre pour attirer son attention. Surpris, le géant n'eut, d'abord, aucune réaction.
Bien décidé à se faire entendre et à obtenir une réponse de sa part, José s'entêta. Il ramassa et lui jeta toutes les pierres qu'il pouvait trouver dans sa prison ou saisir en dehors. Sa colère était telle qu'il tirait fort et visait juste.

Agacé par cet acharnement, le géant délaissa sa tâche pour se tourner vers son prisonnier, grognant et soufflant d'exaspération. Il s'approcha de la cage, le visage trahissant une certaine irritation.

« Laissez-moi sortir ! Je ne vous ai rien fait !

— Je ne supporte pas que les voleurs s'introduisent chez moi alors je vais me débarrasser de toi.

— Vous êtes sourd ou quoi ? Puisque je vous dis que je me suis perdu !

— Je ne suis pas convaincu que tu sois de bonne foi et je te trouve très agaçant. »

L'agressivité de José n'encourageait guère l'ogre à le libérer, loin s'en fallait. Il saisit le haut de la cage pour la soulever dans l'intention d'attraper le parasite perturbateur.

Fort heureusement, cette fois, José fut le plus rapide et parvint à filer entre ses doigts gigantesques avant qu'il ne les referme sur lui. Il fit preuve d'une telle rapidité et d'agilité qu'il en fut le premier surpris. Une fois hors de la cage, José prit la fuite, sans attendre, pour échapper au terrible sort que lui réservait son bourreau.

Le géant lâcha, précipitamment, la geôle qui bascula et roula sur le sol. Il n'eut à faire qu'un seul pas pour rattraper José s'il ne s'était pris les pieds dans la cage. Le titan tituba et finit par s'écraser au fond d'une profonde crevasse.

Cette chute aurait été fatale à tout être normal, mais ce qui apparaissait comme un précipice à José, ne représentait qu'un simple fossé à l'échelle du géant.

Un peu sonné malgré tout, il s'extirpa de son trou sans égratignure mais l'orgueil entamé. Le surhomme comptait reprendre sa chasse à l'homme, mais José avait profité de cette chute inespérée pour fuir encore, s'éloigner davantage et finir par disparaître de son champ de vision.

La montagne offrit à José plus d'un moyen de se dissimuler rapidement et efficacement. Monts et rochers devinrent des cachettes appréciables en cet instant critique.

De nouveau sur ses pieds, le géant tenta de retrouver sa victime, mais José n'était déjà plus visible.

CHAPITRE IX

En route vers la palissade, Marie s'interrogeait encore sur ce qu'elle pouvait dissimuler, mais espérait y trouver une ville et ses habitants.

Chemin faisant, elle traversa un champ de petites fleurs aux longs pétales mauves. Bien qu'elle n'eût pas souvenir d'en avoir déjà vu, Marie se surprit à connaître le nom de cette plante.
Voyant ce champ de malvas, elle eut l'irrésistible envie de s'en composer un bouquet, ainsi, la route lui semblerait moins longue.
Marie avança tranquillement, absorbée par sa cueillette, guidée par cette envie, ce besoin irrépressible et un sentiment de nécessité. Des fleurs plein les bras, elle revint, finalement, à sa priorité et reprit sa progression vers le mur, d'un pas plus empressé.

Marie ne comptait plus le temps passé à traverser la plaine. Les hautes herbes ayant pu lui fouetter les jambes dans le champ de malvas ne devinrent plus qu'un gazon fleuri dévoilant le sol qu'elle foulait. Au loin, le scintillement du soleil sur une surface réfléchissante capta son attention. Elle dévia de sa destination pour découvrir l'origine de cet éclat. À l'approche du miroir, Marie, assoiffée, découvrit une petite mare, luisant sous les rayons ardents. Trop heureuse de pouvoir enfin se désaltérer, elle se pencha sur ce point d'eau inespéré.
À l'instant où elle porta le liquide, retenu au creux de ses mains, jusqu'à sa bouche, Marie entendit un rire malicieux, presque enfantin.
Se redressant subitement, elle regarda autour d'elle sans parvenir à en trouver l'origine.

« Je commence à entendre des voix. Il faut absolument que je trouve un endroit où me reposer et manger, ça devient urgent ! »

Faisant sorte de ne pas y prêter attention, elle se pencha à nouveau pour se rafraîchir le visage et finir de s'abreuver avant de reprendre sa route. Mais à peine aspirait-elle une seconde gorgée que le rire mystérieux se fit entendre de nouveau. C'est alors que, dans le trouble aquatique, apparut le visage souriant d'une jeune femme mêlé à son propre reflet. D'une beauté saisissante, la belle, aux longs cheveux ondulant telles des ondes sous-marines, apparaissait entièrement dévêtue.

Stupéfiée, Marie fit un bond en arrière avant de se tourner en hâte afin de voir la personne qui devait se tenir penchée au-dessus de son épaule. La surprise fut plus grande encore, forcée de constater qu'il ne s'y tenait personne. La beauté semblait, bel et bien, se trouver dans la source.

À quatre pattes pour se rapprocher de la mare, Marie se pencha, encore une fois, au-dessus de la nappe cristalline, mais l'image de la jeune femme s'était évanouie, emportant avec elle ses rires mutins.
Alors, une impression étrange lui fit admettre que cet endroit, où l'avait abandonné le médaillon, semblait loin d'être ordinaire. Rêve ou réalité parallèle, elle ne savait que penser. À l'avenir, il serait prudent de se tenir sur ses gardes car, à l'évidence, même le plus incroyable pouvait se produire.

Marie reprit route vers la palissade, très troublée et plus pressée encore d'y trouver refuge.
Elle se trouvait, désormais, assez proche pour contempler l'enceinte de bois et son mirador et n'eut plus longtemps à cheminer avant de les atteindre tout à fait. Tout en haut du rempart, trois hommes armés gardaient ce qu'il dissimulait, prêts à le défendre bravement.

Depuis longtemps, les gardiens guettaient son approche et avaient, d'ores et déjà, donné l'alerte. Une fois au pied de la fortification, ils ne lui laissèrent pas même le temps de prendre la parole pour solliciter leur aide. Déjà, les portes de l'enceinte s'ouvrirent devant elle.
Marie poussa un soupir de soulagement, rassurée de voir son cauchemar prendre fin.
Mais l'ordre qui fut donné aux gardes d'ouvrir les portes ne présentait aucun but d'hospitalité comme elle le crut.
Aussitôt le portail massif béant, d'autres gardes se postèrent face à elle. Marie n'eut le temps de réagir qu'un nouvel ordre leur fut donné.

« Emparez-vous d'elle ! » ordonna une voix qui était celle d'un autre homme.

Venue jusqu'à eux pacifiquement, Marie resta abasourdie face à cette animosité inexplicable. Quel danger pouvait-elle représenter pour qu'on la traite ainsi ? Elle ignorait encore la nature du mystère que protégeaient les gardes et leur haute palissade. Elle ignorait encore la Cité aux innombrables habitants comptant sur eux pour veiller à leur sécurité.

« Mais...que faites-vous ? Arrêtez, je ne suis pas armée ! Je n'ai rien fait de mal ! » se défendit-elle en vain.

Ils ne craignaient pourtant pas les voyageurs, les camelots ou les négociants itinérants, à l'accoutumée, mais la tenue de la jeune fille, tout à fait étrange, la rendait suspecte. Et toute menace devait être neutralisée.

Les gardes s'écartèrent devant un homme qui s'avança vers elle. D'un rang supérieur, le visage austère, l'homme au physique latin la dévisagea de pied en cap de son regard sombre. Dans sa tunique noire, étroite et longue, sa froideur accentuait la sévérité de son apparence stricte.

Silencieux et impassible, il observa l'indésirable. Il n'appréciait guère la venue d'étrangers et craignait davantage pour la sécurité de la Cité. Marie n'eut aucun mal à saisir ses pensées bien qu'il restait muet.

« Je...je me suis perdue. Je cherchais de l'aide et j'ai vu votre mirador alors j'ai pensé que quelqu'un pourrait m'aider, se risqua-t-elle, tentant de rassurer pour s'éviter de gros ennuis.

— Les étrangers ne sont pas les bienvenus ici, lui adressa l'homme ténébreux. En attendant d'en savoir plus à votre sujet, vous serez emprisonnée. Emmenez-la jusqu'à la geôle ! » ordonna-t-il enfin aux gardes qui la maintenaient fermement.

Marie avait misé tous ses espoirs sur la forteresse lorsqu'elle lui était apparue. Aussi, ne s'attendait-elle pas à pareil accueil. À présent, les espoirs envolés, ne restait que la peur du châtiment que l'on lui réservait.

« Mais attendez, vous n'avez rien à craindre de moi ! Puisque je vous dis que je cherchais juste de l'aide. »

Ses dernières supplications s'éloignèrent avec elle, entraînée par la force des gardes armés.
S'égosillait-elle à perdre souffle pour plaider sa défense, les gardes n'entendirent rien à ses supplications et la tirèrent sans hésitation jusqu'à son cachot. Une corde nouée à la taille, Marie fut descendue au fond d'un puits tari, aussi large que profond.

L'homme en noir vint s'assurer de son emprisonnement. Sans prendre la peine de soulever la lourde grille, qui en condamnait la cheminée, il entama un interrogatoire sans autre forme de préambule.

« Qui êtes-vous et d'où venez-vous ? »

Ce qui n'avait pas échappé au latin, Marie l'avait remarqué, elle aussi. Son accoutrement, en rien de commun aux leurs, l'avait desservi lors de son arrivée. Sans être dupe, elle comprit vite la situation. Bien loin de chez elle, son geôlier ne croirait pas un mot de son histoire. Sans doute, la prendrait-il même pour folle. Elle préféra donc tenir secret les détails de sa mésaventure.

« Je m'appelle Marie. Excusez-moi, mais j'ai quelques pertes de mémoire. Je sais juste que je me suis réveillée dans la plaine. Quand j'ai vu l'enceinte de votre ville, j'espérais juste y trouver de l'aide pour retrouver mon chemin. ». Bien mal lui en avait pris, songea-t-elle.

Marie supposait que Lucie et José s'étaient peut-être, comme elle, laissés guider et tromper par les remparts. Et, sans doute, se trouvaient-ils déjà dans la Cité. Mais, au vu du sort que l'on lui avait réservé, elle s'inquiéta de savoir ce qu'il était advenu d'eux.

« Avant de perdre connaissance, je me souviens que j'étais accompagnée de ma sœur et de mon cousin. Sont-ils venus ici ? Qu'avez-vous fait d'eux ? »

L'étrangère n'était donc pas seule. Le danger lui sembla alors plus grand qu'il ne l'envisageait.

« Personne n'est venu ici à part vous. Pourquoi êtes-vous là ? vociféra-t-il.

— Je me fatigue à vous dire que je me suis égarée. Si vous ne voulez pas m'aider tant pis, mais laissez-moi partir ! »

Lassé de ses questions et réponses qui n'avaient, pour lui, aucun sens, il décida de mettre un terme à l'interrogatoire et s'en alla.

« Qu'est-ce que vous faites ? s'affola Marie. Attendez, ne partez pas ! Vous n'allez pas me laisser ici ! Revenez ! »

L'homme austère s'éloigna sans se retourner ni même répondre à ses implorations. Plus perdue que jamais, Marie s'interrogeait déjà sur le moyen qui lui permettrait de sortir de cette situation pour le moins critique.

CHAPITRE X

« Arrêtez-vous s'il vous plaît ! Je dois faire une pause. »

Les pieds douloureux malgré des baskets confortables, Lucie ne comptait déjà plus le nombre de fois, de plus en plus fréquentes, où ils avaient fait une halte, et cela bien que Widley ne cessât de la presser à cause du jour déjà déclinant.

« Encore ? On n'a pas de temps à perdre, le soleil va bientôt se coucher et il ne fait pas bon traîner dans les parages la nuit.

— J'avais pas remarqué qu'on était plus en sécurité pendant la journée !

— Ne soyez pas sarcastique. Les créatures des marais voient très bien la nuit contrairement à nous. C'est beaucoup plus difficile de leur échapper.

— Ça ne vous a pourtant pas dérangé de faire un détour pour récupérer votre butin malgré les risques auxquels on s'exposait !

— Ce butin me permet de survivre, figurez-vous, et je ne suis pas seul à en avoir besoin ! Et puis, ça nous a à peine retardés.

— Si vous le dites ! Et comment croyez-vous que cette vieille femme pourra m'aider à retrouver mes amis ? » l'interrogea-t-elle. Toujours sur ses gardes quant à ses intentions, Lucie voulait en apprendre davantage sur leur destination.

« C'est un peu… une magicienne ! »

Le jeune homme énigmatique ne semblait pas décidé, lui non plus, à lui en révéler davantage.

« Allez, levez-vous ! Un peu de courage, on est presque arrivés. »

Dominant la douleur, Lucie se leva pour le suivre d'un pas traînant, à quelques pas derrière lui. Fatiguée, les pieds meurtris, elle commençait à douter de ne jamais parvenir là où son guide promettait de l'amener.

Mais, à mesure qu'ils avançaient, Lucie finit par apercevoir des arbres, l'un après l'autre plus verdoyants, supplantant les buissons épineux. Ils se rapprochaient donc de l'orée d'une forêt.

Le crépuscule apparut plus vite qu'elle ne s'en serait doutée. Fort heureusement, ils arrivèrent enfin devant une modeste maisonnette de pierre à demi dissimulée sous la végétation.

« Regardez ! On est arrivés. »

À l'exception des arbres, d'un puits et d'un tas de bois, rien n'existait autour de la masure. La vue d'un filet de fumée s'échappant de la cheminée la rassura.

« Ouf ! Enfin, un être humain dans le coin ! » souffla-t-elle, soulagée.

Heureux d'être enfin sorti des marais, Widley retrouva son humeur taquine.

« Rassurée ? Ça n'a rien d'un repaire de voleurs ! Pourtant, je suis sûr que vous trouveriez votre place dans un tel endroit. Après tout, vous aussi vous êtes une voleuse. Vous avez cambriolé une maison pour avoir le bijou que vous possédez !

— C'est faux ! S'offusqua Lucie. Cette maison était inhabitée depuis des décennies ! Ne nous comparez pas, je n'ai rien à voir avec vous.

— J'espère qu'elle ne s'est pas trop inquiétée, dit-il plus sérieusement. J'aurais dû être rentré depuis des heures. On serait sûrement arrivés plus tôt si l'on ne s'était pas arrêtés si souvent ! »

Lucie préféra ignorer le reproche, consciente que, sans lui, elle serait encore prisonnière de la mangrove ou même sûrement dévorée par les harpies.

Widley pénétra dans la maisonnette, suivi de sa protégée.

Le jeune homme n'avait pas menti. Il l'avait bel et bien conduit auprès d'une vieille femme, pauvrement vêtue. Penchée au-dessus d'une

petite marmite suspendue dans le foyer de la cheminée, elle en goûtait le contenu dans une grande louche.
De la marmite émanait une merveilleuse odeur de soupe. La faim, s'étant faite discrète jusqu'à cet instant, s'éveilla à l'appel de ce délicieux parfum.

Au grincement de la porte qui s'ouvrit, la petite vieille se redressa, abandonnant son occupation du moment. Elle accueillit, alors, Widley d'un sourire chaleureux et s'avança lentement vers lui pour le saluer d'un baiser sur la joue.

« Tu en as mis du temps pour revenir de la ville ! » dit-elle d'une voix empreinte d'une réelle douceur, sans colère ni contrariété.
Ses gestes tendres, pour le jeune homme, trahissaient l'amour d'une mère pour son fils ou, à en voir son grand âge, celui d'une grand-mère pour son petit-fils.

« Mais qui m'amènes-tu là ? Tu aurais dû me prévenir que nous aurions une invitée pour le dîner ! »

La vieille femme dévisagea Lucie de la tête aux pieds, s'étonnant de la curiosité de ses habits. Son sourire se mua en une grimace lorsqu'elle remarqua la saleté couvrant ses vêtements et l'odeur nauséabonde qui s'en dégageait. Effrayée, blessée et épuisée, Lucie avait fini par en oublier son état.

« Bonjour chère enfant, je suis Scatach, la vieille magicienne.
— Enchantée ! Je m'appelle Lucie. Je m'excuse d'arriver chez vous dans cet état.
— Ça ne fait rien, rassure-toi. »

S'adressant à nouveau à Widley, installé devant l'âtre pour se déchausser et ôter sa veste, la vieille Scatach ne détachait plus les yeux de Lucie.

« Où as-tu rencontré cette charmante jeune fille ?
— Elle a eu l'imprudence de se promener dans les marais. C'est là que nos chemins se sont croisés » formula-t-il en prenant soin de

jeter, à Lucie, un vif regard accusateur, du coin de l'œil.
« Comme elle semblait perdue et désemparée, je lui ai proposé mon aide » enjoliva-t-il à son avantage.

S'en tenir à la réalité des faits lui aurait été défavorable au regard de sa bien-aimée grand-mère.
Estomaquée par tant d'aplomb, Lucie demeura coite, dévisageant le vilain menteur de ses yeux écarquillés. Tentée d'avouer la vérité à la magicienne, elle se ravisa. La vieille dame portait un regard tant empreint de tendresse et d'affection sur son protégé que Lucie n'eut pas le cœur, ni le courage, de lui apprendre la vérité sur son brigand de petit-fils.

« C'est vraiment très gentil de ta part. Mais que faisais-tu dans un tel endroit ? Ce n'est pas le genre de lieu que fréquentent habituellement les jeunes filles !

— Disons que je ne viens pas d'ici et que je me suis égarée en chemin. »

Tout en l'invitant à s'asseoir, elle aussi, près du feu, Scatach continua de la questionner.

« Je n'ai pas souvenir d'avoir déjà vu de vêtements comme ceux que tu portes. Tu dois vraiment venir de très loin !

— Oh oui ! Vous n'avez même pas idée ! »

Pour la première fois depuis son arrivée dans ce monde étrange, Lucie se sentait en confiance et répondait, sans méfiance, aux nombreuses questions de la magicienne.

« Je suis très étonnée qu'une étrangère soit parvenue à survivre aux dangers des marais.

— Si vous faites allusion aux harpies, j'ai rencontré votre petit-fils au bon moment. Il m'a sauvé la vie à deux reprises.

— C'est vraiment un garçon très gentil et serviable. »

Lucie n'en croyait pas ses oreilles. Que cette vieille dame pouvait être naïve, aveuglée par l'amour qu'elle portait à son rejeton !

« J'espère que tu vas rester chez nous ce soir ! Tu es la bienvenue, ma chère enfant. Nous n'avons pas tous les jours de la visite, tu comprends sûrement pourquoi ! Je vais commencer par te préparer un bon bain, ça te fera le plus grand bien après tant d'heures de marche. Ensuite, je te donnerai des vêtements propres pendant que je laverai les tiens. Avec ceux-là, tu passeras plus facilement inaperçue dans la région pour la suite de ton voyage. Il n'est pas bon de trop se faire remarquer dans le pays. Les gens d'ici n'aiment pas beaucoup les étrangers. »

Tandis qu'elle parlait, Scatach passa derrière un grand rideau de lin et pénétra dans une autre pièce de la maison, faisant signe à Widley de la suivre.
Profitant de cette courte absence, Lucie se pencha vers lui avant qu'il ne s'exécute.

« Je viens de réduire ma dette envers vous ! » lui murmura-t-elle en réponse à son manque d'honnêteté envers sa grand-mère.

Derrière la toile de lin, les silhouettes s'affairaient. Un bruit d'eau versée à seau annonçait la préparation d'un bain.
Ils revinrent presque aussitôt. Scatach invita Lucie à la suivre dans l'autre pièce, laissant Widley, à son tour, seul face à la cheminée.

Dans la modeste habitation, aux quelques meubles de bois brut, un petit foyer réchauffait la pièce minuscule, permettant de faire bouillir l'eau dans un chaudron.
La grand-mère avait fait remplir pour elle un grand baquet d'eau bien chaude et mit à sa disposition du linge propre et de quoi se défaire de la crasse des marais.

« Prends tout ton temps. Lorsque tu seras plus présentable, tu viendras te réchauffer le corps avec une bonne soupe.
— Merci beaucoup. »

La vieille dame, très maternelle envers Lucie, la traitait comme sa propre enfant, si bien qu'elle finit par se sentir chez elle.

Dans la pièce principale, Widley s'occupait d'alimenter le feu de bois, mais l'esprit n'était pas à sa tâche. Son regard se trouvait irrésistiblement attiré vers la pièce de bain, que seul le grand rideau fermait. Il pouvait entendre les clapotis de l'eau à chaque geste de Lucie. Cet attrait plus fort que lui ne lui permettait pas de se concentrer sur autre chose.

Scatach ne tarda pas à s'en apercevoir et le surprit dans ses pensées.

« C'est une belle jeune fille !

— Quoi ? Ah, tu parles de cette fille ? Feignit-il devant l'insinuation. C'est possible ! J'ai surtout remarqué son sale caractère. Tu ne t'imagines pas à quel point elle peut être têtue. »

La grand-mère se contenta de sourire de sa bouche édentée.

De l'autre côté du rideau, Lucie plongea dans le baquet et se frotta énergiquement pour décoller la boue séchée sur sa peau et ses cheveux. Assise dans le bain, immergée dans la vapeur, elle réfléchit au monde bien étrange qui l'accueillait.

Propre et débarrassée de l'odeur des marais, le corps rosi par l'eau fumante, elle revêtit les vêtements mis à sa disposition.

À peu de chose près semblables à ceux de Widley, ils lui convenaient parfaitement. Sans doute, les avait-il portés plus jeune. Peu importait. Pour l'essentiel, elle se sentait à l'aise dedans.

Lucie n'oublia pas de glisser le médaillon dans une des poches du pantalon. Une fois prête, elle alla rejoindre ses hôtes.

Widley ne se trouvait plus dans la maison. Seule y demeurait la vieille magicienne.

« Assieds-toi près du feu mon enfant, tu pourras ainsi mieux te sécher en attendant que je t'offre une bonne assiette de soupe bien chaude. Il te faudra des forces pour reprendre ta route. »

Scatach lui laissa à peine le temps de s'installer, lui servant déjà une assiette débordante de potage avant de s'asseoir sur la chaise en face de la sienne.

« Mon petit-fils m'a parlé de la raison de ta présence ici. Tu es à la recherche de deux de tes amis, c'est bien ça ?

— En fait, il s'agit de ma sœur et de mon cousin, révéla-t-elle. Je crois qu'ils sont quelque part dans ce pays, mais j'ignore où. Widley m'a dit que vous pourriez peut-être m'aider à les retrouver ! »

Elle avala quelques cuillerées de soupe fumante avant de poursuivre.

« Tout à l'heure, vous m'avez dit que vous étiez magicienne. Est-ce que c'est vrai ?

— Oui, c'est vrai. Mais je ne me sers de la magie qu'en cas d'absolue nécessité. Si tu ignores où se trouve ta famille, la retrouver va demander du temps, mais ça n'est pas impossible. Je crois que tu auras plus de chance si tu te rends à la Cité. Si, comme tu le penses, ils sont dans la région, ils s'y rendront certainement aussi car c'est un lieu de passage pour les voyageurs. »

Widley vint interrompre leur conversation en pénétrant brusquement dans la masure, les bras chargés de bûches.

La porte s'abattit contre le mur dans un fracas surprenant Lucie qui bondit de sa chaise. Elle renversa un peu du potage brûlant sur son pantalon et dû poser son assiette sur la poutre de la cheminée pour se nettoyer. Comme elle frottait la tâche, son fragment de médaillon glissa hors de sa poche.

Lucie s'empressa de le ramasser, espérant que la vieille dame n'y prêterait pas attention, mais la magicienne se précipita sur elle avant qu'elle n'eût le temps de le remettre en place.

Scatach sembla le reconnaître. Ses yeux s'illuminèrent subitement à la vue de l'objet. Elle prit dans ses mains celles de Lucie, serrant toujours le bijou.

« Ca change tout ! » soupira-t-elle, réjouit.

Cette admiration soudaine pour le morceau d'amulette inquiéta Lucie. Elle hésita à la laisser lui prendre.

« Vous avez déjà vu ce médaillon ?

— Je ne l'avais jamais vu de mes yeux, mais tous les magiciens et sorciers de ce monde le connaissent. »

Toute cette agitation attisa la curiosité de Widley. Il s'approcha des deux femmes et se délesta des bûches près de l'âtre.

Un silence, puis un sourire se dessina sur les lèvres de la vieille Scatach.

« Enfin, il est arrivé ! dit-elle presque pour elle-même. Et qui aurait cru que ce serait sous les traits d'une charmante demoiselle ! J'aurais dû m'en douter dès que tu as franchi le seuil de ma maison ! »

Elle s'arrêta un instant pour se rasseoir et poussa un nouveau soupir.

« Je pensais que je ne serais déjà plus de ce monde quand ça se produirait ! divagua-t-elle. Dire que j'ai attendu ce moment toute ma vie et enfin te voilà ! »

Scatach jeta un regard ému aux deux jeunes gens.

« C'est le destin qui vous a conduit l'un à l'autre. »

La pauvre vieille femme semblait avoir subitement perdu la raison. Lucie interrogea Widley du regard, mais il paraissait tout aussi ignorant qu'elle sur les propos incohérents que tenait sa grand-mère.

« Mais où donc est le reste de l'amulette ? »

Ces mots sonnèrent comme une révélation. Scatach était sans nul doute en mesure de lui en apprendre beaucoup sur le médaillon. Ces précieuses informations lui permettraient alors de retrouver Marie et José pour enfin rentrer chez eux.

« En réalité, il y a deux autres morceaux, confia-t-elle enfin, mais ce sont ma sœur et mon cousin qui les ont gardés. »

L'espace d'un instant, les pensées de la magicienne dérivèrent à nouveau.

« Ainsi, ils sont tous les trois parmi nous !

— Est-ce que quelqu'un peut m'expliquer de quoi on est en train de parler ? s'agaça Widley, qui ne saisissait rien à la scène se jouant devant lui.

— C'est vrai que tu ignores tout de ce médaillon toi aussi ! Comme tu n'appartiens pas au monde de la magie, je n'ai pas jugé utile de t'en parler, expliqua sa grand-mère.

— Pouvez-vous m'en dire plus sur cet objet ? intervint Lucie. J'avoue que, moi-même, je ne comprends pas grand-chose à tout ce que vous êtes en train de me dire. Qui suis-je censé être ?

— Les gens pensent que c'est une légende, peu d'entre eux savent que c'est une histoire vieille de quelques siècles.

À l'époque, un mage, dont on n'aurait su dire l'âge, d'une puissance au-delà de toutes, vivait en ce pays quand, un jour, un grand sorcier, avide de pouvoirs, voulut prendre sa place en tentant de s'approprier sa magie.

Chacun d'eux possédait des pouvoirs très différents, mais, pourtant, tous deux se trouvaient de forces égales.

En faisant appel aux forces obscures, le grand sorcier parvint à battre le mage, mais celui-ci, avant de disparaître, créa un médaillon magique dans lequel il enferma tous ses pouvoirs afin d'éviter que son ennemi ne s'en empare. Puis, il l'envoya dans un autre monde, dont lui-même ignorait tout, afin que l'on ne puisse jamais le retrouver.

Personne ne devait être en mesure de s'en emparer à l'exception de trois jeunes gens courageux, élus pour interdire au sorcier de réaliser ses terribles desseins.

Le vieux mage jura que les Élus le mèneraient à sa perte s'il tentait d'accomplir son sombre projet.

Conscient de l'étendue de ses pouvoirs, et bien qu'il soit parvenu à le battre, le sorcier ne mit jamais son plan à exécution et disparut mystérieusement deux siècles plus tard, laissant sa place à son fidèle disciple que l'on connaît tous sous le nom de Ramalack.

Il n'était pas si fidèle que ça, par ailleurs, car on raconte qu'il serait la cause de la disparition de son maître. Enfin, ce sont des rumeurs.

Quoi qu'il en soit, il semble ignorer la prophétie puisque cela fait quelque temps que les grands mages de la contrée le suspectent de vouloir réaliser les projets de son prédécesseur.

Votre présence, à toi et tes proches, confirme ces soupçons autrement le médaillon ne vous aurait pas conduits jusqu'ici. Finalement, nous étions bien loin d'imaginer à quel point nous avions raison de penser que tu étais une étrangère !»

Le mystère du médaillon se levait enfin. Les idées plus claires, Lucie pouvait mieux se confronter à la situation.

« C'est donc à cause de ce médaillon que j'ai atterri ici ? Dans ce cas, je suis certaine que les autres ne doivent pas être très loin. »

En cet instant, la prophétie lui importait peu. À dire vrai, elle n'y croyait pas vraiment. Connaître le moyen de retrouver sa famille l'intéressait davantage.

« Mon enfant, comme tu dois t'en douter maintenant, ce médaillon n'est pas n'importe quel bijou. Il faut que tu saches que chaque partie a été faite pour n'être portée et utilisée que par une seule personne. Chacune d'elles renferme un pouvoir qui lui est propre et ceux qui auront été choisis pour les porter se verront dotés de ses pouvoirs ! Il n'y a pas de doute possible, toi et tes compagnons êtes les Élus car, dans le cas contraire, le médaillon ne vous aurait jamais permis de le trouver. »

Bien qu'aucun changement ne s'était fait ressentir en elle, Lucie commençait à trouver de l'intérêt aux paroles de la magicienne. Repensant à toute la peine qu'il leur avait fallu pour parvenir à dénicher cette précieuse amulette, elle voulait bien croire à son histoire. Et tout ce mystère autour de la maison coloniale précieuse gardienne du bijou, la forêt refermant son piège sur eux...Tout semblait confirmer les dires de la vieille Scatach.

Elle tendit alors les mains vers le médaillon, maintenant en possession de la magicienne, pour en dévoiler l'autre face.

« Regardez ! Je crois qu'il y a un mot en latin inscrit derrière ! Vous savez ce que ça veut dire ?

— Ah ! Mageia ! Tu as été choisie pour représenter la magie la plus puissante, sous toutes ses formes. Elle soupira à nouveau dans un large sourire. Je crois que nos chemins ne se sont pas croisés par hasard. Vois-tu, tu ne pouvais pas mieux tomber car, en vérité, je suis la sorcière initiatrice de la magie et de l'amour. Mais nous allons nous concentrer davantage sur la magie. Pour la question de l'amour, je te laisse faire, je te fais confiance. Mais n'oublies jamais que l'amour régi toute bonne magie. C'est avec des intentions louables que tu pourras voir grandir tes pouvoirs. C'est ainsi que tu dois servir le médaillon et que le médaillon te servira !

— Je crois que je devrais commencer à maîtriser ma curiosité, ça m'éviterait de me retrouver face à des problèmes qui me dépassent complètement ! » réfléchit Lucie, à voix haute, bouleversée par tant d'informations à la fois inattendues, effrayantes et excitantes.

Scatach, quant à elle, se sentait, d'ores et déjà, investie d'un grand honneur et d'un rôle à l'importance capitale. Aussi, commença-t-elle, sans attendre, à lui donner des leçons.

« Quoi que l'on fasse, on ne peut échapper à son destin et le tien est de sauver notre monde des ténèbres avec l'aide de tes proches. Le sort de notre monde dépend de vous !

— C'est un peu lourd à porter comme destin, vous ne croyez pas ?

— Peut-être, mais c'est le vôtre. Et tu as la chance de le partager avec deux personnes que tu connais bien. C'est une force qu'il ne faudra pas négliger. »

Un long silence, lourd de réflexion, s'imposa avant d'être brisé par Lucie.

« Dites-moi, une fois que j'aurai retrouvé mes amis, comment pourrons-nous rentrer chez nous ? formula-t-elle

— Tu viens à peine d'arriver et tu veux déjà repartir ? » rétorqua Scatach, enjouée.

La gaieté de la vieille sorcière l'agaçait quelque peu. Une pression considérable pesait déjà sur ses jeunes épaules et cela n'avait, pour elle, rien d'amusant.

Si Scatach était dans le vrai, l'arrivée de l'événement le plus craint de tous était imminente. Connaître le moyen de rentrer chez elle l'aurait

quelque peu rassurée.
Égoïstement, retrouver ses camarades demeurait son principal souci. Le reste ne restait que secondaire.

« S'il vous plaît, répondez-moi ! insista-t-elle.
— C'est le médaillon qui décidera du moment opportun. Lorsque vous aurez accompli votre tâche, il vous renverra. Et pas avant !
— C'est-à-dire ?
— Tu le sauras le moment venu. Chaque chose en son temps. »

Tant d'incertitudes, de propos bien vagues pour Lucie à qui Scatach ne laissa pas une seconde de plus pour se morfondre sur sa destinée.

« Si tu veux avoir une chance de rentrer chez toi, il va d'abord falloir que tu apprennes à te servir du médaillon. Sans cela, tu ne pourras jamais espérer vaincre Ramalack. Si tu es d'accord, je vais t'aider en t'apprenant à l'utiliser. Je ne crois pas que j'aurai le temps de tout t'expliquer avant ton départ, mais je t'enseignerai le principal. Tu apprendras le reste durant ton voyage.
— Bien ! De toute façon, je n'ai que vous pour m'aider alors, allons-y !
— Il est trop tard pour commencer aujourd'hui, mais, à compter de demain, nous n'aurons que très peu de temps pour que tu apprennes les rudiments de la magie. Pour l'heure, tu as grand besoin de repos. Demain, il faudra te lever aux premières lueurs de l'aube. »

Malgré ces recommandations, Lucie ne se sentait pas prête à aller se coucher. Trop de questions lui brûlaient encore les lèvres.

« Pourquoi dites-vous que nous avons si peu de temps pour me préparer ?
— On ne peut pas espérer bénéficier d'un délai très important avant que Ramalack ne soit informé de votre présence et qu'il ne finisse par vous trouver tous les trois. S'il capture l'un de vous avant que vous ne soyez réunis, tout sera perdu ! Par chance, vous avez été séparés dès votre arrivée, ce qui va compliquer sa tâche jusqu'à ce que vous

maîtrisiez une partie de vos pouvoirs. Mais ses espions sont nombreux, il faudra se montrer méfiant. »

De part et d'autre de la cheminée, se trouvait une porte. Scatach se dirigea vers l'une d'elles et l'ouvrit. Désignant l'un des deux lits reposant dans la chambre, elle invita Lucie à s'y installer pour la nuit, l'autre étant celui de Widley.

Tout au long de la conversation, ce dernier ne fut qu'un spectateur muet et abasourdi. Resté assis près du feu, immobile, analysant encore les révélations de sa grand-mère, demeurée si secrète toute sa vie.

« Maintenant, il se fait tard. Va dormir et bonne nuit. » ordonna-t-elle avec autorité.

L'initiatrice de la magie et de l'amour prenait déjà son rôle d'instructrice très à cœur. Lucie s'exécuta, mais comment pourrait-elle passer une bonne nuit suite à tant de révélations inouïes. Certaines phrases résonnaient encore en elle comme un écho. Son cœur battait à tout rompre. Partagée entre une multitude de sentiments, entre l'excitation de se voir entrer en possession de puissants pouvoirs magiques, de partir à l'aventure, d'affronter le danger ; la fierté d'être une Élue, qu'une grande magicienne et tout un peuple lui accordent tant d'importance ; mais aussi la peur, l'angoisse de ne pas être à la hauteur des espoirs placés en elle, de ne jamais pouvoir rentrer chez elle avec les siens et d'être tuée. Lucie commençait à douter d'elle-même.
Vais-je y arriver ? Vais-je réussir à remplir cette mission que l'on m'impose sans que je puisse la refuser ? L'avenir de ce monde dépend désormais en partie de moi, et si jamais je n'étais pas assez forte ? Si, par malheur, j'échouais ? Ce monde serait perdu ! Il sombrerait dans le chaos par ma faute !
À cette simple pensée, elle frissonna. Lucie comprenait la responsabilité qu'elle et ses proches devraient porter et détestait l'idée d'être l'unique espoir de tout un peuple.
Elle repensa à cet instant où, poussée par le désir de savoir, à tout prix, ce qui se trouvait dans la maison abandonnée au milieu de la forêt, elle

avait entraîné ses compagnons à l'intérieur de la demeure. Le prix de sa curiosité, elle allait le payer et sa famille avec elle.

Une fois allongée sur le lit étroit mais confortable, le sommeil ne vint pas. Tournant et se retournant pour tenter de le gagner, elle finit par se lever pour sortir prendre l'air à l'extérieur de la maison, s'échappant de sa petite chambre à pas feutrés pour ne pas réveiller Scatach déjà endormie.

Dehors, la lune, dans son premier quartier, brillait comme une étoile. Elle retrouva Widley, assis sur une pierre, aussi songeur qu'elle pouvait l'être.

« Je peux m'asseoir à côté de vous ? »

Parvenue à lui sans bruit, sa présence le surprit, mais il demeura silencieux. Il se poussa un peu pour lui faire une place à ses côtés sans lui adresser mot.

« Vous n'arrivez pas à trouver le sommeil, vous non plus ? » engagea-t-elle.

Troublé par le déroulement de la soirée, Widley se perdait dans une profonde méditation, l'esprit inondé de pensées secrètes.

« Votre grand-mère est une femme très généreuse et aussi un peu spéciale.
— C'est une femme formidable et la seule famille qu'il me reste, finit par confier Widley, soustrait à sa réflexion.
— Je suis navrée, je l'ignorais !
— Je me suis retrouvé orphelin très jeune, livré à moi-même et j'ai dû apprendre à survivre seul. Un jour, je l'ai rencontré. Elle a décidé de s'occuper de moi, de m'élever et j'ai pris soin d'elle à mon tour.
— Elle ne serait pas très fière de vous si elle apprenait que vous êtes un voleur ! » réprouva Lucie.

Le regard trahissant une certaine irritation, il ne releva pourtant pas la critique. Cela importait peu, compte tenu du déroulement de la

soirée.
Lucie jugea alors le moment peu propice aux règlements de comptes. Le jeune voleur et la magicienne se trouvaient être, pour le moment, ses seuls alliés face à un nouvel ennemi qui, selon les dires de Scatach, possédait une grande puissance.

Elle prit le parti de le remercier, une nouvelle fois, pour le courage dont il avait fait preuve en la secourant dans la mangrove.

« Au fait ! Je voulais m'excuser, encore une fois, pour avoir mis votre vie en danger dans le marais. C'était stupide de ma part de tenter de fuir les harpies alors que vous nous aviez mis à l'abri. J'aurais dû écouter vos conseils et c'est ce que je ferai à l'avenir. Vous avez été très courageux et je veux que vous sachiez que j'étais sincère quand j'ai dit que je vous rendrai la pareille !

— Merci à vous de n'avoir rien dit à ma grand-mère pour le chantage que je vous ai fait. »

Un sourire échangé sans rien ajouter et ils décidèrent de regagner leur chambre. Cette nuit-là, Lucie peina à trouver le sommeil.

CHAPITRE XI

Soulagé d'avoir pu échapper au géant, José souhaitait vivement ne croiser aucune autre créature étrange sur son chemin.

L'espoir d'une rencontre ordinaire anéanti, il dut se rendre à l'évidence qu'une marche encore longue l'attendait avant d'en faire une nouvelle, l'aspirait-il, plus amicale.

Un silence paisible régnait dans cette montagne généreuse de paysages magnifiques.

Le seul bruit de ses pas pour compagnon, venant rompre ce calme déjà pesant, José avançait vers l'inconnu.

Rien ne venait perturber sa progression longue et ennuyeuse. Rien pour rompre cette solitude grignotant chaque minute un peu plus sa volonté à poursuivre son voyage et sa détermination à retrouver ses chères cousines.

Comme il restait concentré sur son chemin, José n'avait, depuis longtemps, levé le nez des ses pas. Lassé de sa marche, il se résolut à faire halte sur un rocher afin de scruter les horizons et le panorama qui lui avait jusqu'alors échappé.

Alors perché sur son roc, il vit une vallée en contrebas, et dans cette vallée, un lac.

La monotonie de son voyage allait enfin s'estomper l'espace d'un instant.

Afin de gagner la vallée plus rapidement, José entreprit d'y descendre en coupant par la paroi rocheuse. Deux centaines de pas seulement le séparait du bord du lac.

Il glissa avec agilité en bas des rochers et s'approcha rapidement du point d'eau. L'idée de toute cette eau fraîche à sa portée renforçait la soif qui le tenaillait de plus en plus depuis son évasion de la cage du géant.

Formé dans une crevasse de roche, l'accès au lac était difficile faute à une paroi de sept pieds de hauteur l'encerclant. Quelques arbres subsistaient autour, faisant baigner dans l'eau leurs racines mises à nu par un sol rocailleux. Autour, la roche en feuillures cassantes se brisait en éclats tranchants au moindre contact.

Une fois atteint le bord de la faille, José trouva une petite plage d'onyx lui permettant d'accéder plus facilement à l'eau du lac pour enfin s'y désaltérer. Une invasion de plantes filandreuses ondulait au fond du réservoir dans une danse aquatique. José, assoiffé, dû s'en accommoder.

Il prit un instant de repos propice à la contemplation de la beauté du lieu. En d'autres circonstances, cela aurait été un endroit paradisiaque.

Levant les yeux au ciel, de drôles d'oiseaux planaient bien haut au-dessus du point d'eau. Une situation tout à fait banale qui n'inquiéta pas José outre mesure. Quelle menace pouvait représenter un banc de piafs ?

Il continua de se rafraîchir tranquillement, sans se soucier des volatiles jusqu'à ce que ces derniers se mettent à planer plus bas, d'une manière étrange.

À peine le temps de sentir la menace latente, les oiseaux fondaient déjà sur lui.

Bien plus gros qu'ils ne paraissaient l'être au loin, les volatiles semblaient tout droit sortis d'un bestiaire. Leur apparence rendue hideuse par une tête chauve parée d'une crête cuivrée qui parcourait leur long cou, leur donnait l'air plus inamical encore.

Des ailes immenses portaient, jusqu'à leur proie, l'énorme corps couvert d'un plumage bleu, achevé en une longue queue, à une vitesse effarante. Les monstres ne quittaient plus leur cible de leurs petits yeux féroces. Au nombre de cinq, José n'avait aucune chance face à eux.

Il évita de justesse l'attaque de son premier assaillant non sans y perdre une manche de son t-shirt arrachée au passage. Mais il ne put éviter l'assaut du second. L'impressionnant volatile l'agrippa de ses serres pour l'emporter, avec lui, dans les airs.

Héler de l'aide serait vain. Nul ne viendrait et la vallée, dissimulée par la montagne, ne se dévoilerait pas si facilement à qui voudrait la trouver.

Alors que l'imposant oiseau l'emportait toujours plus haut, ses congénères le suivirent de près, tournoyant autour de la malheureuse victime tels des vautours. Sans doute, espéraient-ils en voler un

morceau ! Cette idée retourna le cœur de l'infortuné.
Les oiseaux voraces recommençaient déjà à se montrer agressifs. À grands coups de leur long bec courbé, ils déchiquetèrent une partie des vêtements de José.

Bien que se pensant perdu, il se refusait à renoncer pour se laisser dévorer.
Décidé à se défendre, José commença à frapper, de toutes ses forces, ceux qui s'approchaient d'un peu trop près. Un violent coup de poing flanqué sur le bec de l'un d'eux lui paralysa la main de douleur. Aussi dur que le fer, il ne s'agissait pas là de leur point faible. L'appendice aux reflets métalliques luisait, tout comme les serres, aiguisées tels des rasoirs, meurtrissant son pauvre corps.

Exaspéré par cet acharnement, José profita de l'éloignement temporaire des congénères pour asséner un nouveau coup de poing, cette fois dans le large poitrail du prédateur qui le maintenait prisonnier de ses griffes.
Le souffle coupé, la bête cruelle finit par lâcher prise et José fit une chute vertigineuse dans le lac. Plongeant à proximité de la berge, il put sans mal émerger très rapidement pour se mettre à l'abri. Juste le temps de se hisser hors de la cuvette rocheuse et, déjà, les monstrueux oiseaux ripostaient de plus bel, piquant dans sa direction.

José préféra battre en retraite et s'éloigner au plus vite du lac maudit. Une confrontation de plus pourrait s'avérer fatale.

Quelques pas plus avant, un étroit sentier perçait la roche. Il s'y glissa. Handicapés par leur envergure, ses poursuivants ne pourraient l'y suivre.
Les vêtements en lambeaux, José s'estima chanceux d'avoir survécu sans blessures graves. Les serres coupantes et les becs acérés n'avaient laissé sur son corps que des égratignures.

Naïvement, il avait cru encore en l'existence de normalité en cette contrée mystérieuse. Il fut bien imprudent d'évaluer la situation avec si peu de discernement. L'ordinaire, dans ces montagnes, trouvait une définition bien différente de celle qu'il connaissait.

Le sentier emprunté semblait interminable, mais cela le rassura. Plus longtemps il marcherait à l'abri des monstres de l'air et plus longtemps il se sentirait en sécurité.

Un demi-mille plus loin, le chemin se divisa en trois sentiers.

Jusqu'alors, les chemins orphelins n'offrirent aucun choix à José sinon celui de revenir sur ses pas. Mais, à présent, le dilemme se posait. Il redoutait de faire le mauvais choix, celui qui le mènerait face à une autre créature sanguinaire.

C'est alors que lui apparut, au loin, une vision rassurante et inespérée. Une jeune femme, d'une rare beauté, se tenait debout dans l'un des sentiers et cueillait des baies.

Un être humain venait enfin croiser sa route. Un regain de courage le porta jusqu'à l'inconnue. D'un pas pressé, il se présenta à elle dans ses guenilles trempées, le visage et les mains sales et écorchés, les cheveux ébouriffés.

Apercevant son approche, vive et décidée, presque offensive, la demoiselle recula et tint sa garde.

L'ébène de ses longs et fins cheveux, l'amande de ses yeux charbonneux soulignaient le cuivre de sa peau. Sa beauté contrastait avec la simplicité de ses habits de peau et de lin.

« Bonjour Mademoiselle !

— Qui êtes-vous ?

— Je m'appelle José. N'ayez pas peur ! Je suis perdu et je cherche juste de l'aide. »

D'apparence peu engageante, il tenta de lui sourire, d'une grimace crispée, afin de ne pas l'effrayer. José aimait porter les cheveux aux épaules afin de casser l'image trop stricte que ses lunettes et son sérieux quasi permanent pouvaient lui donner. Mais associée à sa dégaine, cette coupe lui allouait davantage l'allure d'un vagabond.

La jeune femme l'examina et s'interrogea sur l'étrangeté de ce qui demeurait encore de ses vêtements.

« Vous êtes un voyageur, n'est-ce pas ? Vous êtes curieusement vêtu ! Mais qui vous a mis dans cet état, étranger ?

— J'ai fait quelques mauvaises rencontres. Si vous voulez un conseil, n'allez jamais boire l'eau du lac qui se trouve là-bas. Les oiseaux qui rôdent dans le coin ne sont pas très amicaux ! »

Comprenant l'origine de son état, la jeune femme se détendit et se mit à rire à l'écoute des précieux conseils du jeune homme.

« Quelle idée ! Il faut vraiment être fou pour oser aller boire l'eau de ce lac ! »

José se sentit soudain stupide. Pour survivre ici, il était vital d'en connaître tous les dangers.

« Alors, comme ça, vous avez été la victime des oiseaux du lac ? Avec des muscles comme les vôtres, cela a dut être facile de vous défendre ! Comment êtes-vous parvenu à leur échapper ? »

La demoiselle venait de souligner un détail jusqu'alors ignoré de José. Son corps changeait, se transformait, gagnait en musculature impressionnante. Il n'en prenait conscience qu'en cet instant, avec beaucoup d'étonnement.

« J'ai juste frappé celui qui m'agrippait d'un grand coup sur le bec et il m'a lâché ! » répondit-il fièrement, enorgueilli de ce compliment.

La demoiselle perdit, alors soudain, le sourire et changea de ton.

« Je plaisantais ! Il est quasiment impossible de blesser ou de tuer un de ces oiseaux. Et vous croyez qu'un simple coup de poing a pu leur faire peur ? Vous n'êtes qu'un prétentieux et un menteur !

— Mais je vous jure... ! Comment croyez-vous que je m'en sois débarrassé alors ?

— Ils ne vous ont sans doute pas trouvé à leur goût ! »

Quels qu'ils fussent, les gens de ce pays ne se montraient décidément pas très aimables avec les étrangers.

Avant qu'il n'ait le temps de lui répondre, la jeune femme tourna les talons. Il la rattrapa aussitôt.

« Attendez, ne partez pas ! J'aimerais savoir si vous n'avez pas croisé deux jeunes filles, des jumelles pour êtres précis ! Ce sont mes cousines et je les cherche depuis un moment déjà ! »

La demoiselle prit la peine de s'arrêter, prête à l'écouter une dernière fois avant de reprendre sa route.

« Je viens ici presque chaque jour et je n'ai rencontré personne. Désolé, ce n'est pas ici que vous les retrouverez. Rares sont les personnes qui s'aventurent dans la montagne, vous savez !

— C'est ce que j'ai cru comprendre. »

Ses pensées allaient au géant et aux accusations qu'il avait proférées à son encontre.

José n'attendit pas de voir la jeune femme tourner les talons une nouvelle fois.

« Je ne voudrais pas abuser de votre gentillesse, mais pourriez-vous me guider hors de la montagne, s'il vous plaît ?

— Très bien, je vais vous montrer le chemin. Vous serez certainement plus en sécurité avec moi. Vous savez que vous avez eu beaucoup de chance de vous en sortir vivant et en un seul morceau en vous aventurant au bord du lac !?

— Sûrement. Ces oiseaux sont très bizarres ! Et pourquoi sont-ils aussi agressifs ?

— Leur bec et leurs pattes sont faits d'airain, c'est une sorte de métal très dur, impossible à briser. Ça leur permet d'attaquer et de tuer les voyageurs pour s'en repaître. Ils se nourrissent de chair humaine. Ces horribles oiseaux auraient pu vous réduire en morceaux sans difficulté. »

José écoutait attentivement son guide sans douter un instant de ses propos. La douleur intense, éprouvée suite au coup de poing porté au bec d'un des oiseaux, palpitait encore dans sa main.

« J'ai eu beaucoup de chance, je sais. Mais au fait, comment vous appelez-vous ?

— Mon nom est Valandra. Mettons-nous en route à présent.»

Marchant à travers le sentier bordé de roche, Valandra s'aperçut bientôt que l'astre commençait à décliner.

« Il va bientôt faire nuit. Je crois qu'il serait plus prudent de nous rendre chez moi et mon père, pour le moment. Je vous montrerai, demain matin, quelle route vous devrez emprunter pour sortir de la montagne.

— Je ne voudrais pas déranger !

— Mon père sera heureux de vous recevoir. Il adore rencontrer des voyageurs. Et votre mésaventure l'amusera beaucoup.

— C'est qu'il a un drôle d'humour ! Votre maison est loin d'ici ?

— Non, elle se trouve un peu plus bas dans la montagne. »

Impatient d'arriver chez Valandra et son père, José marcha aussi vite qu'il le pouvait sans s'apercevoir que son allure, bien trop rapide pour sa compagne, les distançait peu à peu. Bientôt elle le perdrait de vue.

« Voulez-vous ralentir ! héla-t-elle. Vous marchez beaucoup trop vite ! »

Il s'arrêta et se tourna vers elle. Bien loin dans ses pas, Valandra se voyait contrainte de crier pour se faire entendre. Lui, auparavant si peu sportif, s'interrogeait sérieusement sur les transformations subies par son corps. D'abord, sa vue et ses lunettes dont il pouvait, à présent, se passer ! Puis, sa musculature et sa fuite miraculeuse face à des oiseaux prétendument invincibles ! Beaucoup trop de phénomènes mystérieux dont il espérait trouver explications auprès de quelqu'un plus savant qu'il ne l'était à ces sujets.

« Désolé, je voulais juste arriver rapidement chez votre père, avant qu'il ne fasse nuit.

— Vous êtes vraiment très étrange !

— J'espère que je ne vous fais pas peur !? »

La méfiance emplissant son regard répondit pour elle.

« En ce qui concerne vos cousines, je crois que mon père pourra vous aider. » dit-elle ensuite, vaguement. José n'en apprendrait pas davantage sur la contribution du paternel.

« Nous y voilà. » déclara-t-elle enfin, quand apparut devant leurs yeux, une maison étrangement semblable à celle du géant.

Accrochée à flanc de montagne, la façade de bois apparaissait plutôt étroite. La partie principale de la maison, quant à elle, disparaissait dans la montagne même.

Valandra pénétra le logis, invitant José à la suivre.

Comme il s'en doutait, il découvrit une habitation aménagée dans les fondements du contrefort. Pour pallier l'extrême fraîcheur de la roche, une imposante cheminée de pierre chauffait la grotte.

Un vieil homme se reposait devant l'âtre, se balançant dans un rocking-chair. Il semblait endormi.

« Père ! Je suis rentrée ! »

Le vieil homme alangui ouvrit lentement les yeux et tourna mollement la tête dans leur direction.

« Je me suis assoupi, je crois ! » s'amusa-t-il avant de remarquer la présence de José.

Il se leva alors de sa chaise pour s'approcher d'eux d'un pas lambinant.

« Mais qui me ramènes-tu là ?

— Père, je te présente José. C'est un voyageur égaré.

— Vous êtes dans un bien triste état, jeune homme ! Que vous est-il donc arrivé ?

— Ce sont les oiseaux du lac ! s'empressa Valandra, sans lui laisser le temps de répondre de lui-même.

— Mon ami, aviez-vous perdu l'esprit en vous rendant au bord de ce lac ?

— Père, je crois que notre invité n'est pas de la région !

— Ah ! Je vois ! Et d'où venez-vous ? »

Cette fois, seul José connaissait la réponse à cette question. Il put enfin prendre la parole sans être devancé par sa belle camarade.

« Je vous raconterais tout ça bien volontiers, mais j'ai les idées un peu embrouillées. Je pense que je suis vraiment très loin de chez moi. Je crois aussi que deux membres de ma famille doivent être également dans la région et votre fille m'a dit que vous pourriez peut-être m'aider à les retrouver !

— Et ma fille vous a-t-elle dit de quelle manière je pourrais vous venir en aide ?

— À vrai dire, pas vraiment ! Vous pourriez peut-être m'en dire davantage !

— Je m'appelle Calchas. Je suis devin à mes heures perdues.

— Mon père est un grand devin, intervint Valandra, fièrement. Ses divinations sont toujours exactes.

— Ma chère fille a beaucoup trop d'admiration pour son vieux père. »

Depuis la découverte du médaillon, nombre d'événements incroyables s'étaient produits, mais, bien qu'il les ait vécu et plus souvent subi, José demeurait sceptique quant aux dons de voyance de son hôte. Sans intention d'offenser le vieux devin, il préféra conserver secrets ses doutes.

« Père, si nous offrions à notre invité un bon repas pour se remettre de son éprouvant voyage ! intervint Valandra, mettant ainsi un terme à leur conversation.

— Bien sûr ! J'en oublie les bonnes manières. Il faut dire que les voyageurs se font rares ! »

Calchas invita José à s'asseoir à sa table.

« Excusez-moi ! sollicita alors José. Comme vous l'avez remarqué, il ne reste plus grand-chose de mes vêtements. Auriez-vous quelque chose... !

— Je manque vraiment à tous mes devoirs ! Notre invité est à moitié nu et je le laisse mourir de froid ! »

Se penchant alors sur l'épaule de José, il lui murmura quelques mots pour ne pas être entendu de sa fille.

« Il ne faudrait pas que vous donniez des rougeurs à ma chère petite ! » ricana-t-il.

Feignant d'aller chercher de quoi l'habiller, Calchas s'entretint avec sa fille, en retrait, lui chuchotant, à son tour, quelques mots discrets à l'oreille.

« Ce jeune homme porte des habits bien curieux ! Je me demande vraiment d'où il peut venir ! »

Bien qu'ils fussent à l'état de guenilles, leur originalité n'avait pas échappé pas au devin. Deviner José originaire d'une lointaine contrée lui était fort aisé.

Valandra se contenta de hausser les épaules, signifiant ainsi à son père sa totale ignorance.

Un court instant s'écoula avant que José ne vît revenir le vieil homme, les bras chargés de frusques. Calchas ne tenait pas à laisser son invité seul trop longtemps. Malgré l'hospitalité dont il faisait preuve, il préférait garder, judicieusement, un œil sur le jeune homme dont il ignorait encore tout.

« Voilà de quoi vous vêtir. Ce sont de vieux vêtements, mais ils vous couvriront plus que ceux que vous portez en ce moment. Vous pouvez vous changer dans cette pièce. »

Calchas pointa une porte, au fond de la grotte. Il s'agissait d'une chambre. De toute évidence, la maisonnette se révélait bien plus grande qu'elle ne le suggérait de l'extérieur.

Quand José ressortit de la pièce, il ressemblait alors à n'importe quel autochtone.

« Je pense que ceux-ci ne vous seront plus d'aucune utilité à présent ! »

Le vieil homme tendit les mains vers les guenilles, encore entre les mains de José, pour l'en débarrasser.

« J'aimerais tout de même les garder. Un petit souvenir pour me rappeler de ne plus m'aventurer au bord des lacs.

— Comme vous voudrez. » sourit le vieux devint.

De l'autre côté de la salle, Valandra préparait le repas. José ne restait pas indifférent au charme de la jeune femme. Et elle, ermite de la montagne ne voyant jamais d'étrangers, semblait aussi troublée par sa présence. Mais bien qu'ils partageaient le même âge, la fille du devin lui semblait inaccessible.

Son vagabondage de pensées fut interrompu par Valandra apportant déjà le dîner.

Elle leur servit un plat bondé de ce qui semblait être de petites crêpes très épaisses. La présentation était peu engageante, mais José mourrait de faim. Calchas et Valandra se donnaient tant de mal pour lui, refuser le plat risquerait de les offenser. De toute évidence, ils ne jouissaient pas d'une grande richesse et vivaient des ressources de la montagne.

José honora donc le plat en se servant une copieuse assiette. Il goûta le met encore inconnu à ses papilles dont la saveur lui parut originale mais, pour le moins, pas désagréable.

« Qu'est-ce que c'est ? osa-t-il la curiosité.

— Des ratons. Ils sont faits avec de la farine de châtaigne et des morceaux de viande qui cuisent dans la pâte. Vous n'aimez pas ? s'enquit Valandra.

— Si, si, c'est très bon. Je ne connaissais pas. »

José préféra ignorer la nature de la viande qui composait cette recette. Le plat était bon, inutile de se risquer à se couper l'appétit. Mais toutes les découvertes faites dans ce pays lui suggéraient un gibier bien différent de celui qu'il pouvait imaginer.

« Voulez-vous un peu de jus de baies noires ? proposa Calchas.

— Pourquoi pas ! Autant profiter de mon voyage pour découvrir la gastronomie locale ! »

Le devin saisit un pichet en terre et versa un nectar d'encre dans le verre de José qui prit le récipient et le porta à ses lèvres. La première gorgée lui tira une grimace. Après fermentation, le jus de baies noires se changeait en une liqueur épaisse et très alcoolisée.

Le vieux devin et sa fille échangèrent un regard complice, riant de leur invité.

« Prenez un peu d'eau à la place. Vous n'êtes pas encore prêt pour ce genre de découverte ! se moqua le devin.

— Vous n'auriez pas de ce jus mais sans alcool ?

— Le jus de ces baies n'est digeste qu'une fois fermenté. De plus, ma réserve est infime et je n'en bois qu'exceptionnellement car les baies noires sont rares et la fermentation de leur jus est longue.

— Alors, de l'eau fera l'affaire. »

Le repas prit fin et José put alors renouveler sa requête sans paraître impoli.

« Je vous remercie de votre accueil et ce délicieux repas, mais pardonnez-moi de me montrer insistant, pouvons-nous parler du problème qui m'amène chez vous ?

— Évidemment ! Où ai-je la tête ! »

Calchas se leva et se rendit dans un coin de la salle. Guidé par la curiosité, José se leva à son tour. Il s'approcha suffisamment du devin pour le voir à l'œuvre, mais garda une certaine distance de manière à ne pas le gêner dans son travail.

« Restez où vous êtes ! Il faut que je me concentre sur vous et l'objet de votre recherche. »

Debout, derrière un rocher creusé d'une cuvette contenant un liquide translucide comme de l'eau, Calchas y plongea le majeur et l'index pour y créer une onde en marmonnant quelques mots avant de s'y pencher pour observer la réaction du fluide magique.

« Ça y est, mon jeune ami, une image m'apparaît ! Je vois deux jeunes filles dont la ressemblance est stupéfiante !

— Aucun doute, ce sont elles ! Mes cousines sont sœurs jumelles. Que voyez-vous d'autre ? pressa José, trop heureux d'avoir enfin de leurs nouvelles.

— Elles sont toutes proches et semblent vous chercher, elles aussi. Elles m'apparaissent en bonne santé. »

Cette annonce rassura José. Mais une autre image, bien plus surprenante, apparut au devin et capta toute son attention au point même d'en oublier, un instant, son invité. José l'observait et l'écoutait avec grande attention.

Perdu dans sa réflexion, Calchas marmonna ses pensées comme pour les rendre plus claires. Paroles incompréhensibles tant il articulait mal. José présuma quelques formules psalmodiées par le vieux devin.

« Que vois-je ? s'étonna-t-il soudain. L'amulette d'Akus ! Que fait-elle donc là ?

« Hum, hum ! Intéressant ! se ressaisit-il enfin, s'adressant à nouveau à son invité.

— Quoi ? Qu'y a-t-il ?

— N'auriez-vous pas apporté avec vous un objet particulièrement spécial, par hasard ? »a

José pensa, sans détour, au médaillon. Désormais confiant, et persuadé que le vieillard serait en mesure de lui apporter les réponses qu'il attendait, il sortit son fragment d'amulette de sa poche et le lui tendit. Calchas pourrait sans nul doute lui en apprendre davantage sur le mystérieux bijou.

Le devin observa l'objet longuement dans un silence presque religieux.

« Je l'avais bien reconnu. Où l'avez-vous trouvé ?

— Dans une maison abandonnée.

— Je vois ! Avez-vous la moindre idée de quelle sorte de bijou il s'agit ?

— J'en ai une vague idée, mais vous pourriez peut-être m'en apprendre plus !

— Voyez-vous, il y a une vieille légende qui se rattache à ce médaillon. Elle raconte qu'il y a quelques siècles, un mage, aussi puissant que son âge était avancé, vivait dans le château du Mont Lugubre et veillait sur les habitants de toute la contrée. Il était si vieux que plusieurs générations l'avaient vu régner et nul n'aurait su dire quel était exactement son âge.

— Est-ce que vous l'avez connu ? »

Calchas s'amusa de cette remarque et se mit à rire aux éclats.

« Ai-je l'air si vieux que cela ? Non, il a disparu il y a bien longtemps. Un jour, un puissant sorcier, à l'âme noire, voulut prendre sa place et tenta de s'approprier ses pouvoirs. Ils possédaient des facultés occultes différentes, mais leurs puissances étaient égales. Pour parvenir à ses fins, le sorcier dut faire appel à des forces démoniaques grâces auxquelles il parvint à l'emporter sur le mage. Mais ce dernier se montra plus malin que son ennemi. Avant de disparaître dans les limbes, il eut le temps de créer un médaillon dont une face le représenterait. On raconte qu'il aurait transmis à ce bijou tous ses pouvoirs afin que le sorcier ne s'en empare jamais. Puis, il le fit disparaître en l'envoyant dans un autre monde. Il jura au grand sorcier que, jamais, il ne parviendrait à faire régner la terreur et le chaos dans notre monde. Nul n'a jamais su où il l'avait expédié, il l'ignorait peut-être lui-même ! Le grand sorcier ne parvint jamais à le retrouver. »

José se contenta de le fixer d'un air hébété sans parvenir à prononcer un seul mot. Médusé par de tels propos, José fut hautement déconcerté par les révélations de Calchas.
Le vieux devin n'en attendait pas plus de sa part et décida brusquement de mettre fin à l'heure des contes.

« Il se fait tard. Nous reparlerons de tout cela demain. Vous devez être épuisé après tant de marche et votre mésaventure au lac ! Allez vous reposer, je pense que vous en avez grand besoin. »

Le devin ignorait le choc produit par ses propos et se montrait indifférent aux émotions qu'ils pouvaient engendrer. Mais José n'osa pas discuter l'autorité de son hôte bienveillant. Il se trouvait également inespéré d'avoir le gîte et le couvert pour la nuit.

Calchas le conduisit dans la petite chambre, laquelle l'avait vu se changer, et lui souhaita la bonne nuit avant de fermer la porte derrière lui sans lui offrir l'opportunité de saluer Valandra, une dernière fois, avant de disparaître.

Ni froide ni humide, comme pourrait pourtant l'envisager une salle aménagée dans une grotte, la petite pièce parvenait à capter la chaleur de l'impressionnante cheminée de la pièce de vie.

José s'allongea sur le petit lit de bois recouvert d'une peau de bête en guise de literie.

Méditant longuement la légende contée par le devin, la manière avec laquelle ce dernier avait mis un terme à la discussion, José eut le sentiment de ne pas avoir obtenu du vieil homme tout ce qu'il pouvait lui révéler au sujet du médaillon. L'impression tenace d'un tout autre dénouement à cette histoire le tarauderait jusqu'à ce qu'il en sache plus.

CHAPITRE XII

Marie s'éveilla la bouche pâteuse. Au fond du puits tari encore boueux dans lequel elle venait de passer la nuit, elle ne put que faire le constat de la situation. Il ne s'agissait donc pas d'un mauvais rêve.

L'homme froid et hostile, responsable de son enfermement, certifiait que, ni José ni Lucie, ne se trouvait dans la Cité, mais Marie envisageait une probable fourberie aux fins de servir son interrogatoire.

Abandonnée dans la prison sombre et humide, elle tenta maintes fois de s'appuyer à la paroi pour se hisser jusqu'à la grille qui la scellait, mais celle-ci pesait le poids de dix hommes. Ses pieds, engorgés du reliquat de boue stagnant au fond du puits, glissaient sur les parois suintantes, la privant de tout appui stable.

À l'extérieur du cachot, les premières clartés du matin allaient bientôt poindre.
L'individu ténébreux se dirigeait, maintenant, d'un pas pressé, vers une grande maison sur pilotis. Il gravit la rampe en permettant l'accès et entra sans frapper.

Un homme au grand âge, en longue tunique bleue nuit, demeurait assis à une table ronde, manipulant de petites pierres gravées de symboles, absorbé par son occupation.

« Maître ! Je suis navré de vous déranger, mais je dois vous informer...

— Une minute Jox ! Les runes me parlent. »

Cinq runes sortirent du lot. Les autres restèrent face cachée une fois jetées sur la table.

« Non ! Est-ce possible ?

— Que se passe-t-il ? » questionna Jox, intrigué par les marmonnements de son maître.

Excité comme un enfant à la découverte d'un trésor, le vieux Sage prit les pierres une à une, ignorant la présence de son élève. Il les déposa les unes à côté des autres dans un ordre qui, pour lui seul, avait un sens.

« Uruz, Ansuz, Ingwaz, Raido, Gebo ! Incroyable !

— Qu'est-ce que cela signifie, Maître ?

— Les runes viennent de m'annoncer l'arrivée d'un événement que nul n'aurait cru possible. Je crois que nous aurons très bientôt de la visite mon cher Jox ! se réjouit-il.

— Je suis justement venu vous prévenir qu'une étrangère s'est présentée aux portes de la Cité.

— Que dis-tu ? Une étrangère à nos portes ? Depuis quand est-elle là ?

— Elle est arrivée hier, en fin de journée.

— Pourquoi n'es-tu pas venu m'en parler plus tôt ?

— Je ne pensais pas cela important et vous aviez donné l'ordre de ne pas être dérangé.

— Serait-ce d'elle dont parlent les runes ? Il n'y a qu'un moyen de le savoir. Où l'as-tu installée ?

— Je l'ai faite prisonnière au cachot. J'ignorais qu'il pouvait s'agir de quelqu'un de valeur !

— J'ignore encore si c'est bien elle. Il faut rester prudent et ne pas se réjouir trop hâtivement. Mais si tel est le cas, j'espère qu'elle ne nous tiendra pas rigueur de notre accueil. »

Malgré son grand âge, le Sage ne manquait pas de vitalité. Transporté par la hâte de découvrir l'identité de l'inconnue, il devança Jox jusqu'au puits.

Le cachot rapidement atteint, ils se présentèrent au-dessus de Marie, groggy de froid et de fatigue.

Le vieux Sage se pencha dessus la grille pour observer l'étrangère.

« Où suis-je ? Où sont ma sœur et mon cousin ? Pourquoi m'avoir enfermée dans ce trou ? s'enquit Marie sans attendre qu'il ne se présente à elle.

— Assez ! s'indigna Jox face à tant d'irrespect. C'est nous qui posons les questions, étrangère ! »

Comment osait-elle questionner ainsi son maître sans montrer aucune forme de respect dû à sa condition !

« Qu'est-ce que vous me voulez à la fin ? Je ne vous ai rien fait ! Sortez-moi de ce trou, il fait très froid ici ! peina-t-elle à articuler, le froid lui engourdissant la mâchoire.

— Je vous demande encore une fois d'où vous venez. Votre mémoire vous est peut-être revenue depuis ! »

Cette attitude hostile ne l'encourageait pas à la confession. Ils lui semblaient capables de l'accuser de sorcellerie pour la brûler vive sur un bûcher, si elle venait à dévoiler les mystères de son arrivée. Elle préféra donc taire ce secret.

« Je vous répète que je ne me souviens de rien, juste de m'être réveillée dans la plaine. J'ignore comment j'y suis arrivée. Mon dernier souvenir est d'avoir visité une maison abandonnée avec mes amis et après c'est le trou noir. »

Le Sage posa une main ferme sur l'épaule de son disciple et prit la parole à son tour.

« Excusez notre méfiance, mais nous avons le devoir de veiller à la sécurité de tous les habitants de cette cité. Nous ne pouvons nous permettre d'accueillir ici n'importe quel étranger sans connaître son identité ainsi que les raisons de sa visite.

— J'ai déjà expliqué tout ça à votre serviteur. Savoir d'où je viens ne vous servirait à rien. Je vis très loin d'ici c'est tout ce que je peux vous dire.

— Nous l'avions noté à votre accoutrement ma chère ! »

Ils se dévisagèrent un instant avant que le vieux Sage ne se décide à lui poser la question pouvant résoudre l'énigme des runes.

« N'auriez-vous pas un objet en votre possession, une sorte de médaillon ? »

Comment était-il possible...? Marie hésita, évalua le risque encouru, avant de juger opportun de dévoiler son précieux bien.

« Effectivement. Comment le savez-vous ?
— Taisez-vous ! De quel droit questionnez-vous ainsi mon maître ? » intervint Jox, toujours autant dénué de tact.

L'attitude revêche de l'homme en noir l'exaspérait profondément, mais Marie ne se trouvait pas en position de rétorquer. Grelottante, se maintenant péniblement debout, elle tendit simplement son fragment de médaillon au vieux Sage afin de lui présenter tout en se gardant de le lui donner.

« Où l'avez-vous trouvé ?
— Dans la maison inhabitée que j'ai visitée avec mon cousin et ma sœur.
— Hum, il est incomplet ! Mais cette partie est intéressante. Puis-je voir l'autre face ?
— De quoi s'agit-il, Maître ?
— Je ne peux rien dire pour le moment. Il faut d'abord que je vérifie quelque chose. »

« Je vais vous poser une énigme, adressa-t-il à nouveau à leur prisonnière. Si vous parvenez à en trouver la solution, je vous ferai sortir de votre prison et vous serez libre.
— Très bien, et si j'échoue ?
— C'est que vous n'êtes pas la personne qui devrait posséder ce morceau d'amulette !
— Qu'est-ce que ça veut dire ? Vous n'allez tout de même pas me garder enfermée ici pour toujours ?
— Non, bien sûr. Vous serez exécutée ! » annonça le disciple, un air satisfait non dissimulé.

Sans plus tarder, il ordonna aux gardes de mettre de l'eau à bouillir. À cet ordre, Marie comprit qu'échouer à l'énigme du Sage sonnerait sa fin d'une atroce manière.

« Voyez ce sablier ! Il vous donnera trois heures pour trouver la réponse que j'attends. Au-delà, vous serez perdue. Mais je ne doute pas que vous fassiez tout votre possible pour vous montrer brillante. Êtes-vous prête ?

— Ai-je le choix !?

— Bien ! Voici donc l'énigme que j'ai choisie. "Quand la grossesse vient après l'accouchement, le futur avant le passé et la mort avant la vie, dites-moi donc qui je suis". Nous reviendrons dans trois heures. Bonne chance. »

Les deux hommes s'éloignèrent tranquillement, abandonnant Marie à sa réflexion. Elle tenta, sans attendre, de se concentrer, refusant de gâcher chaque précieuse minute, et ce, sans avoir la moindre idée de la réponse qu'il lui faudrait donner.

Le temps s'écoulait dans l'énorme sablier posé sur le rebord du puits. Trop vite selon Marie qui ne parvenait pas à mettre au clair ses pensées. Envahie par la peur du châtiment que l'on lui réservait, toutes ses idées se confondaient. Elle ne cessait de répéter à haute voix l'énigme posée par le Sage sans réussir à lui trouver un sens. Et le sable continuait à s'échapper, les minutes s'enfuyaient avec lui puis les heures.

Plus que quelques grains restaient encore à glisser dans l'étroit conduit de l'instrument qui laissait filer son temps si précieux.

Marie tournait au fil de la boucle infernale du puits avant de se résigner à s'asseoir. Recroquevillée, elle tentait vainement de décortiquer la phrase mystérieuse. Plongée dans sa réflexion, elle manipula machinalement le médaillon entre ses doigts raidis de froid. Devenue très calme, elle se laissa absorber par le problème pouvant lui offrir la liberté et la vie sauve.

Déjà, les deux hommes revenaient près du cachot. Le disciple donna un nouvel ordre aux gardes qui s'empressèrent de porter, jusqu'à la geôle, un chaudron d'eau fumante encore bouillonnante.

Tirée de sa méditation, Marie paniqua de nouveau. Elle ne possédait toujours pas la réponse à l'énigme.
À l'approche des gardes, elle se leva et se remit à dessiner, nerveusement, des cercles dans l'étroit cachot. Marie serrait,

fébrilement, son fragment de médaillon entre ses mains sans en avoir vraiment conscience. Plus que quelques grains de sable.

« Il faut que je me concentre, se dit-elle en elle-même. La réponse doit être évidente ! La grossesse après l'accouchement, le futur avant le passé, la mort avant la vie... ! »

Encore un grain de moins pour sa survie. Brusquement, elle stoppa sa déambulation.

« Mais oui, bien sûr ! » lâcha-t-elle enfin, subitement regagnée d'enthousiasme.

Le sable presque totalement écoulé, les gardes se préparaient déjà à exécuter la sentence.

« Ça y est ! J'ai trouvé la solution à votre devinette ! objecta-t-elle, sans perdre une seconde de plus, s'évitant, ainsi, tout risque de se voir ébouillantée.

— Très bien, nous vous écoutons.

— J'avoue que j'ai eu beaucoup de mal à trouver, mais, en fait, c'était logique.

— Maître, elle se joue de nous. Elle tente de gagner du temps ! s'impatienta le disciple, nerveux à l'idée de la voir réussir.

— Votre assistant est un peu rabat-joie. J'ai dû me creuser les méninges alors ne me gâcher pas mon plaisir !

— Je vous en prie, venez-en au fait, la pria le Sage.

— Votre réponse est une Encyclopédie. Je l'ai compris quand j'ai prêté attention à la première lettre de chaque mot. Vous pouvez me faire remonter maintenant ! »

Marie voulait se montrer pleine d'assurance, mais était, en fait, pétrifiée. Elle espérait profondément ne pas s'être trompée.

« C'est exact ! Je vous félicite. » applaudit enfin le Sage, très satisfait.

En dépit de la satisfaction de son maître, le disciple ne sembla ni convaincu ni heureux du dénouement de l'affaire.

« Mage ! Et si elle avait juste eu de la chance ? s'opposa-t-il. Laissez-moi lui en poser une autre pour plus de certitudes ! »

Le puits peu profond laissait entendre tout ce qui pouvait se dire de son haut. Marie ne tarda donc pas à contester cette nouvelle proposition.

« Ce n'était pas ce qui était convenu ! Vous n'avez donc aucune parole ?

— Je préfère être prudent, se justifia l'élève.

— C'est injuste ! »

D'aucuns, à travers tout le pays, connaissaient au vieux mage un sens profond de la justice et une droiture sans faille. Cela étant, il ne comptait permettre à son disciple de torturer plus longuement la malheureuse.

« Elle a raison, Jox. Nous avons conclu un marché et elle en a rempli sa part. Je crois qu'il est plus que temps de la libérer à présent. »

Les gardes abandonnèrent leur lourde charge et glissèrent une corde dans la cheminée du puits. Marie s'y agrippa et remonta le long de l'étroit conduit, tirée par les hommes en armes.

Tandis qu'ils l'extirpaient du trou humide et froid, le Sage s'écarta afin d'échanger quelques mots avec son élève sans être entendu.

« J'espère que tu te montreras plus aimable maintenant qu'elle nous a prouvé qui elle est.

— Mais vous ne m'avez toujours pas dit de qui il s'agissait, ni ce que vous ont appris les runes !

— La partie de médaillon qu'elle porte n'est autre qu'un fragment de l'amulette du grand Mage Akus. Te souviens-tu de la légende et de la prophétie que je t'ai contée autrefois ?

— Je m'en souviens très bien. Et vous pensez réellement que cette fille fait partie des Élus ? Vous n'êtes pas sérieux ? s'indigna Jox

— Les runes ne mentent pas. Et il est possible que les personnes qu'elle dit être sa sœur et son cousin soient les deux autres porteurs du médaillon. Il faudrait le lui demander.

— Laissez-moi faire Mage. Je saurai la faire parler !

— On n'obtient rien de bon avec la brutalité, ni la menace, Jox. Tu ne le comprendras donc jamais ? Je préfère le faire moi-même. »

Une fois libre, Marie dévisagea les responsables de son enfermement. Découvrant le visage déconfit de Jox, elle se fendit d'un sourire narquois.

« Chère demoiselle, j'aimerais repartir avec vous sur de nouvelles bases. Vous êtes, désormais, la bienvenue et notre invitée. Acceptez mes excuses pour le traitement un peu rude qui vous a été réservé, mais, comme je vous l'ai expliqué, nous avons le devoir de garantir la sécurité la plus totale à nos citadins. J'espère que vous ne nous en tiendrez pas rigueur !

— Je crois que je peux faire un effort de compréhension même si je trouve la réaction de certaines personnes un peu exagérée. » consentit-elle, adressant néanmoins quelques rancunes muettes à Jox. Ce dernier, plein d'orgueil et plus suspicieux que jamais, soutint son regard.

« Permettez-moi de vous poser une nouvelle question !

— Encore une ? Et je risque quoi cette fois ?

— Rien, rassurez-vous ma chère. Une réponse honnête suffira. Vous parliez de deux membres de votre famille, tout à l'heure. Serait-il possible qu'ils soient en possession du reste du médaillon que vous portez ?

— Alors, ils ne sont vraiment pas venus ici ? » admit-elle, déçue.

Le désappointement s'inscrivit, sans dissimulation, sur son jeune visage. Maintenue séparée de ses proches pour quelque temps encore, il lui fallait d'autant plus garder l'esprit alerte et agir prudemment.

« Avant de vous répondre, j'aimerais d'abord savoir à qui j'ai affaire.

— Pardonnez notre impolitesse. Nous ne nous sommes même pas présentés ! Je suis Yzhi, le Sage et guide spirituel de la porte Sud. Et voici Jox, mon disciple.

— Je m'appelle Marie. Je vous dirais bien que je suis enchantée de faire votre connaissance, mais vous ne me croiriez pas !

— Pensez-vous alors que vos amis portent avec eux la partie manquante de votre amulette ? insista-t-il.

— C'est possible. La dernière fois que je les ai vus, chacun d'eux en tenait, comme moi, un fragment.

— Et que s'est-il passé ensuite ?

— Je ne me souviens plus. Mais pourquoi ce bijou vous intéresse-t-il tant ?

— Mon enfant, je crois qu'il est important que vous en sachiez plus à son sujet. Suivez-moi, nous serons plus tranquilles dans ma maison. Il vaut mieux ne pas être vu ni entendu. »

Le vieil homme parvenait à hautement l'intriguer. Marie le suivit sans poser plus de question avec bon espoir de le voir lui révéler tous les secrets du médaillon et de sa présence parmi eux.

Une fois installés dans la modeste demeure sur pilotis, Yzhi lui conta la légende du médaillon liée à une antique prophétie.

« À la fin du duel, Akus fit en sorte qu'une des faces du médaillon le représente pour que quiconque n'oublie jamais ce combat et les raisons pour lesquelles il l'avait mené.

— Je me souviens maintenant, se rappela soudain Marie, il y avait aussi quelque chose d'écrit à l'intérieur de l'écrin qui protégeait l'amulette. Je n'y avais pas vraiment prêté attention, mais je crois que ça disait : "Vos estis electi, unicum entia bellum placeat copias calígo hic sacri CLYPEUS ut mos sino vos ut salvificem mundum uno continens tertium. " Qu'est-ce que ça veut dire ?

— *"Vous, les Élus, êtres uniques choisis pour combattre les forces des ténèbres, trouvez ici le médaillon sacré qui vous permettra de sauver le continent unique du Troisième Monde."* C'est la prophétie qui vous avertissait ! » dit-il, devenu grave.

Une révélation sembla soudain surgir dans son esprit tandis qu'il prononçait ces dernières paroles.

« Je suis étonné que vous ne l'ayez pas déjà compris ! Vous portez pourtant la partie savante du médaillon sacré ! Apparemment, la magie de l'amulette ne s'est pas encore totalement libérée pour envahir votre esprit auquel cas, vous auriez tout de suite saisi le sens de cette inscription.

— Sûrement ! J'aurais dû suivre des cours de latin avant de le trouver, ça m'aurait évité les ennuis.

— Le médaillon aurait fini par vous trouver dans d'autres occasions !

— Comment ça, nous trouver ? À vous entendre, c'est lui qui nous a conduit jusqu'à cette maison pour qu'on l'y découvre !

— Ne sous-estimez jamais le pouvoir de la magie. C'est la seule réponse que je suis en mesure de vous apporter. Les voix de la magie sont impénétrables !

— Vous ne seriez donc pas étonné si je vous disais que j'ai été aspirée par le coffret quand le médaillon a été brisé et que ça m'a conduit dans votre charmante contrée ?

— Je croyais que vous n'aviez plus souvenirs de tout cela ?

— J'avoue avoir menti. Je craignais que vous ne me preniez pour une folle, mais visiblement ça ne risque pas. Expliquez-moi ce que tout ça signifie !

— Vous n'avez toujours pas compris ? Vous avez été choisis pour affronter celui qui menace la paix et l'équilibre de notre monde !

— Mais de qui s'agit-il ?

— C'est un très grand sorcier, plus puissant que tous les autres. Il projette de répandre le mal, de faire disparaître tout être qui pourrait lui opposer résistance. Il rêve de régner en maître et d'asservir les peuples.

— C'est terrifiant ! Mais que croyez-vous que je puisse faire ? Même si vous dites vrai, si le médaillon me donne la connaissance, je vois mal comment je pourrais venir à bout d'un tel bonhomme avec ça !

— Mais vous n'êtes pas seule, jeune fille. Selon vos dires, vous étiez accompagné d'une sœur et d'un cousin ?

— C'est exact !

— Rappelez-vous l'avertissement prophétique dans le coffret ! Il parle de trois élus et vous êtes trois à l'avoir trouvé. Si je vois juste, vos amis sont en route pour vous retrouver et apportent avec eux les deux autres morceaux du médaillon. L'un va jouir de la force physique et l'autre de la magie. Leurs pouvoirs vous sembleront plus concrets que le vôtre, mais, croyez-le, celui du savoir aura, en son heure, tout autant d'importance. À vous trois, vous parviendrez à réaliser la prophétie, je n'en doute pas un instant. »

Tant de confiance ne pouvait que rassurer Marie sur ce qu'il adviendrait, et pourtant, elle doutait encore.

« Je ne suis pas sûre d'avoir très envie d'être...envahie par cette chose !

— Il faut avoir confiance en vous et en l'amulette. Grâce à elle, vous réaliserez de grandes choses. Vous possédez les qualités requises sinon vous ne la porteriez pas ! D'ailleurs, elle a déjà commencé son travail.

— Je me demande qui de ma sœur et de mon cousin a hérité de la force et de la magie. J'espère que le médaillon a fait le bon choix. » sourit-elle, imaginant sa sœur transformée en montagne de muscles. Cette pensée l'amusa, mais ne dérida aucunement Jox.

« Tout ceci n'est pas un jeu ! s'indigna-t-il face à tant d'insouciance. Et dire que notre salut repose entre les mains d'une jeune écervelée !

— Calme-toi mon garçon ! »

Exaspéré, il se leva et sortit.

« C'est pas un rigolo votre élève !

— Il est vrai qu'il manque un peu de légèreté. Mais vous pouvez lui faire entière confiance, tout comme à moi. Je comprends que ce ne soit pas chose évidente après la nuit que vous venez d'endurer, mais je vous assure que vous aurez grand besoin d'alliés dans la quête que vous vous apprêtez à mener. Je suis d'ailleurs surpris que vous n'ayez pas fait de mauvaises rencontres en venant jusqu'ici.

— Maintenant que vous en parlez, j'ai vu quelque chose de très étrange, en chemin. Il y avait une femme dans une mare où je me suis arrêté pour boire. Elle semblait amusée par ma présence.

— Il s'agit sans nul doute de Damona, l'espiègle déesse des

sources. Elle est malicieuse mais inoffensive. Je suppose qu'elle vous a tout de suite reconnue. Les êtres magiques ont ce talent que nous, pauvres mortels, ne possédons pas.

— Donc, cette contrée étrange où j'ai atterri se nomme le Troisième Monde ?

— Oui, mais pourquoi étrange ?

— Disons que là d'où je viens, on ne trouve pas de sorcier diabolique et tous ces êtres fantastiques qu'on peut rencontrer ici.

— Vraiment ? Votre monde doit être bien paisible alors !

— Pas vraiment. Il y existe bien d'autres dangers.

— Le mal est partout, que peut-on y faire ?

— Pas grand-chose et c'est bien ce qui me chagrine.

— Il serait judicieux que vous restiez cachée ici jusqu'à l'arrivée de vos compagnons. Il est préférable que les citadins et tout ennemi potentiel ignorent votre présence tant que vous n'êtes pas tous trois réunis. »

CHAPITRE XIII

Les premières lueurs de l'aube naissaient à peine quand, à la demande de sa grand-mère, Widley tira Lucie de son sommeil sans ménagement.

En dépit de tout ce qu'elle représentait, il n'éprouvait pour elle pas plus de considération que lors de leur rencontre.

« Allez, debout ! C'est l'heure de votre première leçon. »

Lucie s'assit sur son lit, les yeux encore ensommeillés. Le sommeil ne l'avait emporté que quelques heures durant.

« Laissez-moi encore une heure ou deux, je serai plus en forme, le pria-t-elle, désireuse de se laisser bercer encore de songes plus plaisants que la réalité.

— Vite, lève-toi mon enfant ! pressa alors Scatach, impatiente. Le temps presse et nous avons beaucoup de travail ! Tu dormiras plus tard ! »

La magicienne s'était précipitée dans la chambre et l'obligea à se lever, la soulevant par un bras pour l'emmener hors de la pièce. Malgré son grand âge, Scatach ne manquait pas de vigueur. D'ailleurs, q*uel pouvait bien être son âge*, s'interrogea Lucie.

Elles traversèrent la pièce principale sans s'arrêter et sortirent de la maison.

« Je n'ai pas droit à un petit déjeuner ?

— Plus tard, plus tard ! »

Lucie n'osa protester face à toute l'autorité dont faisait preuve Scatach. Consciente d'avoir avec elle la meilleure des alliés face à son extraordinaire destin, son intérêt reposait dans une écoute et une obéissance sans faille.

« D'abord, tu dois apprendre que, comme toute discipline, la magie est régie par des règles qu'il faut respecter sans exception. Tu t'es vu confier des pouvoirs d'une extrême puissance, j'espère que tu t'en rends compte ! Ils sont d'ailleurs si puissants que tu es seule mortelle à pouvoir en jouir sans risquer d'être détruite. »

Le visage de Lucie se figea, non sans trahir un nouveau sentiment d'angoisse.

« Ne t'inquiète pas, s'empressa alors Scatach, pour la rassurer. Le médaillon est là pour canaliser cette énergie. Peu importe le niveau de puissance que tu parviendras à atteindre grâce à lui, n'en abuse jamais ! Ses pouvoirs doivent être employés uniquement pour des causes justes qui serviront ta mission. Quand elle sert le mal et qu'elle devient noire, la magie finit toujours par détruire celui qui l'utilise. »

Lucie écoutait sa leçon avec attention, mais s'impatientait déjà de passer à la pratique.

« Encore une chose : tu ne dois jamais te séparer du fragment d'amulette que tu possèdes. Sans lui, tu serais sans défense et nul ne sait ce qu'il adviendrait s'il venait à tomber entre les mains d'un esprit fourbe !

— Très bien, je tâcherai de m'en souvenir. Maintenant, est-ce qu'on peut commencer la partie pratique ?

— Ne sois pas si impatiente ! Bien, nous allons tout d'abord travailler les formules simples. Sois attentive, car elles sont en latin. Connais-tu le latin ?

— Désolé, je n'ai pas opté pour cette matière à l'école.

— Dommage que tu ne sois pas aussi en possession du savoir de l'amulette, cela t'aurait été bien utile !

— Génial ! Et si je dois me servir d'une formule que vous ne m'avez pas apprise, comment je devrai m'y prendre ?

— Rassure-toi, tu n'auras plus besoin de formules quand tu quitteras ma maison. Je te les enseigne juste pour t'aider à extraire les pouvoirs du médaillon. Bien, Widley installe le matériel dont j'ai besoin. »

Tandis qu'il s'exécutait, Lucie le jaugea de pied en cap. Sans éprouver plus d'intérêt pour lui, jusqu'à cet instant, elle prenait maintenant le temps d'apprécier ses charmes. Les vêtements près du corps, le lacet dénoué au col de sa chemise, laissaient deviner les dessins d'un corps athlétique.

Widley apporta une simple bûche qu'il se contenta de poser sur la margelle du puits.
Scatach amena Lucie face au morceau de bois, imposant une certaine distance.

Interrompue dans ses pensées impudiques, Lucie se sentit rougir à l'idée que l'on puisse les percer à jour.

« Vas-y, tends le médaillon en direction de cette bûche et répète après moi : *"Volare Boscus"'*

— Qu'est-ce que ça veut dire ?

— Ne pose pas de question et fais-le ! »

Lucie s'exécuta sans provoquer le moindre cillement du bout de bois.

« Essaie de te concentrer. Tu ne dois faire qu'un avec le médaillon ! »

Lucie, en jeune apprentie appliquée, répéta une seconde fois la formule mais n'obtint, cette fois encore, aucun résultat.

« Ça ne marche pas ! Peut-être que si je comprenais ce que je suis en train de dire... !

— Inutile ! Essayons avec une autre formule. Répète : *"Findere Boscus" »*

Tout comme pour la première, la seconde formule ne produisit aucun effet sur la bûche. Involontairement, la grand-mère lui mettait beaucoup de pression, et ce depuis la veille, tant et si bien que Lucie finit par s'emporter.

« Inutile d'insister ! Ce n'est pas la formule qui cloche, il est évident que c'est moi ! Je n'y arrive pas et je n'y arriverai sans doute jamais. Le médaillon s'est sûrement trompé de personne !

— Impossible ! s'obstina Scatach.

— Si j'étais qui vous croyez que je suis, je provoquerais un effet sur cette maudite bûche, mais vous voyez bien, comme moi, qu'il ne se passe rien !

— C'est parce que tu ne crois pas en toi et en ce médaillon !

— Vous avez raison. Ce médaillon n'a pas plus de pouvoirs qu'un autre bijou. Ce n'est rien d'autre qu'un bout de métal.

— Si c'est là ce que tu penses, alors tu n'es pas digne de le porter. »

Tenu à l'abri sur la plus grosse branche d'un arbre, à proximité du puits, Widley, témoin de la dispute, tenta de la raisonner.

« Comment expliquez-vous votre arrivée ici, alors ? »

— Vous, fermez-la ! » le somma-t-elle, alors, violemment.

La remarque pertinente, elle le savait, ne fit pas disparaître l'emprise d'une peur profonde traduite par une manifestation d'agressivité.

Tendant vers lui un bras menaçant et une main serrant l'amulette, se produisit alors ce qu'ils attendaient tous. Un formidable craquement précéda la chute de Widley accompagnée de la branche sur laquelle il reposait. Le solide nichoir venait de se briser sans raison. Lucie, médusée, prit alors conscience de la puissance du médaillon. Une énergie, un pouvoir, bien plus grands que ce qu'elle pouvait imaginer.

Widley peina à se remettre de sa chute. Chancelant, il remit de l'ordre à ses habits débraillés et redisciplina son épaisse chevelure. Scatach s'approcha doucement de Lucie sans plus se soucier de lui. Elle ne trahissait aucune surprise. Son attitude déconcerta Lucie et Widley, d'autant plus choqués.

« Il semblerait que tes pouvoirs aient déjà commencé à se libérer avant ton arrivée chez moi !

— En y réfléchissant, se souvint Widley encore étourdi, ça ne m'étonne pas tant que ça. Il s'était déjà produit quelque chose d'étrange dans la mangrove.

— Explique-toi mon garçon !

— Il veut parler de ma rencontre avec les harpies, intervint Lucie. Quand je me suis défendue, je leur ai jeté des pierres et, bizarrement, elles se sont volatilisées en les touchant. J'ai d'abord cru que c'étaient ces monstres qui en étaient responsables. Visiblement ce n'était pas le cas.

— Tu ne pouvais pas t'imaginer que cette magie venait de toi. C'est ton manque de maîtrise qui t'a joué ce vilain tour. Cela aurait pu te coûter si les harpies s'étaient montrées plus tenaces ! Comme tu viens d'en faire l'expérience, la magie devient plus puissante sous l'effet de la colère, mais tu ne dois pas te laisser guider par elle. Utilise-la mais ne la laisse pas te dominer. »

Bien évidemment, l'étendue des pouvoirs déjà en possession de Lucie stupéfiait la vieille sorcière. Elle ne s'attendait guère à voir jaillir tant de puissance en si peu de temps. Lucie possédait plus de force intérieure qu'elle ne le laissait paraître.

Scatach préféra taire ses sentiments de crainte de voir la jeune élue trop vite se griser. Cela ne ferait que lui nuire.

« De toute évidence, tu n'as nul besoin de formules pour commencer ton apprentissage. C'est très bien, cela nous fera gagner un temps précieux. Nous allons recommencer, mais, cette fois, tu vas essayer de canaliser ton énergie. Ce sera la leçon la plus longue et la plus difficile. Cela va te demander beaucoup de concentration, mais tu y arriveras, j'en suis persuadée. »

Complètement vidée par l'exploit réalisé, Lucie tenait à peine debout.

Prise d'excitation pour son nouveau rôle de professeur, la vieille dame en oublia de prendre une pause pour le déjeuner.

« Ça ne marchera pas, je ne suis plus en colère. À dire vrai, je n'ai même plus de force. La magie réclame beaucoup d'énergie et je crois que je m'entraînerai mieux l'estomac plein. »

— Bien sûr ! Tu dois me prendre pour un bourreau de travail ! Allons nous remplir l'estomac, tu travailleras bien mieux ensuite. »

Le repas fut bref, mais copieux. Lucie se vit offrir fruits de tous genres, récoltés au cœur de la forêt, viande séchée et pain maison. Puis, elles reprirent rapidement leur leçon laissée en suspens.

« Bien, reprenons là où nous en étions. Te rappelles-tu ce que tu as ressenti avant que tu ne brises cette branche ?

— J'ai senti une étrange chaleur m'envahir brutalement et devenir de plus en plus intense.

— Concentre-toi sur cette chaleur, essaie de la retrouver et de sentir à quel moment elle libère de la puissance. Une fois que tu l'auras trouvée, tu pourras la contrôler. »

Scatach disait vrai. Il s'agissait bien là de la leçon la plus longue et difficile.
Déjà, la nuit descendait sur la maisonnée et Lucie ne maîtrisait encore rien des pouvoirs qu'elle parvenait à libérer. Les bûches, cibles inertes, explosèrent toutes les unes à la suite des précédentes. L'arbre amputé de sa branche prit feu et le puits devint ruines.

« Je crois que ça suffit pour aujourd'hui, décida Scatach. C'est la fin de ta première leçon. Nous reprendrons ton entraînement demain matin. Maintenant, il est temps de te reposer un peu. »

Las et abattue, Lucie laissa transparaître son inquiétude. Elle ne parvenait à rien. Toutes ses tentatives de magie ne se muaient qu'en échec et le médaillon paraissait ne vouloir répondre à aucune de ses sollicitations.

« Aie confiance ! rassura alors Scatach, comprenant aisément l'origine de son tourment. Tu ne seras pas seule pour accomplir la prophétie. »

Lucie feignit un timide sourire en guise de réponse. La magicienne se voulait rassurante, mais la réalité du médaillon contestait durement ses promesses.

Partagé dans un silence harassé, Scatach conclut le dîner par l'annonce du programme du lendemain. Formules et exercices menant à capter et canaliser les pouvoirs de l'amulette du mage Akus seraient à l'ordre du jour. La vieille magicienne se leva, enfin, de table et s'en alla dormir la première suivit de peu par Widley.

Avant de quitter tout à fait la pièce, la malicieuse vieille dame prit soin de laisser en évidence, sur la table, un livre épais et très ancien. Comme elle l'espérait, le volume attisa la curiosité de sa jeune élève.

Une fois seule, Lucie s'empara de l'ouvrage et s'installa près du feu pour feuilleter l'antique grimoire. Scatach ne laissait rien au hasard et Lucie devina sans mal ses intentions. La lecture de l'ouvrage de magie devait participer à son initiation.

Lucie, apprentie magicienne, passa une partie de la nuit à se nourrir des formules et instructions qu'il recelait avant de s'endormir sur ses lectures à la lueur des flammes dansant dans l'âtre.

CHAPITRE XIV

Eveillé très tôt le matin, le devin Calchas déambulait dans sa grotte, l'esprit tourmenté et perplexe.

Alors que le soleil paraissait à peine, il se dirigea vers la chambre de son invité. Le réveil de José fut brutal. Secoué par le vieil homme, il fut convié à le rejoindre dehors.

Une fois à l'extérieur de la grotte, le devin désigna un énorme rocher.

« J'aimerais que tu essaies de pousser ce rocher pour le déplacer, demanda-t-il enfin.

— Euh, je ne veux pas vous vexer, mais vous n'avez pas dû bien regarder ce caillou ! s'opposa José, déconcerté par la requête du vieillard. Ce que vous me demandez est impossible, il est bien trop gros pour que j'arrive à le bouger. Et puis, pourquoi voulez-vous que je fasse ça ?

— Cesse de poser des questions ! s'impatienta Calchas. Fais ce que je te demande, tu comprendras pourquoi par la suite. »

José ne s'attarda pas à contrarier le vieil homme. Il s'exécuta non s'en être persuadé de gaspiller son énergie. Deux mains fermement agrippées à la roche, les pieds solidement ancrés dans le sol, il poussa avec toute la force possible. Son étonnement fut à la mesure de la masse déplacée. Sans peine aucune, le bloc de pierre glissa sur le sol caillouteux.

« C'est bien ce que je pensais. Rentrons maintenant ! » décida Calchas

José resta stupéfait de son exploit, mais s'interrogea davantage sur le petit jeu auquel se prêtait le vieux devin. Comme il pénétrait à l'intérieur du logis, Calchas lui fit signe de s'asseoir.

« Te souviens-tu de la légende que je t'ai conté hier soir, celle du médaillon ?

— Oui, bien sûr !

— Il y a certains détails dont j'ai volontairement omis de te parler. Je pense qu'il est temps, à présent, que tu en saches plus à son sujet, car son histoire est désormais la tienne.

— Que voulez-vous dire ?

— Le mage dont parlait cette légende se nommait Akus et l'amulette porte son nom. Après avoir juré, au sorcier malfaisant, l'échec de ses desseins, le mage Akus ajouta que, le jour où il se rapprocherait de son but, trois jeunes gens courageux l'empêcheraient de mener à bien son sombre projet et le mèneraient à sa perte. Connaissant toute la puissance de la magie dont usait le vieil homme, le sorcier prit certainement cette menace très au sérieux, car le moment le plus redouté de notre histoire ne vint jamais. Il se contenta de faire planer cette crainte, faisant régner la peur en infligeant les pires souffrances aux habitants de la contrée ayant le malheur de croiser son chemin ou celui de ses sbires.

Un beau jour, le sorcier disparut mystérieusement, laissant tout ce qu'il possédait, ses biens comme son savoir, à un héritier unique, son disciple Ramalack. On raconte même que ce serait ce dernier qui aurait mis fin aux jours de son mentor, profitant de son sommeil, pour s'octroyer sa place. Enfin, ce sont des histoires ! »

Calchas se tut un instant et s'assit.

« Cependant, reprit-il l'air plus grave, depuis quelque temps, il semblerait que Ramalack ignore l'avertissement, prononcé pour son maître, et qu'il fasse tout pour réaliser le rêve du défunt sorcier devenu à présent le sien. »

Quand bien même Calchas lui aurait-il laissé le temps de lui poser la moindre question, José, montrant un intérêt fasciné pour le récit du devin, n'aurait osé l'interrompre.

« Il y a également une prophétie, tout aussi ancienne, liée à cette légende et au médaillon, poursuivit-il. Elle dit ceci :

Tribus púeris alieni ab alio mundo,
Plenum fortitude et ardor,
Tres in possessione partium compareant coram nobis
sacra eiusque potentiis præbia
Salvos nos de tenebris »

Le texte cité en latin ne trouva aucun sens aux oreilles profanes de José. La face interrogative trahissant l'ignorance de son invité, Calchas s'empressa de traduire ses propres paroles.

« Trois jeunes étrangers, venus d'un autre monde,
Pleins de courage et d'ardeur,
Se présenteront devant nous en possession des trois parties de l'Amulette sacrée et de ses pouvoirs
Pour nous sauver des ténèbres. »

— Qu'est-ce que vous essayez de me faire comprendre ? questionna José, de plus en plus troublé.

— Ma coupe de divination m'a révélé que tu étais en possession d'une partie bien particulière de l'amulette d'Akus, celle de la Force. Tout à l'heure, je t'ai testé dans le but de vérifier ma vision. L'exploit, que tu as accompli en déplaçant cet énorme rocher, a confirmé mes soupçons. Un destin exceptionnel t'a été réservé car tu représentes notre salut ! Tu es l'un des trois Élus annoncés par Akus et sa prophétie. Ce qui signifie que Ramalack est en marche pour réaliser son projet !

— C'est insensé ce que vous êtes en train de me raconter !

— Je comprends ton scepticisme. Je crois que tu ne t'attendais pas à tout cela en arrivant chez nous.

— C'est complètement surréaliste, mais je comprends mieux certains faits étranges maintenant !

— Lesquels ?

— Mon arrivée ici par exemple ! Je viens d'un monde différent du vôtre, c'est évident, et je suis certain, à présent, que c'est le médaillon qui m'a emporté jusqu'ici.

— Je n'en doute pas ! Tu dois savoir que la gravure du médaillon représente les caractéristiques principales des pouvoirs du mage. Tu en possèdes la force. Je suppose que ce sont tes cousines qui ont gardé le reste de l'amulette ?

— C'est exact. Avant qu'on ne soit séparés, on en avait tous les trois un quartier dans la main.

— J'en déduis donc que l'une d'elles a hérité de la connaissance du mage et que l'autre se trouve en possession de sa magie. Le médaillon était fait pour être brisé par les Élus. Vois-tu, si Akus a créé trois parties à cette amulette, c'est pour faire en sorte que trois personnes bien distinctes n'en reçoivent qu'une seule, car il est bien évident qu'un simple mortel, même un élu, ne pourrait supporter le poids d'une telle puissance ! »

Chaque pensée de José se répétait, décomposait, analysait la légende du médaillon, la prophétie, sa propre mésaventure l'ayant menée à cette intrigue, sans en saisir tout le sens. Il ne disposa de pas plus de temps pour en digérer le contenu. Calchas ne comptait pas en rester là et se leva brusquement.

« Bon ! Commençons ton entraînement ! Nous n'avons pas une minute à perdre !

— À quoi bon m'entraîner ? La force n'est pas un pouvoir difficile à maîtriser !

— Détrompe-toi ! Et si tu apprends à te servir du médaillon, tu seras capable de faire bien plus que tu ne l'imagines. Au travail maintenant !

— Une petite minute ! Si tout ce que vous me dites est juste, mes cousines sont peut-être en danger ! Je veux savoir où elles sont, comment elles vont et où je pourrai les retrouver ! requit José, fermement.

— Bien, bien, comme tu voudras ! Je vais interroger ma vasque de vision. » céda alors Calchas.

José réclamait une certitude, celle que ses chères cousines se portaient au mieux. Il ne se déciderait à répondre aux exigences de Calchas qu'une fois rassuré sur leur situation. Ce ne serait qu'à cette unique condition qu'il se montrerait enclin à débuter son initiation.

Calchas se dirigea vers la vasque de pierre. Comme dans un rituel imperturbable, il refit très précisément les mêmes gestes qu'auparavant. Il regarda, une fois encore, dans le liquide translucide, concentrant ses pensées sur l'objet de sa recherche.

« Je perçois tes cousines. Elles se portent bien et semblent avoir trouvées, elles aussi, un guide pour accomplir leur destinée. Je vois que l'une d'entre elles se trouve dans la grande Cité et je pense que l'autre ne tardera pas à la rejoindre. Il faudra t'y rendre, toi aussi, car c'est là-bas que vous devez vous retrouver !

— Mais, comment vais-je m'y rendre ? Et par quels chemins ?

— Nous discuterons de tout cela plus tard. Avant de quitter ma maison, je tiens d'abord à ce que tu fasses l'expérience de tes nouvelles forces et des autres dons qui t'ont été accordés. Tu dois apprendre à les maîtriser avant de partir en quête de tes amies. C'est impératif pour espérer faire face à tes ennemis.

— Et quelles sont ces autres facultés dont je suis censé avoir hérité ?

— Tu devrais, entre autre, te montrer plus agile et rapide, tes sens vont être décuplés et, le plus appréciable, tes capacités de guérison devraient s'accroître. Mais prends garde aux attaques de magie, ton fragment de médaillon ne saura t'en préserver ! »

Calchas s'éloigna de la vasque de divination et invita son nouvel élève à le suivre.

« Maintenant, il est temps de commencer ton entraînement. Vos ennemis seront tous plus dangereux les uns que les autres. Dès qu'il aura eu vent de votre présence parmi nous, Ramalack les enverra à vos trousses, sans relâche, jusqu'à ce que l'un d'eux parvienne à vous éliminer. Ils sont peut-être même déjà en route à l'heure qu'il est !

— Je ne vous trouve pas très rassurant !

— Il est de mon devoir de te préparer à ce qui t'attend ! Vous avez, tous les trois, une lourde tâche à accomplir. Vous représentez l'unique obstacle aux projets du sorcier. C'est pourquoi je veux que tu sois prêt à affronter les dangers qui se trouveront sur ta route. »

Ainsi, l'entraînement de José put enfin commencer. Les leçons et méthodes d'apprentissage du devin s'avérèrent pour le moins insolites. À défaut de pouvoir lui présenter de réels adversaires en combat singulier, Calchas proposa à José de faire usage de son environnement pour développer ses talents. Les exercices se déroulèrent sous l'oeil attentif du maître devin, machouillant quelques plantes médicinales, installé au pied d'arbres poussant sur leur chemin, là où la leçon les menait.

« Pour l'heure, tes ennemis sont loin. Nous allons donc te trouver quelque adversaire à ta mesure pour voir de quoi tu es capable. Montre-moi d'abord combien tu peux être agile.»

De la sorte, José grimpa d'un arbre à l'autre pour y cueillir des fruits. Figues des montagnes, pommes sauvages et poncirus épineux vinrent remplir paniers d'osier et barriques de bois.

Sa force fut, ensuite, mise à l'épreuve dans des travaux de bûcheronnage, abattant nombre d'arbres parfois centenaires pour en débiter quelques stères.

Une étape de l'apprentissage en appelant une autre, José se présenta à Calchas pour en attendre de nouvelles instructions.

« Bien ! Nous te savons robuste et souple voyons maintenant si tu saurais te montrer vif et habile. Sois attentif à l'agitation des bosquets, au frémissement du tapis des bois. Ouvre l'oeil, trouve la piste des créatures de la forêt, débusque leur tanière. »

Élève obéissant, José entraîna donc sa promptitude et sa rapidité, chassant du plus petit et inoffensif animal au plus imposant et belliqueux. Il traqua et débusqua serpents, muscardins, wombas de terriers et écureuils des rochers ; coursa et chargea cochons sauvages, markhors à cornes vrillées et chats-ours griffus, destinés, pour certains, à garnir la salle de séchage.

Ainsi, au fil du jour, se poursuivit l'éprouvant entraînement au travers de bien d'autres travaux dont la pénibilité rendait leur exécution impossible par le vieil homme, cause de son grand âge.

José exécuta les tâches sans se lamenter, mais la curieuse façon d'enseigner de son mentor le laissa pour le moins soupçonneux. Le vieux montagnard n'usait-il pas du prétexte de son initiation pour lui faire exécuter les tâches les plus pénibles, interdites à son grand âge ?

La journée de labeur toucha à sa fin quand le soleil se noya dans la montagne.

« Il se fait tard. Rentrons, à présent. Tu as mérité un bon repas. »

Ils retrouvèrent alors Valandra dans la maison-grotte où elle les attendait pour le dîner. Ils partagèrent un repas simple mais toujours copieux autour d'une conversation dédiée uniquement aux progrès de José et ce qui lui restait encore à perfectionner.

« Vois-tu, ma chère fille, notre jeune Élu a montré, aujourd'hui, de grandes aptitudes physiques. Je ne doute pas que l'amulette libère très vite toute sa magie.

— Vous pensez donc que je suis prêt à partir retrouver mes cousines ? s'enthousiasma alors José.

— Ne sois pas si empressé ! Il te reste encore beaucoup à apprendre. Tu te révèles être un élève doué et tu ne manques pas de courage, mais tes réflexes méritent encore d'être travaillés tout comme ta patience.

— Si vous faites allusion au gibier qui m'a échappé, reconnaissez qu'il était très rapide et plus accoutumé au bois que je ne le suis !

— Plus rapide qu'un héritier d'Akus ? Cela ne se peut ! Tu dois cesser de te sous-estimer et de douter de l'amulette. Bientôt tu seras plus rapide que quiconque et tes sens te permettront de dompter ton environnement, où que tu sois. »

Jusqu'à tard dans la soirée, Calchas ne manqua pas de dispenser bien d'autres conseils avant d'inviter José à rejoindre sa couche.

En dépit de toute l'énergie déployée, sans relâche, depuis le petit matin, José ne ressentait pas une once de fatigue et peina à trouver le chemin du repos.

CHAPITRE XV

La veille crépusculaire, Marie fut invitée à loger dans la maison de Jox, à la demande de Yzhi. Soumis à une totale obéissance envers son maître, Jox ne put s'opposer à cette décision, pour son plus grand déplaisir. S'il lui eut été offert, jamais au grand jamais il n'aurait fait le choix de l'accueillir sous son toit. L'homme demeurait méfiant. La présence de la jeune fille n'apporterait, selon lui, que son lot de menaces et de malheurs sur la ville.

Dès son réveil, Yzhi fut prompt à lui rendre visite, une idée bien précise en tête. Il l'alerta de sa présence avant de pénétrer dans la maison, pour ne pas la surprendre. Il la trouva déjà levée, le visage marqué de fatigue et d'agacement, tiré sans ménagement de son lit par son hôte aux aurores. Jox persévérait dans son acharnement sans compter l'épargner.

« Je crois qu'il serait intéressant de vous familiariser avec nos coutumes pour vous fondre dans la population. » suggéra-t-il

Il se tourna alors vers son disciple venu lui ouvrir la porte.

« Jox, je te confie notre protégée. Fais-lui découvrir notre belle Cité et enseigne-lui en les usages. Mais avant, tâche de lui trouver des vêtements plus conventionnels ! »

Jox ne masqua pas son mécontentement. Non de ces hypocrites feignant les bons sentiments et l'altruisme, Marie ne pouvait que lui reconnaître cette qualité.
Mais Jox comptait bien profiter de cette tâche, jugée ingrate, pour surveiller de près l'étrangère.

Après avoir donné ses quelques recommandations, Yzhi s'en alla vaquer à ses occupations, laissant à nouveau seuls, Marie et Jox, dans un silence gêné.
Sans adresser mot à l'indésirable visiteuse, Jox s'introduisit dans une autre pièce et revint les bras chargés de vieilles nippes. Muré dans un

mutisme obstiné, il lui tendit les habits et lui fit signe d'aller se changer dans sa chambre.
Marie obéit sans s'offusquer de cette nouvelle démonstration de dédain auquel elle devrait s'accoutumer malgré elle. Elle enfila la tunique bleu nuit, trop grande pour elle, et noua à sa taille une cordelette en guise de ceinture. Son reflet dans un miroir lui renvoya l'image d'une mendiante.

« Vous croyez vraiment que je vais passer inaperçue dans cette tenue ?

— C'est tout ce que j'ai pour vous, prétexta-t-il enfin. Il faudra vous en contenter. Mon maître pense peut-être que vous faites partie des Élus, mais ça ne vous donne pas le droit de jouer les princesses !

— Vous ne faites pas preuve de beaucoup de volonté pour être un peu aimable, pourtant je ne vous ai rien fait ! répliqua-t-elle, blessée.

— Vous allez perturber la vie de la Cité et la mettre en danger, c'est bien assez, à mon avis.

— Je n'ai rien demandé de ce qui m'arrive ! protesta-t-elle. De plus, le danger pesait sur votre monde bien avant mon arrivée et il se pourrait que je vous en libère avec l'aide de mes amis !

— Encore faudrait-il que vous soyez les bonnes personnes ! »

Marie n'insista pas davantage. Borné dans ses préjugés, Jox n'entendait rien à ses propos et nul ne semblait pouvoir le faire changer d'avis.

Ils sortirent alors de la maison pour gagner les ruelles de la ville. Les habitations des notables, bâties sur pilotis, se trouvaient à l'écart du reste de la Cité. Ils marchèrent jusqu'aux premières maisonnettes, aux murs d'argile brune séchée, coiffées d'un toit de paille rendue solide et étanche par la glaise. Les huttes variaient de taille selon les familles.

Une atmosphère des plus tendues régnait entre Marie et Jox. À l'approche de la civilisation, le disciple se décida à prendre parole, non sans prendre sur lui. La tâche, imposée par le Sage, lui était déplaisante, mais il se refusait à décevoir son maître.

« L'histoire de la Cité vous intéresse-t-elle ?

— Bien sûr. Plus vous m'en direz et mieux je m'adapterai.

— Cette ville a été bâtie il y a plusieurs générations. Ce fut à l'époque du mage Akus qui souhaitait alors voir les humains rassemblés en un seul lieu pour pouvoir mieux les protéger.

— Il s'agit donc là du plus grand rassemblement d'êtres humains dans votre monde ?

— C'est exact. Certains ont préféré continuer à vivre à l'écart, mais la plupart ont suivi le mage pour bénéficier de la sécurité qu'il leur promettait. De nos jours, quatre mages demeurent, gardant chacun l'une des quatre portes de la Cité. Notre ville compte plusieurs milliers d'habitants et s'occuper de tous est une charge trop importante pour un seul mage, aussi savant soit-il. La Cité est bien trop grande pour qu'il ne puisse se trouver partout à la fois.
En venant s'installer ici, chaque famille a dû faire le choix d'une activité pour subvenir aux besoins de toute la communauté sans qu'il y ait de problème de concurrence. Certains cultivent une espèce de fruits, de légumes ou de céréales. D'autres ont choisi l'élevage de bétail, préférant les moutons, les porcs ou les bœufs. D'autres encore exercent un corps de métier utile au bon fonctionnement de notre Cité. Chaque famille est réputée pour ce qu'elle produit et tout est réuni ici pour satisfaire notre survie et notre confort.

— Cette ville doit être immense ?

— Elle s'étend, effectivement, sur plus d'une centaine de lieues. Au fur et à mesure de son agrandissement, les familles se sont divisées pour se répartir sur tout le territoire afin que chaque citadin puisse bénéficier des mêmes avantages à proximité de leur demeure. Il est important que la Cité subsiste en totale autarcie puisqu'elle est unique !

— Vous voulez dire qu'il n'y a aucune autre ville ailleurs dans votre pays ?

— Le Troisième Monde est un continent unique et très étendu, il n'y a rien d'autre au-delà si ce n'est les eaux troubles de l'océan. La majeure partie du territoire est peuplée d'êtres magiques ou maléfiques. Il n'y a qu'ici que l'espèce humaine a réussi à trouver un lieu de vie paisible. »

Tout à l'écoute attentive de son guide, Marie observa les citadins et leurs occupations.
Les maisons tenaient à la fois lieu d'habitation et de commerce, sans doute pour une gestion optimale du territoire. Elle put voir l'échoppe d'un cordonnier concentré sur son ouvrage, une femme nourrir ses

poules tandis que son mari en plumait d'autres, un agriculteur labourant sa parcelle de terre, un charretier faire office de taxi et, plus loin, un forgeron martelant un bout de métal rougit. Chacun d'eux tenait son affaire avec discipline.

« La vie ici est vraiment très organisée ! admit-elle.

— Ici, chacun est nécessaire aux autres, mais en dépend également. Tous ont un rôle à jouer ce qui, cependant, n'évite pas toujours les querelles.

— Les enfants naissent donc avec leur voie déjà tracée ? Personne n'a jamais voulu changer les règles ?

— Les descendants des pionniers sont fiers de reprendre les entreprises familiales. Et pour ceux qui désirent une autre vie, rien ne les empêche de partir. Chacun est libre d'aller où il le veut. Nous ne retenons personne prisonniers ici. De plus, il existe toujours la possibilité de s'arranger avec un voisin, qui n'aurait pas eu d'enfant, pour reprendre son affaire.

— Si je comprends bien, vos ancêtres étaient déjà au service d'Yzhi et de sa famille ?

— Je suis son disciple et non son serviteur, répondit-il vexé par l'allusion peu flatteuse. Devenir Sage est un honneur qu'on n'acquiert pas à la naissance. Il faut avoir été choisi par un maître !

— Pardon, je ne voulais pas vous froisser !

— Ma famille vivait à l'extérieur de la Cité. C'est lors d'un de ses voyages qu'Yzhi le Sage a croisé mon chemin. Il m'a proposé son enseignement parce qu'il a vu en moi les qualités nécessaires pour être digne de devenir son disciple et je l'ai alors suivi jusqu'ici.

— Il a perçu la rigidité, la froideur et l'impatience ?

— Non !! s'irrita à nouveau Jox. Il sait que je deviendrai un Sage bon et juste à mon tour et capable de veiller sur les habitants de cette ville !

— Je plaisantais ! Ne vous braquez pas à chaque fois, je disais ça pour vous taquiner.

— La fonction de Sage ne doit pas prêter à rire. Je dois me montrer exigeant envers moi-même pour en être digne. La rigueur n'est pas un défaut. Vous feriez bien d'en faire preuve davantage.

— La bonne humeur non plus n'en est pas un et elle ne nuirait pas à votre rôle. À vous entendre, on pourrait croire que vous portez un fardeau ! Prenez donc exemple sur votre maître qui jouit de son existence tout en accomplissant son devoir. Je crois qu'il a encore beaucoup de choses à vous apprendre sur le vrai sens de la vie. »

Jox fut surpris de constater combien Marie pouvait faire preuve de sagesse. Atteint par ses propos mettant à nu ses points faibles, il décida de rentrer et rebroussa chemin.

« Où allez-vous ? s'étonna-t-elle en le suivant.
— Je regagne mon logis.
— Mais il y a encore tellement de choses que je dois connaître ! On ne peut pas en rester là !
— Vous m'ennuyez avec vos questions.
— Vous n'êtes pas très pédagogue. Si vous espérez un jour prendre la place de votre maître, il faudra apprendre à écouter les autres !
— Cessez de me juger alors que vous ignorez tout de moi !
— Pourtant, cela ne vous empêche pas vous-même d'avoir des a priori sur moi !
— Très bien, continuons alors ! » s'inclina-t-il malgré lui, submergé de honte de se voir ainsi donner des leçons par celle à qui il devait tout apprendre.

Dissimulant ses sentiments, il fit à nouveau volte-face. Ils avancèrent encore un peu plus dans la ville. Marie s'arrêta, stupéfaite, devant un imposant réservoir d'eau relié à un étonnant système de douche. Deux hommes se relayaient pour venir s'asseoir sur un engin à pédales et s'activer afin d'ouvrir une trappe, libérant ainsi l'eau qui s'écoulait le long d'une gouttière avant de gagner une roue pour finir en arrosant, par à-coups, celui qui se trouvait dessous.

« Qu'est-ce que c'est ?
— Une douche publique.
— C'est un système très sophistiqué !
— Je suis sûr qu'il n'y en a pas de pareil là d'où vous venez !
— Ça, c'est sûr !
— En règle générale, les gens se lavent chez eux dans des baquets. La douche est un peu un luxe.

— Dites-m'en plus sur la répartition des productions. Comment est-ce que ça se passe ?

— Ici, tout est sujet au troc. On échange des marchandises ou un service contre d'autres. Les citadins font appel au maître des lois qui officialise la transaction, la consigne dans ses registres et veille à ce que les deux parties respectent l'accord conclu quand l'échange ne peut se faire dans l'instant. Cela évite les litiges.

— C'est fascinant ! »

Jox sortit, de sa tunique, une montre à cadran solaire et la consulta.

— Il se fait tard. Maintenant, il est l'heure de rentrer. Yzhi doit sans doute vouloir vous en faire connaître davantage sur notre monde. Je laisse le reste à son seul jugement. »

CHAPITRE XVI

Scatach se tourmentait. Depuis déjà deux jours, Lucie s'entraînait chez elle et tout se déroulait parfaitement. Elle parvenait à se servir du médaillon et la magicienne la jugeait, désormais, prête à partir retrouver ses proches. Cependant, Scatach sentait une menace peser sur sa protégée, un danger pressant qui se rapprochait.
Se tenant derrière la fenêtre de sa maison, elle observait Lucie qui s'exerçait toujours à la magie avec l'aide de Widley, riant ensemble comme des enfants. Elle leur préparait un en-cas, mais ses pensées se trouvaient ailleurs.
Scatach n'eut pas longtemps à attendre avant de voir ses craintes se confirmer et trouver réponse parmi une nuée d'oiseaux. Jusqu'alors nichés paisiblement à la cime des arbres, un brusque mouvement de panique les emporta loin de la maisonnée.

Au-dehors, Widley et Lucie furent aussi les témoins de cette fuite inquiétante et leurs rires s'envolèrent avec eux.

Affolée, Scatach se précipita hors de la maison pour aller les trouver.

« Vite, mes enfants, vous devez partir immédiatement ! Widley, prépare un sac avec des provisions et de quoi prendre la route. Vous ne devez pas rester ici plus longtemps ! »

Son attitude déconcertante fit naître une terreur au cœur de leurs entrailles qu'ils ne parvenaient à saisir.

« Mais qu'est-ce qui se passe grand-mère ? s'empressa Widley.
— Fais ce que je te dis mon garçon, dépêche-toi ! »

Sa grand-mère véritablement bouleversée, Widley comprit qu'il devait obéir sans perdre une minute.

« Mais enfin, expliquez-nous pourquoi on doit partir aussi

précipitamment ? s'impatienta Lucie, gagnée par la panique de la vieille femme.

— Je sens une menace qui approche ! Ramalack a déjà dû être informé de ta présence et celle de ta famille parmi nous. En ce moment, l'un de ses monstres est sûrement en route pour te tuer et lui rapporter ton fragment de médaillon. Le départ affolé des oiseaux est le signal d'alarme pour nous avertir qu'il sera bientôt là. »

Ses paroles se firent annonciatrices du malheur tant redouté. Le ciel s'obscurcit soudain et un vent terrible se mit à souffler à en plier rameaux et branchages.

Widley les rejoignit dans la cour, chargé d'un grand sac de vivres, prêt à prendre la route sans plus tarder.

« Qu'est-ce qui se passe ? hurla-t-il contre le vent

— Mon dieu, il est déjà là !

— Mais qui donc ? s'épouvanta Lucie

— La créature maléfique que le sorcier a choisi pour t'assassiner ! J'ignore lequel de ses mercenaires il t'a envoyé, mais je sens qu'il s'agit d'un démon d'une très grande puissance. Il ne faut pas rester là, tu n'as aucune chance contre lui. Partez sur-le-champ !

— Et vous ? Vous ne venez pas ?

— Non, je vais rester pour le retenir le plus longtemps possible. Et puis, je suis trop vieille pour vous suivre. Allez-y, partez vite tant qu'il en est encore temps.

— Il est hors de question que je parte sans toi ! objecta Widley avec ferveur, ne pouvant se résigner à l'idée insensée d'abandonner son unique famille à la merci d'un monstre. Tu n'as qu'à monter sur mon dos, je te porterai jusqu'à ce qu'on soit en sécurité !

— C'est inutile, je ne ferai que vous ralentir.

— Alors, je reste aussi ! »

Scatach prit alors le visage bouleversé de son petit-fils entre ses vieilles mains rugueuses.

« Écoute mon garçon, le raisonna-t-elle de toute la douceur de sa voix vieillissante, je suis vieille et il aurait fallu, tôt ou tard, que je parte !

— Mais pas comme ça, grand-mère ! Pas comme ça !

— Tu dois te montrer fort et courageux. Aide l' Élue à retrouver ses amis, elle va avoir besoin d'un guide. Je te la confie. Veille sur elle, ne la quitte jamais et protège-la de ton mieux. »

Scatach se tourna ensuite vers Lucie. Voyant Widley, les yeux noyés de larmes, elle ne tarda pas à comprendre le tragique de la situation.

« Vous n'avez aucune chance de le battre, c'est bien ça ?

— J'ai bien peur que non. Mais aucun de nous ne le peut et tu dois vivre, il le faut. »

Les larmes lui montèrent à son tour.

« Ça ne peut pas finir comme ça, ce n'est pas juste ! Je peux sûrement faire quelque chose avec l'amulette !

— La créature est trop puissante et ton fragment ne suffira pas. Ne t'en fais pas pour moi, j'ai été heureuse de te rencontrer et fière d'avoir pu t'enseigner la magie. Ma vie a été bien remplie, plus que je ne pouvais l'espérer grâce à toi. Hâtez-vous maintenant avant qu'il ne soit trop tard.

— Mais, grand-mère, on n'arrivera jamais à la Cité avant qu'il ne nous rattrape !

— Tu as raison, mon enfant. Vous allez devoir demander l'aide des Nains. Ce sont de vieux amis, ils ne refuseront pas de vous aider à vous cacher. Rendez-vous jusqu'au grand Platane Jaune, c'est là que vous les trouverez. Toi qui connais bien la forêt, tu n'auras aucun mal à le trouver. Vous le reconnaîtrez à son feuillage doré, vous ne pouvez pas vous tromper.

— Et une fois qu'on y sera ? interrogea Widley

— Cognez trois fois l'écorce de l'arbre pour les faire sortir de leur cachette. Quant à toi, jeune fille, sers-toi de mon enseignement avec intelligence et ne renonce jamais, trop de gens comptent sur toi !

— Merci pour tout, je ne vous oublierai jamais. » remercia-t-elle le visage ruisselant.

Les adieux déchirants et toutes les recommandations de Scatach ne les retinrent pas davantage. Torturés de chagrin, ils se décidèrent enfin à prendre route. Mais trop tard déjà. La créature démoniaque profita de ces instants pour parvenir à eux. Le vent souffla plus violemment, balayant la poussière sur son chemin. Surgi de nulle part, le monstre fit enfin son apparition dans une terrible bourrasque.

Des trois pauvres mortels figés d'effroi face à lui, Lucie fut, pour le moins, la plus terrifiée.

Face à elle, se tenait une bête monstrueuse, un loup gigantesque à la fourrure d'une noirceur infernale. Ses yeux de braise et son regard haineux portaient toute la malfaisance de l'animal. Ce regard la paralysa plus que sa masse imposante. Il lui semblait familier. Les yeux grenat, tant intrigants, ornant l'écrin du médaillon étaient les mêmes. Ce boîtier recelait véritablement plus d'un avertissement.

Déambulant devant ses proies pour les dévisager en soufflant, la bête ignoble ne tarda pas à passer à l'attaque. Elle fit un bon impressionnant en direction de Lucie. Scatach s'interposa aussitôt pour la protéger et parvint à le repousser d'une étrange incantation formulée d'une voix à peine audible.

Mais l'animal terrifiant fut juste coupé dans son élan et repoussé à quelques pas à peine. Scatach ne se trouvait, évidemment, pas de taille à lutter contre lui. Pour autant, elle comptait bien gagner du temps pour permettre à ses deux protégés de fuir et mettre la distance nécessaire entre eux et le prédateur.

« Fuyez ! » hurla-t-elle.

Lucie et Widley obéirent sans demander leur reste, abandonnant leur baluchon trop lourd pour ne pas les ralentir. Ils couraient, à présent, à travers la forêt à la recherche du Platane Jaune, espérant le trouver au plus vite.

Revenu de sa surprise, le loup bondit à nouveau pour se débarrasser de la sorcière.

La magie de Scatach ne fut pas si efficace la seconde fois. Elle ne parvint pas à repousser le loup et fut projetée au sol, écrasée sous le poids de l'animal. Scatach ne représentait rien pour le loup sinon l'unique obstacle entre lui et sa cible. Il ne s'attarda pas davantage sur cette victime sans intérêt et, de ses crocs épointés, égorgea la pauvre vieille avant de se remettre en chasse, laissant derrière lui le corps inerte baigné d'une mare pourpre. Aucun survivant ne demeurait jamais sur le passage de cet être dénué de pitié.

Alors que Scatach se voyait ôter son dernier souffle, Lucie et Widley progressaient dans la forêt tels des fugitifs. Mais la distance, qui les séparait désormais de leur traqueur, leur semblait encore bien insuffisante.

Lucie ne parvenait à se défaire de l'image du regard cruel et haineux du loup, ni de celle qu'ils s'étaient vus contraints d'abandonner à sa merci. L'idée qu'il soit déjà sur leurs traces la terrifiait davantage.
Portés par la peur, ils couraient aussi vite que leurs jambes le leur permettaient, mais ils s'essoufflaient déjà et un peu plus à chaque enjambée. Dévisageant la forêt à la recherche de l'arbre de leur salut, ils parvenaient à voir une multitude de feuillus communs, mais point de feuillage d'or.
Pourtant, Widley connaissait cet arbre. L'oppressante menace lui faisait perdre tout point de repère. Mais nul autre choix ne s'offrait à eux. Leur survie dépendait de cet arbre et des Nains. Ils devaient faire vite.

La créature des ténèbres se rapprochait dangereusement. Les vents terribles le précédaient toujours. Il n'avait de commun avec un loup que les formes. D'une rapidité stupéfiante, une gueule déformée de rage, des yeux flamboyants des flammes de l'enfer, il ne s'agissait pas là d'un animal, mais d'un démon.
Si les fuyards ne se trouvaient pas rapidement une cachette, ils le savaient, ils seraient perdus.

Lucie, au bord de l'épuisement, peinait à reprendre son souffle. Elle s'arrêta un instant sans la force ni le courage d'aller plus loin en dépit des encouragements de Widley.

« On ne doit pas s'arrêter maintenant. On y est presque ! Allez, encore un p'tit effort !

— Je n'en peux plus. Je suis désolée. Continuez sans moi.

— Ça n'a pas de sens. C'est vous l'Élue ! »

Les mains sur les genoux, Lucie tentait de reprendre haleine. Le regard au sol, un tapis de feuilles attira alors son attention. Prise d'excitation fébrile, elle en ramassa une pour l'examiner. Nul doute possible, sa couleur mordorée dénonçait sa provenance.

« Regardez ces feuilles ! annonça-t-elle, dans un état d'euphorie incontrôlable. Le Platane ne doit plus être très loin ! »

Il n'en fallu pas davantage pour leur rendre courage et espoir. N'ayant qu'à suivre la piste des feuilles d'or, ils trouvèrent enfin l'arbre si précieux. Sur leur chemin, se dressa bientôt un immense et majestueux platane au feuillage éclatant et privé de racines.

Aux recommandations de Scatach, Widley cogna trois fois contre l'écorce pour appeler les Nains, sous le regard impatient de Lucie, loin de s'attendre à ce qui allait suivre.

À peine le temps d'un regard échangé, l'arbre s'ouvrit en deux, laissant apparaître une petite personne, à la mine grincheuse, portant un casque et tenant une lance. La sentinelle, planquée dans le tronc, gardait rigoureusement l'entrée du royaume des Nains.

« C'est pour quoi ? bougonna-t-il
— Je m'appelle Widley. Nous avons besoin de votre aide. Nous sommes poursuivis par une bête abominable qui sert Ramalack. La sorcière Scatach nous a assuré que vous pourriez nous aider à nous cacher ! »

Le Nain, hébété et surpris par la requête, ne réfléchit qu'un court instant à la situation.

« Scatach ? Ramalack ? Bien, entrez ! »

Le soldat pointa, du bout de sa lance, l'intérieur étroit du tronc et y fit pénétrer les deux fugitifs.

À peine l'arbre se referma-t-il sur eux et déjà le loup gagnait les lieux, flairant la piste de ses proies. L'endroit exhalait l'empreinte la plus forte de leur odeur. Ils étaient donc tout proches.
Humant sol et végétation, le Loup ne tarda pas à constater que les

effluves s'évanouissaient à l'écorce du platane. Il ignorait comment mais ses victimes avaient disparu quelque part à l'intérieur de l'arbre.

Soufflant de rage, il poussa un grognement. S'épargnant des peines inutiles, il n'entreprit aucune tentative pour en forcer l'entrée et se résigna à abandonner sa traque, gageant qu'il les retrouverait tôt ou tard. Il disparut aussi vite qu'il était apparu, emportant avec lui la tempête qui l'accompagnait.

CHAPITRE XVII

L'entraînement de José s'intensifiait les jours passants. Il atteignait, peu à peu, la maîtrise de son corps et de ses nouveaux dons. Suffisamment, au jugé du devin Calchas, pour que ce dernier décide de concentrer leurs exercices sur le développement de ses sens. Le temps était venu de puiser l'essence du médaillon, le vrai pouvoir de son fragment.

Au petit matin, Calchas mit, sans attendre, son élève au travail. José demeurait sceptique quant à l'efficacité de l'enseignement pour le moins très personnel du devin. Devait-il s'en méfier ou lâcher prise et se laisser aller à la confiance ? Mais quel autre choix que de se soumettre quand nul autre allié à qui se fier ne demeurait à ses côtés.

« Je vais te proposer un nouvel exercice qui va te permettre de te familiariser avec l'ampleur de tes autres sens. » dit-il en le menant à l'extérieur de la maison-grotte.

Il l'invita ensuite à se poster face à la paroi de la montagne.

« J'aimerais que tu gravisses ma montagne avec ce bandeau sur les yeux ! » ajouta-t-il, tendant vers José une pièce de tissu.

Calchas fit signe à Valandra d'aller lui bander les yeux. José se soumit volontiers aux gestes délicats de la belle.

« Maintenant, grimpe aussi haut qu'il te sera possible et sois bien attentif à ton corps et aux sensations que tu éprouveras. »

Calchas ne confrontait jamais José à des exercices décidés au hasard. Ses choix engageaient toujours des fins intéressées. José le savait et devait s'en arranger.

« J'aimerais que tu profites de cette ascension pour me cueillir quelques-unes de ces baies noires dont je raffole. ajouta-t-il, innocemment. Je sais que des plants ont poussé tout là-haut, mais ils sont inaccessibles à un pauvre vieillard comme moi. »

Calchas lui tendit une besace que José saisit sans prendre la peine de répondre. Le vieil homme abusait sans vergogne de sa position et l'exploitait afin d'exécuter les basses besognes.
La besace en bandoulière, José palpa la roche pour y trouver une première prise et débuta son ascension.

Quand bien même fut-il plongé dans le noir, l'escalade s'avéra être, pour lui, un jeu d'enfant.
Les reliefs de la roche se dessinaient sous ses doigts, révélant les brèches lui permettant de s'agripper. Les proéminences s'offraient sous ses pieds pour y prendre appui. La froide et inerte matière se réchauffait sous le soleil ardent. Les puissants battements de cœur de José résonnaient dans la roche donnant vie à la montagne dans une parfaite fusion de l'homme et du roc.

À mi-chemin, une odeur familière le perturba. Une main lâcha prise pour ôter, lentement, son bandeau tandis qu'il déportait tout son poids sur ses pieds et la main toujours solidement crispée sur la roche. À sa gauche, un arbuste perçait la roche en se balançant dans le vide. À ses branches, dansaient de petites boules noires bien mûres. Il venait de trouver les baies inaccessibles et si précieuses aux yeux de son maître.

José se déplaça latéralement en direction du plant. Une fois à sa hauteur, il ouvrit sa besace et la remplit des petites grappes juteuses. José mesurait chacun de ses gestes, fermement agrippé de l'autre main de crainte de glisser vers une chute vertigineuse.
La dernière grappe dans la sacoche, il jeta un œil sur les hauteurs. Au-dessus de sa tête, un plateau dominait la paroi rocheuse.

Grisé par l'altitude et l'appel du défi, José ne tenait nullement à regagner le sol. Il entreprit donc de gagner la plate-forme qu'il atteignit rapidement et sans mal.
Une fois en sécurité, il se pencha pour considérer son exploit. Il venait d'escalader toute une montagne et cela à une rapidité inhumaine.

José saisit l'occasion de profiter d'une vue sans égale. Sous ses yeux s'étalait le panorama de toute la contrée proposant montagnes, forêts, lacs, mer et plaines. Et très loin, par-delà cette variété de paysages, un point à peine visible dans lequel semblait se dessiner une tour bordée de remparts.

« La Cité ! »

José connaissait, désormais, la direction à prendre lorsqu'il quitterait la demeure de Calchas. Il savait exactement où il pourrait retrouver ses cousines.

Ravi de sa découverte, il se sentit prêt à rejoindre Calchas et Valandra sur la terre ferme. Il glissa, tout aussi agilement, le long de la paroi. Une fois le pied au sol, il tendit la pleine besace de baies noires à Valandra, attendant de nouvelles instructions de son mentor.

« Ta vue est suffisamment sollicitée, dit-il sans attendre, c'est pourquoi nous allons poursuivre ta préparation avec ce bandeau.

— Bien. Et ensuite ?

— Nous allons travailler la précision de tes gestes. Tu vois tout le bois que tu as coupé dans la forêt ? J'aimerais que tu en fasses de petites bûches. »

— C'est une plaisanterie ? s'emporta José à bout de patience. J'en ai plus qu'assez de faire vos corvées ! Vous appelez ça un entraînement ?

— Cesse donc de te plaindre. Tu n'arriveras à rien sans aucune volonté.

— Mais quand vais-je apprendre à me battre ?

— Je ne suis pas sûr que tu sois prêt pour cela !

— Il n'y a qu'une seule façon de le vérifier, vous ne croyez pas ? »

— Soit ! Comme tu voudras ! » céda alors Calchas.

José montrait là toute sa détermination et Calchas n'en attendait pas moins. De retour dans la grotte pour préparer les baies, Valandra revint, rappelée par son père. Le devin s'absenta à son tour pour revenir, un instant plus tard, chargé de deux armes en main. Il tendit une épée à Valandra et un grand bâton à José.

« Voici vos armes. Vous pouvez maintenant commencer.

— Arrêtez de vous moquer de moi. Je suis sérieux. »

José peinait à croire le devin capable de le mettre au défi de mener une joute avec sa propre fille.

Valandra lui fit connaître son avis sur la question en lui assénant un grand coup du plat de son épée dans les côtes. Si elle lui eût paru, jusqu'alors, fragile et inoffensive, la beauté délicate ne l'était guère en réalité.
La puissance et la rapidité de son attaque le surprirent davantage que la douleur qu'elle suscitait.

« Eh ! protesta José. Pourquoi je n'ai droit qu'à un bout de bois pour me défendre contre une épée ? Ce n'est pas équitable !

— Ça l'est, bien au contraire. Je ne veux pas prendre le risque que tu blesses mon enfant. En revanche, toi, tu pourras juger de tes facultés d'autoguérison. Puis, se tournant vers Valandra : Ne retiens pas tes coups ma petite. Il doit être dans les mêmes conditions qu'un combat réel. »

Valandra le prit au mot non sans un certain plaisir espiègle. José se remit le bandeau sur les yeux et ne patienta pas davantage avant de recevoir les premiers coups. Valandra se révéla être une véritable combattante. Elle portait des attaques rapides, des coups vifs et précis. Une terrible adversaire pour lui qui ne maîtrisait rien à l'art du combat.

José, quant à lui, ne parvenait qu'à brasser l'air avec son bâton. Combattre les yeux bandés s'avérait complexe. Chaque coup qu'il tentait de lui porter manquait sa cible. Valandra, elle, ne le ratait jamais. Les bras, les flancs et les cuisses entaillés et rougis, José rageait de ne parvenir à aucun résultat. Le duel s'éternisait et Calchas constatait le gaspillage d'énergie de son élève par son manque de concentration.

« N'oublie pas de te servir aussi de ta tête ! Tes muscles ne te suffiront pas toujours ! » finit-il par conseiller.

Le judicieux conseil fut entendu, mais bien difficile à appliquer. Son adversaire ne lui laissait aucun répit. José ne devait se montrer qu'à l'écoute de ses sens. Il choisit de laisser Valandra lui porter ses coups sans réagir. Les ondes d'air créées par ses mouvements transportèrent son parfum jusqu'à lui. Elle se déplaçait avec rapidité et légèreté, mais l'odorat extrêmement sensible de José lui permit alors d'anticiper et d'esquiver ses attaques. Le bruit de ses pas, bruissement sur un sol de poussière, ne pouvait plus lui échapper. Il parvint alors à situer sa position autour de lui et ne tarda plus à frapper à son tour. Parant une attaque, esquivant une autre, le bâton de José tournoya au-dessus de sa tête avant de s'abattre derrière les jambes de son adversaire pour la faire choir. La chute étourdit Valandra qui déclara forfait.

José ôta son bandeau, le visage fendu, réjouit et fier. Sans rancune, il tendit la main vers Valandra et l'aida à se relever. L'esquisse d'un sourire en signe de remerciement, elle saisit cette main secourable.

« Et bien, il y a longtemps que je n'avais vu pareil duel ! se réjouit Calchas. Tu t'en es bien sorti mon garçon et tu progresses un peu plus à chaque leçon.

— Je reconnais que vos méthodes sont étranges mais efficaces, finalement.

— Ton apprentissage avait déjà commencé bien avant ton arrivée chez moi. Souviens-toi de ta mésaventure au lac ! Je n'ai fait que te guider.

— Et votre instruction me permet de me perfectionner et d'aller au bout de mes capacités.

— Je pense que tu as mérité une petite pause. Va voir Valandra pour qu'elle s'occupe de tes blessures. »

José retrouva Valandra dans la grotte où elle préparait déjà de quoi le soigner.

« Asseyez-vous. Je vais nettoyer vos plaies.

— Vous n'êtes pas obligée de vous donner tant de mal. D'après votre père, je devrais guérir spontanément.

— Peut-être, mais tout le sang que vous avez perdu ne va pas se nettoyer tout seul. Et puis, c'est un peu ma façon de m'excuser de ne pas vous avoir ménagé.

— Vous êtes tout excusée. C'était un mal pour un bien. »

Les entailles infligées par l'épée ne ruisselaient déjà plus. Valandra en essuya le sang mêlé de poussière, mais déjà plus une égratignure ne demeurait sur son corps.

CHAPITRE XVIII

Marie et Jox retrouvèrent Yzhi le Sage, chez lui, paisiblement installé en la terrasse de sa grande maison sur pilotis.

« Déjà de retour ? Alors, que pensez-vous de notre belle Cité et de ses habitants ?

— Je suis impressionnée par le mode d'organisation que vous avez adopté. Et tout le monde est si discipliné !

— Si Ramalack arrive à ses fins, évoqua Yzhi, le ton plus grave, tout cela sera perdu. Des siècles de dur labeur et de sacrifices réduits à néant.

— Vous m'avez envoyé en ville pour que je réalise l'importance de ma présence parmi vous, n'est-ce pas ?

— Je voulais vous faire connaître ce pour quoi vous alliez devoir vous battre. Jusque-là, tout était virtuel pour vous. À présent, vos motivations seront plus que concrètes. Qu'en penses-tu, Jox ? »

En retrait, comme à son habitude, Jox s'agitait nerveusement dans son coin.

« C'était, en effet, une belle balade. Mais pourquoi m'avoir demandé de l'accompagner ? se lamenta-t-il, ignorant même la présence de Marie à leurs côtés. Elle aurait très bien pu découvrir tout cela toute seule et j'aurais pu me rendre plus utile auprès de vous !

— Je comptais sur toi pour lui enseigner notre histoire et nos coutumes. Tu n'as donc pas encore compris que, plus elle sera admirative et attachée à notre Cité, plus grande sera sa détermination à vouloir la protéger ? Tu devrais apprendre à faire preuve d'un peu plus de patience si tu veux un jour passer de l'élève au maître ! Tu peux nous laisser maintenant.

— Bien Maître » répondit-il, vexé, tout en se retirant.

Yzhi savait se montrer sévère quand le besoin se faisait sentir. Depuis la venue de Marie, il ne comptait plus le nombre de sermons servi à Jox, au jugement embrumé par trop de défiance. Son élève disparu, il revint près de Marie et se radoucit.

« Jox m'a dit que vous aviez frappé à nos portes les bras chargés de Malvas !

— Effectivement ! La route était longue et je les ai trouvées jolies...Mais je pense qu'il a dû s'en débarrasser après m'avoir jetée dans ce trou infect !

— Grand dieu non ! Cela aurait été une pure folie et il se serait montré un bien piètre apprenti Sage ! Voyez-vous, il s'agit là de la Malva Omnimorbia, l'unique plante connue pour soigner tous les maux sans exception. Les autres plantes ont toutes des propriétés qui soignent quelques maladies en particulier, mais la Malva est unique. Et il se trouve justement que ma réserve commençait à s'épuiser. En cette période bien sombre, il est risqué de s'aventurer dans la plaine pour se réapprovisionner, mais le peuple ne cesse pas pour autant de tomber malade ni d'avoir besoin de soins. Il est intéressant, poursuivit-il après un instant de silence, le regard empli de malice, que ce soit justement cette plante que vous ayez eu envie de cueillir quand la plaine regorge d'espèces pour le moins tout aussi attrayantes, n'est-ce pas ?

— C'est, en effet, une drôle de coïncidence. »

Discutant avec Marie, Yzhi s'activait à réduire en poudre quelques fleurs séchées. Il arrêta soudain son affaire pour la contempler un instant. L'expression espiègle se mua en une certaine consternation.

« Mon élève est impossible ! »

Sans plus d'explications, il posa les mains sur les épaules de Marie pour la guider vers la porte.

« Venez avec moi ma chère.

— Où m'emmenez-vous ?

— Voir une vieille amie. »

Ils traversèrent la ville, côte à côte, avant de s'arrêter devant une petite hutte de couturière. Une jeune fille en sortit presque aussitôt à l'apparition du Sage à travers sa fenêtre.

« Bonjour Meggie. Ta grand-mère serait-elle disposée à saluer un vieil ami ?
— Bien sûr, Yzhi. Je vais l'avertir de votre présence, elle sera enchantée. »

La jeune Meggie s'en retourna dans la maison d'argile et revint très vite chercher le Sage. D'un signe de tête, elle l'invita à entrer.

« Restez ici un instant, je reviens » dicta-t-il à Marie.

Saisissant difficilement le but de cette visite et l'attitude secrète du Sage, Marie tenta d'écouter la conversation se tenant entre les quatre murs glaiseux. Mais elle ne perçut que l'enthousiasme d'une femme à la voix fatiguée avant que la porte ne se referme derrière son invité.

« Yzhi ! Je suis si heureuse de te voir ! Que me vaut ta visite ? »

Marie patienta quelques instants avant de voir revenir le Sage. La Cité baignait de chaleur et fourmillait de vie. Des voix de marchands et de chalands se mêlaient aux bruits du bétail, de la forge et des fiacres. Lorsque Yzhi réapparut, elle fut invitée à pénétrer, à son tour, dans la hutte.

« Vous allez faire la connaissance d'une de mes plus vieilles amies, mais aussi l'une des patriarches de la Cité. »

La température ambiante contrastait avec la chaleur qui régnait au-dehors. Une fraîcheur très agréable. Nombre de petites fenêtres, creusées dans les murs du logis, baignaient de clarté l'unique pièce de la maison. Une femme, très âgée, tricotait dans une chaise à bascule.

« Voici la jeune fille dont je t'ai parlé.
— Quelle ravissante personne ! se réjouit la vieille dame en se penchant vers Marie pour lui saisir la main.
— C'est un honneur de vous rencontrer, Madame, salua Marie, respectueusement.
— Karla accepte de s'occuper de vos vêtements. Je me demande comment Jox a pu penser que vous passeriez inaperçue dans cet

accoutrement !

— C'est très aimable à vous, remercia Marie.

— Je ne peux rien refuser à mon vieil Yzhi.

— Voilà, je vous laisse entre de bonnes mains. Quand vous serez présentable, prenez bien le temps de vous familiariser avec nos mœurs ainsi vous pourrez mieux vous fondre dans la foule et tromper l'ennemi. L'attente de vos amis pourrait être longue. »

Marie raccompagna Yzhi hors de la maison pour recueillir quelques dernières consignes.

« Encore une chose, ajouta-t-il. J'ai confié votre petit secret à Karla. C'est une personne de confiance. Sa petite-fille, en revanche, ignore tout. Elle est encore bien jeune et influençable. Tâchez donc de rester discrète sur votre identité. »

Marie acquiesça d'un signe de tête et il s'éloigna, l'abandonnant à la porte de l'échoppe. Elle rejoignit la vieille couturière qui la pria de se déshabiller à l'abri d'un paravent. Karla lui confisqua sa tunique afin de l'ajuster à ses mesures. Meggie les rejoignit et prit les mensurations de Marie se tortillant alors en sous-vêtements.

« Tu ne peux pas rester dans cette tenue le temps que l'on modifie ta tunique, s'amusa Meggie. Viens, je vais te donner quelques-uns de mes vêtements. On fait à peu près la même taille alors, ça devrait aller. »

Marie enfila la robe en lin noir que lui apporta Meggie avant d'aller retrouver Karla de l'autre côté du paravent. La jeune fille les laissa seules afin d'aller s'installer sous l'auvent de l'échoppe pour transformer le vêtement trop grand avec, pour seuls outils, une simple aiguille, du gros fil et une paire de ciseaux.

« Je ne sais comment vous remercier ! engagea Marie.

— Yzhi m'a raconté les raisons de ta présence. Sois sans crainte, je ne révélerai pas ton secret. Cependant, j'aimerais profiter de tes talents pour regarnir ma pharmacie.

— Vous êtes guérisseuse ?

— Yzhi est le vrai guérisseur de la Cité et les gens viennent de loin pour obtenir ses remèdes, mais il y a bien longtemps que je me soigne toute seule. Je ne travaille plus assez vite pour troquer mon ouvrage. Bien heureusement, Meggie, ma chère petite, m'est d'une aide précieuse.

— J'accepte avec grand plaisir de vous aider. J'ai tellement à apprendre de vous !

— Je suis certaine que tu m'en apprendras bien davantage ! Par exemple, il y a des années que je cherche quelle combinaison de plantes me permettrait de soigner les fractures. Avec l'âge, mes os ne sont plus si solides. J'ai tout essayé, mais j'ai l'impression qu'un ingrédient essentiel me manque et j'ignore lequel.

— Et bien, laissez-moi réfléchir un instant...Auriez-vous un manuel sur les plantes que je pourrais consulter ?

— Hélas, non. Tu en trouveras certainement un chez Yzhi.

— Je vois que vous êtes déçue. Vous vous attendiez sans doute à ce que je vous trouve un remède dans l'instant !

— Je ne te le cache pas, en effet, mais tu n'es là que depuis peu alors il faut se montrer patient.

— En fait, j'ai bien une idée de ce qu'il vous faudrait, mais je voudrais la vérifier avant pour en être certaine.

— Tu attises ma curiosité jeune fille ! Dis-m'en plus, s'il te plaît !

— Avez-vous utilisé de la racine d'harpagophytum et des feuilles de frêne ?

— Oui, bien sûr, c'est même là la base de mon remède. J'y ai aussi ajouté de la prêle séchée, mais ça n'a fait que soulager mes douleurs.

— Et bien, je pense qu'il faudrait également le compléter avec le pollen de la prêle pour en faire un fortifiant.

— Mais bien sûr ! Pourquoi n'y ai-je pas pensé ? Tu es remarquable !

— Avant de me féliciter, je crois qu'il faudrait d'abord faire un essai.

— Je suis d'accord. Si tu veux bien t'en occuper, tu trouveras tout ce dont tu as besoin dans ce placard. »

Marie s'approcha de l'armoire et en sortit un mortier de pierre, un pilon et plusieurs petits pots d'argile renfermant diverses plantes séchées. Elle choisit soigneusement les ingrédients utiles aux besoins de sa préparation et les écrasa dans le mortier aux fins d'en obtenir une poudre la plus fine possible. Toutefois, il lui manqua l'élément le plus important, celui dont Karla n'avait jamais pensé à faire usage.

« Votre pollen n'est pas celui qui convient. Dès que je pourrai sortir de la Cité, j'irai vous en chercher pour achever la préparation.

— Je t'en remercie. Maintenant, vas voir si Meggie a fini ta tunique. J'ai besoin de me reposer encore.

— Merci beaucoup. Je vous promets de revenir très vite.

— Je n'en doute pas. Au revoir » la salua-t-elle en fermant les paupières.

Déjà, la vieille femme s'assoupissait en se balançant sur sa chaise. Marie retrouva Meggie sous l'auvent, là où elle finissait d'achever son travail de piqûre. Quand elle eut coupé le dernier fil, elle lui tendit la tunique. Un ouvrage d'une grande qualité rendue admirable par le seul usage d'une simple aiguille. Elle lui proposa de l'enfiler et ainsi en vérifier la justesse. Marie se pressa dans la maisonnette de Karla, endormie, pour se changer à nouveau. La coupe parfaite ne réclamait aucun ajustement.

« Prends ce pantalon, ainsi tu seras plus à l'aise » dit Meggie en lui offrant une culotte de lin pour compléter sa tenue.

Pour parfaire son allure, Marie noua ses cheveux en un chignon bien serré.

« Tu as fait de l'excellent travail. Je ne sais comment te remercier pour tout ça.

— Ne t'embarrasse pas avec ça. Maintenant, si on allait se promener dans les rues de la Cité pendant que ma grand-mère se repose ?

— Pourquoi pas ! Le Sage m'a demandé de me familiariser avec vos coutumes. Cela doit faire partie de mon apprentissage.

— Ainsi, tu es une nouvelle apprentie du Sage ? C'est la première fois qu'un Sage prend deux élèves pour les former.

— Oui, répondit Marie, gênée. Yzhi va s'occuper de mon enseignement, mais je ne suis que de passage. Je ne suis pas là pour prendre la place de Jox ni même pour rivaliser avec lui. »

Déambulant dans les rues pavées de la ville, Marie prenait de l'aisance. Le malaise envahissant de sa visite guidée d'avec Jox se dissipait. Personne ne la dévisageait plus. Désormais, elle se fondait parfaitement parmi les locaux.

« Toi aussi, tu es en plein apprentissage ? interrogea Marie, curieuse de mieux connaître sa nouvelle amie.

— Oui. Ma grand-mère espère me voir reprendre son échoppe. Elle m'enseigne tout ce qu'elle connaît du métier de couturière.

— Je suis admirative devant votre façon de vivre. Chaque habitant apporte son travail, son savoir-faire aux autres et est valorisé pour ce qu'il fait. Tout le monde est important aux yeux de tous. Vous êtes vraiment très civilisés.

— Ce n'est pas ainsi chez toi ?

— Malheureusement, non. Là d'où je viens, chacun se bat pour faire sa place et les plus forts écrasent souvent les plus faibles.

— C'est une horrible contrée que la tienne ! »

Marie songea, alors, au terrible sorcier et à ses désirs d'asservissement des peuples de ce monde, sans distinction. Elle sentit naître, en elle, une volonté rageuse de lui faire obstacle pour épargner au Troisième Monde de devenir comme le sien, celui où les êtres humains ne se traitaient pas en égaux.

« À quoi penses-tu ?

— Oh, à rien d'important, mentit Marie, tirée de sa réflexion.

— Tu sais, la vie ici n'est pas si paisible que tu peux le croire, avoua Meggie.

— Que veux-tu dire ?

— Et bien, j'entends parfois les plus anciens parler d'une menace qui planerait sur la Cité. Il n'y a rien de concret, mais je sens que les citadins se sentent de moins en moins en sécurité même s'ils essayent de le cacher pour ne pas créer un mouvement de panique.

— Tu en as parlé à ta grand-mère ?

— Bien sûr, mais elle m'assure que je me fais des idées. Pourtant, je ressens ce malaise qui est de plus en plus intense. Prends ce forgeron, par exemple. Cela fait des jours que je ne le vois frapper que des armes. Comment expliques-tu cela ?

— C'est étrange, en effet. »

Cette confession amena Marie à penser que les citadins se trouvaient bien moins ignorants du danger planant que Yzhi ne pouvait le croire. Elle devrait l'en avertir au plus tôt.

Meggie n'avait rien d'une petite gourde naïve et ignorante. Son sens aigu de l'observation risquait de mettre à jour le secret de Marie. En aucun cas, elle ne devait pouvoir faire le lien entre la menace latente et son arrivée en ville. Aussi, Marie aborda un nouveau sujet de conversation pour faire diversion.

« Depuis que je suis arrivée, je n'ai pas vu de cimetière. Que faites-vous de vos défunts ?

— Un cimetière prendrait bien trop de place dans la Cité. Cependant, les êtres magiques ne tolèreraient pas que l'on envahisse leurs terres pour y déposer nos morts. La coutume veut donc que leur dépouille soit incinérée selon le rituel du bûcher. Ensuite, les familles sont libres de garder leurs cendres dans une urne ou de les disperser au vent depuis le mirador. »

Meggie lui répondait poliment, mais trouvait fort peu d'intérêt à cette discussion.

« J'ai vu, tout à l'heure, que tu portais un étrange pendentif autour du cou, aborda-t-elle enfin.

— Oh, ce n'est rien qu'un vieux bijou de famille, bafouilla Marie, embarrassée.

— Pourquoi est-ce que tu n'en portes qu'un morceau ?

— On était trois à en hériter alors il a fallu se le partager. »

Marie se serait trouvée fort aise que sa nouvelle amie ne prête aucune attention à l'amulette et n'aborde pas un sujet si délicat. Elle commençait à manquer d'idées pour la distraire de ces discussions menaçant son identité.

Heureuse fortune voulut que Jox flâne près d'une échoppe pour y faire quelques emplettes. En cet instant, elle fut ravie de le retrouver et s'empressa de le rejoindre, entraînant Meggie avec elle. La présence de Jox inciterait la jeune couturière à taire toutes ses allégations et sa curiosité.

« Jox ! Comment allez-vous ?

— Je...je vais bien ! Balbutia-t-il surpris par cet enthousiasme à son égard.

— Vous faites des courses pour le Sage ? On peut vous accompagner ?

— Si vous voulez. Mais tâchez de ne pas me distraire. »

Marie se présentait à lui dans une tunique plus féminine, lui dessinant une silhouette gracieuse. Fidèle à lui-même, il ne manifesta aucune émotion bien que ce changement ne le laissât pas indifférent.

Marie l'observa échanger de petites fioles de remèdes répondant aux besoins du troquant contre des biens.

« Je dois passer chez le maréchal-ferrant.

— Pour quoi faire ? Vous avez des chevaux ?

— Quelle ignorante vous faites ! Je récupère la corne de sabot utile à la fabrication d'onguents.

— Oui, c'est évident. Et ensuite ?

— Ensuite, je passerai prendre des pattes de poulets chez le volailler et d'autres ingrédients chez l'herboriste. Et pour finir de quoi préparer le dîner de mon maître.

— Oh, vous faites aussi office de cuisinier ! Vous êtes très polyvalent comme futur Sage ! le railla-t-elle, prenant un malin plaisir à le taquiner publiquement, or Jox manquait cruellement et définitivement d'autodérision.

— Gardez vos railleries douteuses pour qui voudra en rire. En pareils moments, il n'y a pas de place pour la plaisanterie qui ne fera que détourner votre attention de la tâche qui vous incombe. »

Leurs petites chamailleries routinières furent promptement interrompues par l'arrivée de trois abominations crevant le ciel.

Les citadins, pris de panique, tentèrent de se mettre à l'abri, courant en vagues hurlantes et désordonnées.
Les monstres ailés s'abattirent sur quiconque se trouvait à portée de leurs griffes. Ils pillèrent d'abord les échoppes, mais s'attaquèrent principalement au bétail, déchiquetant sur place des volailles pour les dévorer, tentant d'emporter de plus gros bestiaux dans un affolement général.

Marie, Jox et Meggie réfugiés, eux aussi, sous un étal de légumes, devenaient les témoins d'une attaque d'une rare violence.

« Maudites harpies ! jura Jox.
— Quoi ? Ce sont des harpies ? se médusa Marie
— Il faut immédiatement sonner la cloche d'alerte. »

Jox ne l'écoutait déjà plus. Répondre à ses interrogations futiles ne lui ferait que perdre son temps. Profitant de l'acharnement des trois furies sur le bétail, il s'extirpa de leur cachette et se mit à courir vers le mirador. Mais Marie ne comptait pas rester lâchement tapie sous une table et voulait en savoir plus.

« Meggie, reste cachée ici. Il faut que j'aille avec lui. »

Meggie obéit, si terrifiée qu'elle ne pouvait oser se mettre à découvert.

Jox gravissait déjà les marches de l'escalier, menant à la tour de guet.

« Sonnez l'alarme, imbéciles ! s'égosilla-t-il sur la garde. Vous n'avez donc pas vu les harpies venir pour nous attaquer ?
— Mais nous l'avons déjà sonné plusieurs fois, Monsieur ! »

Face à leur incompétence, Jox arracha, aux mains de l'un d'eux, un maillet de bois et de cuir et frappa un disque de bronze démesurément grand. Le son émit à peine audible, la résonance de l'instrument se destinait à l'ouïe d'un être très particulier.

« Pourquoi ne vient-il pas ? maugréa Jox.
— Qu'est-ce qui se passe, Jox ? Qui essayez-vous d'appeler avec

ce gong? l'interrogea Marie, sincèrement préoccupée par la situation.

— S'il ne vient pas, les harpies vont dévaster notre ville !

— Mais qui doit venir ? »

Jox ne l'entendait pas. Désemparé à la seule pensée d'être la proie désarmée des harpies, il ne lui prêtait aucune attention, comme s'il ne la voyait pas.

Depuis le mirador, ils ne pouvaient, tous deux, que contempler le désastre en témoins impuissants. Personne ne se trouvait en mesure de lutter contre leurs assaillantes.

Lorsqu'elles furent rassasiées, les monstrueuses créatures reprirent leur envol et s'éloignèrent en direction des marais.

« Il faut que j'en avertisse le Sage. »

Jox dévala l'escalier pour se rendre à la demeure d'Yzhi, suivi de près par Marie comme une ombre dans ses pas.
Sans prendre le temps d'user du heurtoir, Jox franchit la porte en toute hâte.

« Maître ! Quelque chose de terrible vient de se produire !

— Les harpies ont encore tenté de nous attaquer ?

— Pire encore ! Il n'est pas venu défendre la Cité ! Elles ont tout dévasté sans qu'on puisse les en empêcher.

— Que dis-tu là ? C'est impossible !

— Est-ce que quelqu'un va enfin m'expliquer ce qui se passe ? » s'impatienta sèchement Marie, ne saisissant rien à la conversation qu'ils tenaient devant elle. Jusqu'alors, sa présence était demeurée invisible aux yeux des deux hommes.

« Oh, vous êtes là mon enfant !

— J'aimerais que l'un de vous m'explique qui était censé venir à notre secours quand les harpies ont attaqué la ville. Et pourquoi personne n'est venu ?

— C'est un détail dont nous avons, effectivement, omis de vous parler. Il se trouve que la Cité est protégée contre toute agression par le Griffon.

— Vous appelez ça un détail ? Je présume que le gong est le

signal pour l'alerter en cas d'attaque. Mais alors pourquoi n'est-il pas intervenu ?

— Je l'ignore tout comme vous et c'est un mystère qu'il va falloir vite résoudre, car sans sa protection ces mégères vont profiter de notre vulnérabilité et revenir très bientôt. »

CHAPITRE XIX

L'intérieur de l'arbre, investi de la présence de Lucie et Widley, se révélait complètement creux et étonnamment spacieux. Tous trois s'y tenaient aisément. Une lanterne perchée donnait vie aux nervures du tronc vide.

Sans un mot, la sentinelle les mena à une trappe au fond de son poste de garde. L'écoutille, une fois soulevée, laissa apparaître un tunnel vertical où s'adossait une échelle.

Le Nain se pencha dessus la gorge béante et siffla. L'instant suivant, un second Nain, affublé de la panoplie de vigile, passa la tête hors de l'excavation. Le premier lui chuchota quelques mots à l'oreille avant de prier Lucie et Widley, privés de ces connivences, de suivre son confrère. Imitant leur nouveau guide, ils descendirent alors, tour à tour, dans la galerie.

L'échelle mesurait plusieurs dizaines de pieds, rendant la descente interminable. Il sembla, aux deux réfugiés, pouvoir rejoindre les entrailles de la Terre. Longtemps après, ils purent enfin poser pied au sol. Bien loin d'arriver au bout de leurs peines, devant eux s'étirait une nouvelle galerie creusée à hauteur des petits hommes. Le guide n'eut aucun mal à s'y faufiler, mais Lucie et Widley furent contraints de s'accroupir pour s'y introduire.

Le tunnel, non moins long que le précédent, leur imposait une posture inconfortable rendant la traversée difficile et éprouvante. L'air terreux entrava leur souffle. Des crampes raidirent leurs mollets tandis que les parois du tunnel venaient leur égratigner coudes et genoux.

Au terme d'un parcours long et physiquement douloureux, une lumière au fond de la galerie marqua la fin de leur pénible cheminement. Cette clarté, soudaine et libératrice, vint agresser leurs yeux alors accoutumés à la faible lueur de la lanterne du Nain.

Lucie et Widley s'extirpèrent du souterrain, à demi aveuglés, les mains et genoux meurtris.

Comme ils s'accoutumaient à la lumière du jour, ils purent admirer une vue sans égale s'offrant à eux. Apparus au sommet d'un roc, une étendue de verdure et de champs, que divisait un ruisseau, s'étalait sous leurs yeux.

Une rive du ruisseau offrait des terres manifestement cultivées et l'autre voyait s'étendre, dans la plaine, un village de huttes.

Éternellement silencieux, le garde entreprit la descente du rocher, empruntant un sentier escarpé afin de gagner la plaine pour marcher jusqu'au village. Lucie et Widley, le suivirent sans montrer de curiosité.

Le hameau ne comptait que quelques maisonnettes éparses, trahissant le faible nombre de la communauté des Nains.
Tout s'y trouvait miniaturisé. Des habitations aux objets, des animaux aux enclos.
Nulle garde n'en défendait plus l'entrée. Les petits hommes paraissaient ne plus rien craindre à l'intérieur de leur monde caché. D'aucun ne pouvait présumer de l'existence d'un tel lieu.

Au plus ils s'approchaient des logis de limon séché, au plus Widley et Lucie se sentaient étrangers et indésirables.
Les cris joyeux des enfants jouant et courant derrière les chiens, les discussions enflammées de voisins querelleurs, le tumulte de la vie du village perçu plus haut dans la clairière s'évanouirent à l'instant de leur arrivée. Seuls le caquètement des poules et le grognement des cochons ignorants brisaient un silence funèbre.

Les villageois demeuraient figés et silencieux, les dévisageant au temps subitement suspendu. Les fermiers cessèrent de labourer leurs champs pour observer leur passage. Les femmes à la corvée d'étendage restaient statufiées dans leur posture et tout le monde sorti de son logis préférant cesser toute activité pour mieux toiser les intrus déjà mal à l'aise.
Le mépris des Nains pour les humains pouvait clairement se lire dans leur regard.
À mesure qu'ils traversaient le village, des chuchotements crépitèrent dans leur dos. La présence des gardes rassura, sans doute. Une fois les réfugiés éloignés, chacun retourna à sa besogne.

Au fond du village, se dressait une maison plus imposante. Là, s'arrêta le garde.
À l'entrée, se postaient deux sentinelles avec qui le gardien échangea quelques marmonnements incompréhensibles avant de passer la porte

de la demeure.

Lucie et Widley se préparaient déjà à le suivre quand les sentinelles leur barrèrent le chemin de leur lance. La respectable demeure, jouissant d'une garde personnelle, impénétrable aux importuns, ne pouvait être que celle du chef du village.
Ils ne se sentaient guère les bienvenus dans ce hameau. Souhaitant ne pas attirer davantage l'attention sur eux, ils n'émirent aucune protestation.

L'attente se fit longue avant le retour du garde. Lucie repensa alors aux événements traversés les jours passés, mais même les harpies ne pouvaient rivaliser avec l'horreur venant de se produire chez Scatach. Les dernières heures écoulées se résumaient en un cauchemar qui pourrait ne jamais prendre fin. Elle restait hantée par l'instant où l'abominable Loup avait bondit sur elle, sa gueule immense écumant de rage. Un instant de terreur suivit de l'effroi lorsque la pauvre vieille Scatach s'interposa pour lui sauver la vie en sacrifiant la sienne.

Le retour inattendu du garde la tira de ses sombres songes. Elle suivit Widley dans la demeure, tous deux priés par le Nain d'y entrer.

Les derniers échanges verbaux entre Lucie et Widley précédaient leur entrée dans le Platane jaune. Depuis lors, plus aucune parole entre eux. La sentinelle revêche ne les y encouragea d'ailleurs pas. Lucie ne lui tenait pas rigueur de ce silence, elle-même ne se sentait pas d'humeur à bavarder. Que lui dire quand un sentiment de culpabilité vis-à-vis de la magicienne pesait lourdement sur sa propre conscience. Elle craignait d'autant que Widley ne le lui reproche à la mesure qu'elle s'en blâmait elle-même.

Le seuil passé, la porte fut refermée aussitôt sur leurs pas.

« Entrez donc ! » se fit entendre une voix masculine.

Un petit homme barbu, un Ancien, seyait sur un trône de bois sculpté, deux autres gardes à ses côtés. Il ne portait ni couronne ni sceptre d'aucune sorte mais sa vêture plus noble le distinguait des autres villageois. À ses côtés, se tenait assise une petite dame. Dans sa robe lagon brodée de nacre, coiffée d'un chignon strict, elle paraissait davantage contrariée par leur présence que ne semblait l'être son époux.

« Je suis Mab, chef du peuple des Nains, se présenta-t-il

solennellement, et voici ma femme Moky.

— Vous n'êtes pas les bienvenus ici, se révolta Moky. J'ignore ce que vous nous voulez, mais vous ne pouvez rester ! » Elle se leva et quitta la pièce, les gratifiant d'un regard glacial.

Le chef Nain ne s'étonna guère de la réaction de son épouse et ne tenta ni de la raisonner, ni de la retenir.

« Veuillez excuser cet accueil peu chaleureux, mais nous n'avons que peu d'amitié pour les Hommes. À dire vrai, nous ne leur portons aucune confiance. Considérez votre présence ici comme un privilège qui vous est offert uniquement parce que la sorcière Scatach vous a envoyé à nous.

— Ça ne fait rien. Vous êtes venus à notre secours et nous vous en remercions. Je m'appelle Widley, je suis le petit-fils de Scatach.

— Une grande amie du peuple Nain ! Et vous demoiselle, comment vous nommez-vous ? »

Mab mesurait à peine un mètre mais, imposant de prestance et d'une personnalité forte, Lucie se trouvait très intimidée de se présenter devant lui. Timidement, elle finit par faire un pas en avant.

« Je m'appelle Lucie, répondit-elle sans oser en ajouter davantage.

— Ma sentinelle m'a expliqué pourquoi notre vieille amie Scatach vous a envoyé et quel danger vous courriez au moment où vous avez fait appel à elle. Racontez-moi plus en détail votre histoire, voulez-vous ! »

Widley narra alors leur mésaventure depuis l'apparition du Loup sur les terres de la vieille magicienne jusqu'à la découverte de l'arbre doré. Bien qu'il menât une vie à l'écart du reste du monde, le Nain ne semblait guère ignorer les événements qui s'y tramaient et les êtres qu'il fallait judicieusement connaître. À la description faite par le jeune homme, nul doute ne persistait quant à l'identité de la créature monstrueuse.

« Je suis très étonné que vous ayez pu échapper à un être aussi maléfique et puissant que Fenhrir ! »

Fenhrir ! La bête ignoble portait donc un nom ! Un nom à faire frémir. Lucie le répéta dans un murmure, à sa seule intention, comme pour le graver et ne jamais l'oublier.

« Ma grand-mère a donné sa vie pour nous permettre de fuir ! avoua Widley dont la voix, presque éteinte, trahit son émotion.

— C'est une bien triste nouvelle que tu m'apprends là, et une très grande perte pour nous tous ! se désola Mab, tout autant affligé par l'annonce funeste.

— Si vous doutez encore de notre bonne foi, sachez que nous n'aurions jamais su où et comment vous trouver sans les indications de ma grand-mère.

— Il est vrai que nous ne révélons ce genre de secret qu'à des amis de très grande confiance ! Mais qu'avez-vous de si particulier pour attirer ainsi l'intérêt du grand sorcier Ramalack ? »

Lucie, de nouveau en retrait, se murait dans le silence, mais le moment venait pour elle de prendre part à la conversation. Elle hésita un instant et interrogea Widley, du regard.

« Allez-y ! Montrez-lui ! » l'encouragea-t-il en réponse à sa question informulée.

Cette discussion, pour le moins étrange, suscita la curiosité du chef Nain. Il se dressa un peu plus sur son trône, un appui ferme sur les accoudoirs pour mieux se pencher en avant et découvrir cette chose mystérieuse qui allait lui être dévoilée.

« En fait, c'est surtout moi qu'il cherchait...à cause de ça ! »

Lucie tira son tiers de médaillon de dessous sa chemise avec l'espoir qu'il éveillerait un sentiment quelconque chez Mab pouvant l'inciter à les aider de son mieux. Mais, à la vue de l'objet, le visage du chef Nain ne trahit aucun trouble.

« Ce médaillon ne vous évoque rien ? osa Lucie, contrariée par cette absence d'émotion.

— Bien sûr que si ! J'ai souvent entendu parler de lui. Ainsi, jeune fille, vous avez été choisie pour nous sauver tous ?

— Pas moi seule. Nous sommes trois, mais c'est exact.

— Mais je ne vois pas ce que mon peuple peut faire pour vous !

— En réalité, tout ce que nous voulions c'était un abri sûr pour échapper à Fenhrir. Ensuite, on comptait se rendre à la Cité.

— Et si vous pouviez nous expliquer comment nous y rendre depuis votre village... ajouta Widley.

— Soit ! Sachez, cependant, que même si vous avez réussi à lui échapper cette fois-ci, vous n'aurez peut-être pas tant de chance la prochaine. N'espérez pas de lui qu'il reste sur un échec. Fenhrir est un ennemi tenace qui n'abandonne jamais et finit toujours par avoir raison de ses proies. »

Le loup représentait, désormais, un danger permanent et, même s'il lui tardait de retrouver ses proches et de quitter au plus vite ce monde hostile, Lucie appréhendait de reprendre la route vers la Cité. Les retrouvailles d'avec ses proches se verraient retardées à cause de Fenrhir. Cela la contrariait. La menace que constituait la bête ne cesserait de les ralentir en permanence, si elle ne les arrêtait pas définitivement.

« Avez-vous une solution à nous proposer ? interrogea-t-elle.

— Exploitez les pouvoirs que vous offre le médaillon. Qui mieux qu'une personne élue pour lutter contre les forces du mal pourrait venir à bout d'un tel monstre ?

— Même avec la meilleure volonté du monde, je n'en viendrai jamais à bout toute seule ! Il est trop puissant et je ne suis qu'une novice en matière de magie !

— Seule, il est certain que vous n'aurez aucune chance, mais qui a dit que vous l'étiez ? N'oubliez pas que deux autres personnes partagent avec vous les pouvoirs du médaillon. Une fois réunis, il vous sera plus facile à tous les trois de mettre un terme à son règne de terreur.

— Mais comment devrons-nous nous y prendre ? Il est si fort et si rapide !

— Pour le savoir, je vous recommande de prendre conseil

auprès du grand Irminsul. Je ne connais personne pouvant savoir mieux que lui comment lutter contre un animal si démoniaque soit-il.

— Très bien. Où pouvons-nous trouver cet homme ? »

Sans qu'elle en sache les raisons, sa question amusa l'assistance, Widley y comprit.

« Irminsul n'est pas un humain ni un quelconque être comme vous pouvez vous l'imaginer, expliqua Mab. Il est l'Arbre de Vie, grand régisseur de la vie dans la forêt et personne n'en sait plus que lui sur les êtres vivant dans les bois et ses alentours.

— On dit même qu'il est le plus vieil arbre de la forêt, commenta Widley.

— Pas seulement de cette forêt, jeune homme ! C'est le doyen de tous les arbres existant en ce bas monde !

— Mais Fenrhir n'est pas vraiment un animal comme les autres ! objecta Lucie.

— Il est vrai. Mais avant d'être un démon, c'est d'abord un loup qui erre souvent dans les bois. Voilà pourquoi mon peuple vit si bien caché. Nous craignons, comme n'importe qui, cette bête qui tue quiconque se trouve sur son chemin sans toujours avoir de raisons particulières. »

Toutefois, l'enthousiasme que faisait naître le projet de visite au vieil arbre, laissa Widley sceptique.

« Êtes-vous sûr qu'il acceptera de nous venir en aide ? D'après ce que l'on raconte, l'Arbre de Vie protège tout être vivant de la forêt, alors pourquoi accepterait-il de nous donner le moyen de supprimer l'un d'eux ?

— Parce que Fenhrir nuit à l'équilibre et à l'harmonie de la forêt ! C'est un argument qui a son poids. En tous les cas, vous n'avez pas d'autre solution et rien à perdre en allant le voir. Vous rendrez un immense service aux peuples de la forêt et serez ainsi définitivement débarrassés d'un terrible ennemi.

— Dans ce cas, ne perdons pas de temps, pressa Lucie. J'aimerais retrouver mes proches au plus vite, mais il faut d'abord résoudre le problème du loup. Dites-nous comment arriver jusqu'à l'Arbre de vie !

— Il vous suffit de regagner le tunnel qui vous a mené à notre village. Une fois sur le roc, il vous faudra emprunter le sentier qui borde la montagne jusqu'à la forêt et suivre la route des noisetiers. Vous ne pourrez vous perdre si vous gardez ce chemin. Il vous mènera directement à Irminsul.

— Bien, mais pourrions-nous avoir un guide pour y arriver au plus vite ? »

Lucie ne mettait aucunement en doute les aptitudes de Widley à s'orienter dans les bois, mais le lieu dans lequel reposait Irminsul leur restait inconnu à tous deux, tout comme l'apparence de cet arbre. Elle pensait gagner un temps précieux en profitant d'une compagnie plus expérimentée.

« Je ne peux malheureusement pas me séparer de mes sentinelles. Elles assurent notre sécurité en cas d'attaques ennemies et nous ne sommes guère à l'abri de tout. Il en est encore qui parviennent à franchir la montagne secrète. Néanmoins, je vais mettre quelques hommes à votre disposition en faisant appel à des volontaires dans le village. »

Mab se leva, suivit de sa garde, et gagna les extérieurs. Une interrogation échangée dans un regard, Lucie et Widley leur emboîtèrent le pas jusqu'au centre du village. Mab grimpa les marches d'une estrade d'où il domina son peuple.

« Chers amis, héla-t-il afin d'attirer l'attention de ses ouailles. Je réclame votre attention. »

Un attroupement les enveloppa rapidement, chacun abandonnant sa tâche du moment. Pour la seconde fois, leur besogne se trouvait interrompue par la faute des étrangers.

« Ces jeunes gens, annonça-t-il enfin, ont été envoyés par notre chère amie la sorcière Scatach. Par un grand malheur, Scatach est devenue l'une des nombreuses victimes de Fenhrir. »

Sa voix s'éteignit tandis que la foule soupira d'une consternation générale.

« Ils sont venus chez nous chercher refuge et solliciter notre aide, poursuivit-il. La jeune fille, ici présente, porte un fragment de l'amulette d'Akus. »

Sa déclaration provoqua une certaine agitation parmi les villageois. Ils portèrent alors un tout autre regard sur les inconnus et le dédain se mua en un profond respect.

Akus. Lucie entendait ce nom pour la première fois depuis son arrivée. Et quelle surprise que le peuple Nain en sache tant sur ce sujet, bien plus que Scatach n'avait pu lui en dire !

« Un peu de calme, s'il vous plaît ! réclama Mab. Nous savons tous ce que cette jeune fille représente mais, pour l'heure, elle et son compagnon désirent rendre visite au grand Irminsul pour connaître le moyen de survivre à Fenhrir. Il en va de notre intérêt à tous qu'ils réussissent, c'est pourquoi j'aurais besoin de quelques volontaires pour les conduire jusqu'à l'Arbre de Vie. Qui serait prêt à quitter son village et à prendre le risque de s'aventurer dans la forêt ? »

Lucie appréhenda de voir l'enthousiasme des Nains refréné par ce discours peu engageant. À raison, les volontaires ne se bousculèrent pas. Le village, composé pour l'essentiel de pères de famille, de femmes et d'enfants, ne se prêtait pas à ces missions. Lucie ne pouvait les en blâmer.

Mais, contre toute attente, dans le silence régnant alors sur la foule, trois mains se levèrent timidement au-dessus des têtes. Trois petits hommes se faufilèrent parmi leurs semblables et gagnèrent l'estrade, où se tenait Mab, pour être présentés.

« Durin, Motsogner et Neb ! Je vous félicite pour votre courage !

— Mes amis et moi pensons qu'il serait plus juste que ce soient des hommes sans famille qui partent pour ce périlleux voyage, dit le plus âgé d'entre eux. Nous ne laisserions ni veuve ni orphelin si nous ne pouvions revenir.

— Très bien, Durin, je suis fier de vous ! Vous serez donc

guidés par notre contrôleur général, ajouta-t-il en se tournant vers Lucie et Widley. Il est chargé de noter nos allées et venues hors du village et des champs qui l'entourent pour signaler toute disparition. En son absence, il sera facile de le remplacer pour remplir sa fonction. Motsogner et Neb vous accompagneront également. Ce sont de simples fermiers. Le bon fonctionnement de notre communauté ne souffrira donc pas trop de leur absence. »

Widley fit la moue en découvrant quelle escorte on leur offrait. Il ne s'agissait pas de soldats, aucun d'eux n'était formé au combat, ni accoutumé à exécuter de telles missions. Il craint alors qu'ils ne soient que des boulets plutôt que l'aide précieuse à laquelle il s'attendait.

À contrario, Lucie s'avouait prête à s'en remettre à eux sans hésitation. Sans nul doute, ne seraient-ils pas aptes à les protéger, mais ils en connaissaient toujours plus qu'elle sur ce monde et ses dangers. Tout ce qu'elle pourrait en apprendre lui serait utile.

« Très bien ! consentit Widley. Mais, maintenant, il nous faut des vivres !

— Ne vous inquiétez pas. Chacun mettra à votre disposition ce dont vous aurez besoin. »

Fermiers et artisans fourmillèrent de part et d'autre pour leur apporter gourdes en cuir emplies d'eau et sacs de toile approvisionnés de vivres. Cordes, couvertures, couteaux, deux lanternes et trois lances pour les Nains constitueraient le matériel de survie.

Le matériel enfoui dans de grandes sacoches, ils s'apprêtèrent à quitter les lieux.

Néanmoins, une interrogation obsédait Lucie. Elle ne pouvait partir sans en connaître la réponse.

« Chef Mab ! Tout à l'heure, vous avez appelé le médaillon "l'amulette d'Akus" !

— Oui, c'est ainsi que se nommait le mage qui l'a créé.

— Pourtant, lorsque Scatach m'a parlé de cette légende, elle semblait ignorer son nom. Comment le connaissez-vous ?

— Vous semblez bien ignorante en ce qui concerne les êtres de ce monde ! Les Nains ont une vie bien plus longue que la vôtre.

Lorsque le duel opposant le mage et le sorcier noir eut lieu, il y a près de trois siècles, j'étais alors un jeune enfant. »

À peine croyable. Elle conversait avec un être âgé de plus de trois cent ans ! Son grand âge expliquait donc les raisons de son désintérêt pour les pouvoirs que lui attribuait son fragment d'amulette.

Ce point éclairci, tous les villageois les accompagnèrent à l'entrée du village en leur souhaitant chance et réussite. Les trois volontaires furent entourés par leurs amis, félicités de se montrer si braves et chaudement embrassés.

Mab exprima une requête auprès de Lucie et Widley, destinés à devenir les héros qui rendraient aux Nains l'estime perdue pour les Hommes.

« J'ose espérer que nous n'avons pas commis d'erreur en vous accordant notre confiance et notre aide. Aussi, je requiers votre totale discrétion quant à l'existence de notre village. N'en révélez jamais à quiconque l'entrée.

— N'ayez crainte, rassura Lucie, votre secret sera bien gardé !

— Le peuple Nain vous en sera reconnaissant. Bonne route ! »

À l'instant où ils franchirent les limites du village, Mab les interpella comme rappelé par ses devoirs de protecteurs.

« Attendez ! »

Détachant un fourreau de son ceinturon, il en tira une courte épée et la leur tendit.

« Prenez ! Elle vous permettra de vous défendre face aux esprits malfaisants qui peuplent la montagne et la forêt. Partez maintenant et prenez bien garde à vous. »

Le Nain Neb s'avança et prit possession de l'épée en saluant le geste de son chef d'une courbette. Les cinq compagnons saluèrent une dernière fois l'assemblée et s'éloignèrent enfin en direction de la montagne.

« Dites-moi, vous savez où vous allez au moins ? questionna Widley, cherchant à se tranquilliser quant aux compétences des Nains.

— Il est vrai qu'il y a longtemps que nous ne sommes pas sortis du village, commenta Durin, mais je peux me vanter d'avoir une excellente mémoire. Tranquillisez-vous, nous ne devrions pas avoir trop de mal à trouver qui nous cherchons. »

Les propos de Durin se voulaient rassurants, pour autant, Widley ne le fut pas plus qu'à l'annonce de leur escorte.

« J'ignorais que tu étais déjà allé voir l'Arbre de Vie, Durin ! intervint Motsogner, moins optimiste que son camarade.

— Et bien, en fait non, je n'y suis jamais allé personnellement, mais on me l'a raconté. Et puis, tu sais comme moi que tous les recoins de la forêt se ressemblent ! Quand tu en connais un, tu les connais tous ! minimisa-t-il.

— Je le saurais si j'y étais déjà entré ! Si chaque parcelle de forêt est identique à une autre, voilà une raison de plus pour s'inquiéter. On risque fort de se perdre, tu ne crois pas ?

— J'avais oublié ton effroyable pessimisme, Motsogner ! C'est sans nul doute la raison pour laquelle tu n'oses jamais sortir du village !

— Qu'est-ce que tu sous-entends ? Que je suis un pleutre ? Oublierais-tu aussi que je me suis porté volontaire tout comme toi ?

— Allez-vous cesser tous les deux ? somma le plus jeune d'entre eux. Vous allez finir par effrayer nos jeunes amis ! La forêt est, certes, peu sûre, et gare si l'on s'y perd, mais le chemin des noisetiers est très facile à trouver. Quoiqu'un jour, j'aie réussi à le rater et à m'engouffrer dans une zone peu accueillante...Enfin, cela remonte à bien longtemps et puis c'était un manque d'attention de ma part !

— Ah, bravo Neb ! Tu te veux rassurant, mais tu les effraies encore plus ! protesta Durin. Ne faites pas attention à eux, confia-t-il à Widley et Lucie. Motsogner est du genre grincheux, quant à Neb, il est un peu idiot. »

Idiot peut-être, mais pas moins sincère. Neb conta sa mésaventure avec beaucoup de légèreté et d'amusement, mais l'angoisse latente au sein du groupe n'en fut que davantage attisée, imposant un silence oppressant.

Au fil de leur ascension du flanc montagneux, ils n'exprimèrent que des plaintes de douleur lorsque les rochers leur écorchaient les membres. Bien que de petite taille, les Nains se montrèrent agiles et gravirent le roc sans difficulté aucune.
Ils longèrent, ensuite, la montagne sur ses sentiers étroits et glissants. Dos au mur, prenant garde au sol se dérobant sous leurs pieds, ils progressaient lentement. Le trajet jusqu'à la forêt promettait d'être long et pénible.

Au bout de leurs efforts, ils gagnèrent l'autre versant pour, enfin, atteindre la forêt.
Descendre du mont rocheux fut pour eux plus aisé grâce aux cordes emportées dans leurs sacoches. Les pieds reposant sur un sol plus ferme et stable, ils s'imposèrent une pause, leur laissant le loisir de se désaltérer. Une halte de courte durée, pour gagner rapidement l'orée des bois.

Le cœur de la végétation atteinte, ils trouvèrent, sans tarder, le chemin à suivre. Lucie et Widley découvrirent, sans surprise, l'origine du nom de la route des noisetiers. Les Nains la nommaient ainsi en raison des innombrables arbrisseaux bordant le sentier et créant un long couloir boisé. Ils s'y engagèrent donc, Durin menant toujours l'expédition suivit de Widley et Lucie marchant côte à côte en silence. Motsogner et Neb fermant la marche.

La plupart des Nains, souvent malmenés et traités en êtres inférieurs, éprouvaient une certaine rancœur envers les Hommes. Durin ne se comptait pas parmi eux. Le petit homme à la curiosité insatiable les trouvait fascinants et voulait tout connaître d'eux. Le silence astreignant commençait à lui peser et déjà mille questions s'agitaient dans son esprit. Peu à peu, il ralentit le pas et attendit que Lucie et Widley parviennent à sa hauteur. Il se plaça, alors, entre eux et se risqua à engager la conversation, se raclant longuement la gorge pour s'éclaircir la voix avant d'oser se lancer.

« Dites-moi... » hésita-t-il

Il n'osa poursuivre, s'apercevant qu'il les tirait de leurs rêveries.

« Oui ! » répondit poliment Lucie.

Ce simple mot l'encouragea à poursuivre. Lucie se trouvait tout aussi ravie d'avoir quelqu'un avec qui converser.

« Je me demandais juste d'où vous veniez. Vous avez l'air de méconnaître la vie des gens d'ici !

— J'ai beau essayer de me fondre dans le paysage, c'est un échec, vous m'avez percée à jour. En fait, je viens de très loin, vraiment très loin. Vos coutumes, vos mœurs me sont totalement étrangères. Chez moi, nous n'avons pas le même mode de vie que le vôtre, ni les mêmes fréquentations. Ici, c'est vraiment un tout autre monde ! »

Lucie jouait volontairement sur les mots même si ses propres raisons lui échappaient. Elle ne souhaitait pas révéler, à quiconque croisait son chemin, le monde d'où elle venait. Les ennemis des Élus se comptaient en nombre, nul ne pouvait savoir sous quelle forme, quelle apparence ils se présenteraient. Et combien d'espions, combien de créatures servaient le sorcier ? Lucie ne se sentait pas d'humeur à se confier.

« C'est drôle, je n'ai jamais entendu parler d'un autre continent que le nôtre ! insista Durin. Est-il aussi dangereux de vivre chez vous qu'ici ?

— Les dangers sont différents tout comme ceux qu'il faut craindre, mais, effectivement, c'est souvent le cas. »

Durin ne comprit pas grand-chose aux propos évasifs de Lucie, mais ne se découragea pas pour autant.

« Excusez mon excitation, mais j'ai rarement l'occasion de pouvoir discuter avec des étrangers et qui plus est des humains ! Je ne suis pas comme mes confrères, je vous trouve très intéressants et je suis ravi de pouvoir faire ce voyage en votre compagnie. Vous ne serez pas surprise si je vous avoue que je n'ai pas, non plus, souvent l'occasion de sortir de notre village. »

Lucie s'amusait d'une telle exaltation naïve. Elle grimaça un sourire, mais son visage demeurait triste et soucieux. Son attention difficile à retenir, Durin choisit de l'abandonner à ses pensées et tenta de questionner, à son tour, Widley.

« Et vous, d'où venez-vous ? »

Ignorant toutes les règles de politesse, Widley ne prit pas même la peine de feindre de l'intérêt pour la question du Nain et d'y répondre. Il n'hésita pas à lui signifier combien il l'importunait.

« Désolé mais je n'ai aucune envie de bavarder. »

Une froideur inattendue qui eut raison de l'enthousiasme de Durin et le fit reprendre place en tête de cortège.
Lucie choisit précisément cet instant pour tenter de briser la glace avec Widley. Elle devait pouvoir se reposer sur lui en cas de danger, il fallait donc crever l'abcès qui maintenait une tension permanente devenue insupportable.

« Widley, est-ce que tout va bien ? »

La bêtise de sa question lui sauta aux oreilles. Comment pouvait-il bien se sentir quand il venait de perdre son unique famille.

« J'ai l'impression que vous m'en voulez pour ce qui est arrivé, poursuivit-elle avant qu'un nouveau silence ne s'installe. Croyez-moi, si j'avais pu faire quoi que ce soit pour la sauver... »

Elle posa une main amicale sur son épaule, signe de son soutien, mais ce geste agaça Widley plus qu'il ne le réconforta. Un mélange de chagrin, de colère et d'amertume l'envahit. Il s'arrêta brusquement pour se tourner vers elle devant des Nains abasourdis par une réaction si brutale.

« Tout ça, c'est votre faute ! lâcha-t-il, la gorge nouée. Si vous n'aviez pas été là, rien de tout ça ne serait arrivé et ma grand-mère serait toujours vivante ! La vie ici était déjà assez difficile sans que vous ne veniez aggraver les choses. Vous auriez mieux fait de ne jamais mettre les pieds ici et moi, j'aurais dû vous laisser dans ce maudit marais ! »

Pourtant, le principal responsable de son chagrin, il le savait, était autre que Lucie, mais le besoin de décharger sa colère le consumait.

Lucie, déjà hantée par un sentiment de culpabilité envers Scatach et bouleversée par le flot d'événements traumatisants vécus jusqu'alors, retint difficilement ses larmes. Nerveusement fragile, les propos de son ami la blessèrent.

« Si j'avais su ce qui m'attendait ici, je ne serais jamais venue dans ce monde ! Mais je n'ai pas eu le choix, figurez-vous ! Croyez-vous que j'ai souhaité tout ce qui est arrivé ? Que votre grand-mère se sacrifie pour moi ? Elle savait ce qu'elle risquait en faisant ce qu'elle a fait, c'était son choix !

— Ça vous console peut-être de penser ça mais pas moi. Après tout, vous ne la connaissiez pas, alors qu'elle était ma seule famille. Elle représentait tout ce qu'il me restait au monde et à cause de vous, elle est morte ! Une fois que vous aurez retrouvé ceux que vous cherchez, vous rentrerez tranquillement chez vous, près des vôtres, tandis que moi, je me retrouverai seul. Je n'ai plus personne ! Mais tout ça vous est bien égal !

— Vous êtes injuste !

— Non, c'est la vérité et vous savez que j'ai raison ! À la minute où je vous ai rencontrée, j'aurais dû me douter que vous ne seriez qu'une source de problèmes.

— C'est vrai que vous n'avez jamais rien eu à vous reprocher, piqua-t-elle, irritée et peinée par ses accusations, vous qui rançonnez les jeunes filles en détresse en échange d'un peu d'aide ! Ah, elle pouvait être fière de vous, votre grand-mère ! »

Mais Lucie regretta tout aussitôt sa remarque offensante. Choqué par les propos déplacés, hors de lui, Widley se reprit.

« Pour qui vous prenez-vous pour me juger ainsi ? rétorqua-t-il. Vous débarquez d'on ne sait où et vous vous permettez de porter un jugement sans même connaître ce qu'est la vie ici! La peur, la faim, la misère...il faut se battre au quotidien pour survivre alors épargnez-moi vos leçons de morale.

— Vous croyez tout savoir, mais laissez-moi vous dire que vous vous trompez sur une chose à mon sujet : je ne compte pas repartir chez moi sans avoir rempli la mission qui m'est imposée. Dès que j'aurai retrouvé ma sœur et mon cousin, j'entends bien la mener à terme et vous débarrasser définitivement du tyran qui vous menace tous. C'est une promesse que j'ai faite à votre grand-mère et que je compte bien tenir.

— Très bien. Dans ce cas, moi aussi je tiendrai la promesse que je lui ai faite. Je veillerai sur vous et vous protégerai de mon mieux comme elle me l'a demandé, mais je ne serai que votre allié, pas votre ami ! »

Widley se remit en marche, nerveusement, pour couper court à leur dispute, tandis que Lucie se figeait en le regardant s'éloigner.
Les Nains, restés à l'écart de la querelle, reprirent, eux aussi, la marche. Durin avançait désormais aux côtés de Widley. Lucie ferma la marche, en retrait du groupe.

Le temps s'écoula. Les cinq compagnons demeurèrent sur la route des noisetiers qui n'en finissait plus. Le paysage monotone n'offrait que les variations du sentier pour seule distraction. Tantôt large, tantôt étroit mais toujours escorté par les mêmes noisetiers couvrant le sol de leurs coques.

Lucie et Widley avaient pu profiter de quelques heures de répit au village des Nains, mais point de repos, ni de repas. Depuis la maison de Scatach, leur estomac sonnait creux. Seules quelques noisettes offertes par les centaines d'arbustes traçant leur chemin venaient tromper leur appétit grandissant. La faim les tiraillait à mesure que leurs forces s'amenuisaient. Bientôt ils faibliraient, bientôt ils n'auraient plus la force de continuer. Une nouvelle halte s'imposait d'autant que la nuit ne tarderait pas à venir.

Là où le sentier se fit plus spacieux, tous décidèrent de s'y installer pour la nuit. Jusque-là, aucun ennemi ne croisa leur route, ils ne se sentaient donc pas en danger.
Le bois ramassé alentour permis d'allumer un bon feu. Les compagnons purent se caler l'estomac de petites miches de pain et de viande séchée offerte par les Nains. Le repas frugal fut bien accueilli par les

voyageurs affamés et épuisés.

Raisonnablement rassasiés, gardant vivres et eau pour tenir le reste du voyage, chacun se trouva un petit coin, aussi douillet qu'il pouvait l'être, et s'y installa pour se reposer jusqu'à l'aube.

À l'écart du groupe, recroquevillée sous sa couverture, Lucie ne parvint pas, une fois de plus, à trouver le sommeil. Cette fois, elle sanglotait, aussi discrètement qu'elle le pouvait afin de ne pas attirer l'attention. Cette nuit-là, comme jamais auparavant, elle se sentit perdue, désemparée, rejetée par le seul ami qui lui restait encore.

En dépit de toute la discrétion dont elle fit preuve, Widley perçut ses sanglots. Culpabilisant, il se serait montré réconfortant si sa fierté n'avait été si grande.

CHAPITRE XX

Calchas pénétra dans la maison-grotte pour y rejoindre José et Valandra.
Les soins prodigués à José furent rapidement achevés. Il ne garda, de leur affrontement, aucune blessure.

« Je suis satisfait des résultats de ton entraînement et des immenses progrès que tu as fait. Tu es parvenu à puiser dans ton amulette les puissances qui accroissent tes facultés. Je pense que tu seras bientôt prêt à reprendre tes recherches pour retrouver tes cousines.

— Je vous remercie, votre enseignement m'a beaucoup appris et je sais maintenant ce dont je suis capable grâce au médaillon.

— Oh, détrompe-toi. Ce que tu as montré ces derniers jours n'est qu'un début. Tu seras capable de bien plus au fil du temps, ce qui ne sera pas inutile face aux périls que tu trouveras sur ta route !

— Justement, à ce sujet, auriez-vous quelques conseils à me donner sur l'itinéraire que je devrai suivre jusqu'à la Cité ? C'est bien là où vous m'avez dit que je retrouverai mes cousines ?

— Tout à fait. Pour en être sûr et savoir comment progresse celle qui ne s'y trouve pas encore, je vais consulter ma vasque divinatoire. »

Calchas s'avança vers la coupe de roche, mais, avant de procéder à son immuable rituel, il formula une requête auprès de José.

« Avant toute chose, j'aurais un service à te demander, cette fois-ci. Pendant que je travaille sur ta question, tu serais bien gentil si tu débitais quelques bûchettes dans les troncs que nous avons coupés lors de tes leçons. Je pourrai ainsi mieux les stocker pour me chauffer cet hiver.

— Très bien, comme vous voudrez » consentit José.

Il sortit, sans discuter, pour effectuer la tâche bien que la requête ne lui semblât qu'un prétexte. Quelles raisons incitaient le vieux devin à vouloir être seul cette fois-ci ?

Une fois seul, Calchas suivit, à nouveau, le rituel presque obsessionnel de la vasque.
La première image qui lui apparut des deux jeunes filles fut la fuite de Lucie et la peur liée au sentiment d'être traquée par une chose terrible. Il vit également le sacrifice de Scatach. Lorsqu'il tenta d'en savoir plus sur le responsable de l'agression, un brouillard surnaturel lui masqua l'image du personnage. Mais pour Calchas, nul besoin de voir qui se cachait derrière cet écran de fumée artificielle pour sentir au plus profond de ses entrailles l'extrême dangerosité de l'ennemi désormais en chemin pour s'attaquer à José.

Calchas en savait suffisamment pour répondre aux questions de José, craignant déjà pour la sécurité de son protégé. Il mit fin à sa séance de divination et se hâta de rejoindre son élève et sa fille au-dehors.
Il trouva José achevant déjà sa tâche, stockant les stères de bois, et Valandra l'observant en discutant de banalités.

Son pas vif et décidé alertèrent José. La vasque lui avait révélé une chose grave.

« Que se passe-t-il, Calchas ? Il est arrivé quelque chose à mes cousines ?

— L'heure est grave mon jeune ami et le temps pour toi de partir est maintenant arrivé.

— Déjà ? Mais qu'avez-vous vu ? Dites-le-moi !

— Tes cousines vont bien, mais un terrible danger vous guette tous les trois. Ramalack a envoyé après vous l'un de ses plus terribles chasseurs. Il a tenté de s'en prendre à celle qui possède la magie du médaillon et a déjà fait une victime.

— De qui s'agit-il ?

— Je l'ignore. Le Grand Sorcier a brouillé son image pour que je ne puisse le voir, mais j'ai senti à quel point il était dangereux et puissant.

— Avec le médaillon et les forces qu'il me donne, je pourrai sûrement me défendre contre lui !

— Hélas, non, mon jeune ami. Seul tu ne pourrais en venir à bout, il est bien trop puissant et s'il existe un moyen d'éliminer cette menace, je ne le connais malheureusement pas. Ton seul espoir est de fuir au plus vite et de trouver tes compagnes de destinée avant lui. »

Calchas attrapa José par le bras et l'entraîna vers la maison.

« Il est maintenant temps de préparer ton départ. La menace est en marche vers nous. Il ne faut plus perdre de temps et retrouver tes amies au plus vite pour mettre fin à tout ceci. »

Dans la grotte, Calchas amena José face à l'immense cheminée et l'invita à s'asseoir devant le foyer.

« Nous allons faire, ensemble, un dernier exercice. Ferme les yeux et concentre-toi. Te souviens-tu de ce que tu as pu voir du haut de la montagne quand je t'ai demandé de me cueillir les baies noires?

— Oui, je crois, répondit-il comprenant alors ses intentions. L'exercice imposé ne fut ni décidé au hasard ni une excentricité de vieillard.

— Bien ! Alors, je te demande de décomposer ce paysage pour en distinguer chaque parcelle. Les vois-tu ? »

José fit preuve de tant de concentration que son esprit fragmenta, en quelques secondes, la contrée, admirée depuis les hauteurs, au point de parvenir à la visualiser telle une carte.

« Ça y est, je vois tout ! Chaque territoire m'apparaît très clairement. C'est incroyable !

— Reste bien concentré. À présent, je veux que tu m'écoutes attentivement. Je vais te dire exactement l'itinéraire qu'il te faudra suivre. Garde-le bien en mémoire, car tu devras t'y tenir. Es-tu prêt ?

— Oui, je vous écoute !

— Tout d'abord, tu devras sortir de la montagne et prendre la direction de la forêt interdite. Ensuite, il te faudra traverser la mer fermée. Après cela, tu pourras gagner la plaine qui entoure la Cité. »

José fit le cheminement sur sa carte imaginaire pour le mémoriser. Lui laissant un instant pour sortir de sa méditation, Calchas s'éloigna afin de converser avec Valandra en toute discrétion.

« Mon enfant, je veux que tu partes avec lui pour l'accompagner dans sa quête.

— Mais Père... !

— Ne discute pas, il le faut ! Il a beau posséder des dons surprenants, il ignore tout des territoires qu'il va devoir traverser et des dangers dont ils regorgent. Tu devras veiller sur lui et le guider de ton mieux en te rappelant mes enseignements.

— Mais pourquoi ne pas lui avoir parlé des risques qu'il va prendre ?

— Il est inutile de l'effrayer sans raison. Avec de la chance, tout se passera pour le mieux et votre voyage se déroulera sans encombre. Je te prie donc de garder pour toi ce que tu sais de ces lieux et de ne lui en parler que si cela s'avère vraiment nécessaire.

— Bien, Père. »

José finit par reprendre ses esprits tandis que Calchas et Valandra mettaient fin à leur discussion secrète. Le vieil homme s'approcha de la cheminée et saisit l'épée qui trônait à côté de l'âtre, celle-là même qui servit Valandra pour le combattre.

« Tiens, prends-la, tu l'as bien mérité ! » dit-il à José, en la lui tendant.

Ravi d'entrer en possession d'une telle arme, il la contempla, admiratif, avant de la rengainer soigneusement dans son fourreau pour la porter fièrement à son ceinturon.

« Il est maintenant temps de nous séparer. Valandra va t'accompagner dans ton voyage. Elle t'apprendra ce qu'il te sera utile de savoir sur notre monde.

— Mais, et vous ? Si l'assassin de Ramalack est sur mes traces, il viendra jusqu'ici et vous serez seul contre lui !

— Ne t'inquiète pas. Le mal flaire ta présence. Une fois que tu seras loin, je ne craindrai plus rien. »

José se réjouissait de ne pas partir seul et d'avoir la belle Valandra pour compagne de route, mais que Calchas lui offre sa fille pour guide, en dépit de l'ennemi qui les menaçait, le surpris tout autant.

« Êtes-vous certain de ne pas en savoir plus sur la menace qui pèse sur moi et mes cousines ? se risqua-t-il à demander à nouveau.

— Ma vasque divinatoire n'a pu m'en révéler plus que ce que je ne t'ai déjà appris, mais rassure-toi, ce secret ne restera pas longtemps un problème. Le moyen de terrasser votre ennemi se présentera à toi de lui-même. Pour l'heure, tu devrais plutôt te concentrer sur la manière de retrouver les tiens.

— Je ne vous remercierai jamais assez. Votre enseignement a été essentiel à ma progression.

— Surtout n'oublie pas de te servir aussi de ta tête et non pas uniquement de tes muscles. »

Durant leur conversation, Valandra s'éclipsa afin d'ajouter quelques vivres aux sacs déjà préparés lors de la séance de méditation de José. Elle revint, ensuite, près d'eux pour les confier à José et se tint prête à partir.

Valandra tentait de masquer ses sentiments, l'envie de rester auprès de son père, la crainte de suivre un homme encore étranger et la peur de ce que leur réservaient les jours à venir. Elle serra son père très fort pour des adieux déchirants. Une séparation inhabituelle entre le vieil homme et sa fille.

« N'ayez crainte, se voulut rassurant José, témoin de leur émotion, je veillerai sur elle et je la protégerai quoi qu'il arrive.

— Je n'en doute pas. Faites bonne route et soyez prudents. »

Lorsqu'ils quittèrent enfin Calchas et la maison-grotte, José admira une dernière fois le ciel avant de disparaître dans le bois des montagnes. L'azur prenait une couleur étrange, un rose grisâtre annonçant, lui aussi, la venue d'événements inquiétants.

De falaises en plateaux, de plateaux en vallées, les paysages se transformaient derrière chaque arête rocheuse. Tantôt nus et tristement gris et poussiéreux, tantôt verdoyants et parfumés, dans un calme apaisant. José et Valandra marchèrent longuement avant de parvenir enfin à quitter cette montagne pleine de vie discrète et de curiosités.

José traînait ses pas pour ne pas devancer sa compagne et s'efforçait de marcher dans son ombre. Tant qu'elle connaîtrait la route à suivre, il ne prendrait pas la direction des opérations.

Le pied de la montagne plongeait directement dans une forêt luxuriante qu'ils purent gagner sans mal. Un chemin se dessinait pour y parvenir.

Déjà la nuit venait et ils n'eurent que le temps de pénétrer l'orée des bois.

« Le soleil se couche déjà. Arrêtons-nous là pour la nuit, c'est plus prudent » décida Valandra.

Depuis leur départ de la maison-grotte, elle menait la marche et donnait la cadence à leur voyage. C'est donc tout naturellement qu'elle prit en main les opérations pour l'installation de leur campement temporaire.

« On va s'installer à l'abri de ces bosquets et, ensuite, on cherchera du bois pour faire un feu de camp.

— Il fait plutôt chaud pour faire du feu, vous ne croyez pas ? »

Une tiédeur pesante régnait déjà bien avant leur départ de la demeure du vieux devin. Pour autant, le brasier ne se destinait pas à les réchauffer, mais bien à tenir éloignés les prédateurs susceptibles de venir rôder autour du campement pendant leur sommeil.

« Je sais qu'il fait chaud, mais il nous protégera des créatures nocturnes. La plupart craignent le feu et ne se risqueront pas à s'approcher de trop près.

— De quels genres de créatures vous parlez ? s'inquiéta-t-il, ne connaissant que trop les bizarreries peuplant ce vaste monde.

— Rassurez-vous, je ne faisais allusion qu'aux animaux sauvages tout ce qu'il y a de plus communs. Bien, allez de ce côté, je vais par là. Ne vous éloignez pas trop et faites très attention. Si vous voyez quelque chose qui vous semble étrange ou suspect, ne vous en approchez sous aucun prétexte, c'est bien compris ?

— Oui, c'est très clair !
— Très bien. Alors rendez-vous ici dans dix minutes. »

Conservant leurs sacs de provisions, chacun partit de son côté ramasser du petit bois, prenant garde de ne pas mettre trop de distance entre eux et leur lieu de repos.

Au fil de son glanage, José s'éloigna bien plus qu'il ne s'en aperçut. Au détour d'un sentier, son attention fut attirée par une étrange apparition. Il surprit une magnifique jeune femme, simplement vêtue d'une robe de voiles, semblant flotter au-dessus du sol tel un nuage de brume.

La silhouette fredonnait un air envoûtant. José fut comme ensorcelé par le charme et le murmure mélodieux, oubliant même sa compagne de route.

L'apparition ne semblait pas l'avoir vu et finit par s'éloigner. Sans réfléchir, oubliant même les bons conseils de Valandra, José la suivit discrètement, désireux d'en savoir plus sur la créature mystérieuse avant de se faire remarquer.

Elle le conduisit aux abords d'une caverne dans laquelle elle pénétra. Malgré l'avertissement de Valandra, l'irrésistible envie de suivre la charmante créature le domina.

Au seuil de la grotte, des rires de femmes se firent entendre. La beauté surnaturelle se trouvait en bonne compagnie.

Il pénétra, alors, à son tour, dans la caverne dans le but de voir si les autres femmes se révéleraient aussi belles que son apparition des bois. Quelques pas furent nécessaires avant de les apercevoir au fond de la caverne, au centre d'une salle creusée dans la roche, illuminée de dizaines de cierges et chandelles.

José se maintint dans l'ombre pour ne pas être découvert. Deux autres femmes magnifiques se tenaient aux côtés de celle qui l'avait mené jusqu'à elles. Toutes trois flottaient, nues sous leurs voiles, autour d'une petite table de bois.

José resta subjugué par tant de grâce et de beauté, mais ce moment d'émerveillement allait être de courte durée. Il ignorait encore la nature véritable des trois beautés. Il ignorait que leur attirante apparence dissimulait leur vraie nature. Mais surtout, il ignorait qu'elles percevaient, depuis les bois, sa présence et lui réservaient un accueil des plus déplaisants.

Leur rire divin se mua soudain en un ricanement malsain et angoissant. José perçut des marmonnements incompréhensibles suivis de rires démoniaques avant de voir les créatures se tourner vers lui pour le dévisager d'une manière à lui glacer les sangs.
Il n'eut le temps ni de comprendre ce qui lui arrivait, ni de prendre la fuite. Les trois jeunes femmes, la bouche déformée d'un sourire mauvais, changèrent subitement d'apparence. Leur magnifique visage se changea en horrible tête de serpent et leurs jambes si gracieuses prirent la forme d'une queue de reptile immonde. De féminin ne leur restait que le buste désormais couvert d'écailles verdâtres. L'illusion enchanteresse laissait place à une vision d'horreur.

José prit la mesure de son erreur en pénétrant dans cette grotte pour satisfaire une curiosité absurde. La rencontre mystique se révélait n'être qu'un piège. Lui, pauvre sot, berné par une illusion, appâté comme une proie se voyait destiné à être dévoré.
Il ne tarda pas à payer les frais de sa naïveté et regretta de ne pas avoir suivi les recommandations de Valandra.

Les trois monstres se ruèrent sur lui à une rapidité folle sans qu'il s'y soit préparé. Elles lui lacérèrent visage et corps de leurs ongles pareils à des griffes acérées.
José parvint, néanmoins, à éviter le pire. De son bras, il para leurs coups de crocs, destinés à se planter dans sa gorge, mais qui achevèrent leur course enfoncés dans les chairs du membre protecteur.

Bien loin de se douter du drame qui se jouait non loin de leur campement, Valandra revint au lieu de rendez-vous les bras chargés de branches et de brindilles, prêtes à allumer le feu. Pensant y retrouver José, elle ne tarda pas à s'inquiéter de son absence et partit à sa recherche, sans attendre.
Les traces laissées au sol lui permirent de remonter rapidement sa piste.

Approchant de la grotte, elle entendit des cris inhumains et, parmi eux, crut reconnaître la voix de son ami. Sans réfléchir, elle entra dans la caverne pour lui venir en aide. Avec effroi, elle découvrit la scène de lutte dans laquelle José semblait loin de dominer. Il pouvait frapper tant et plus fort, les monstres revenaient toujours à lui pour le griffer plus sauvagement, le mordre plus profondément et le frapper de leur queue d'écailles tranchantes.
Face aux créatures malfaisantes, Valandra ne pouvait rien sinon lui

délivrer un précieux conseil pour qu'il se sorte de cette situation critique.

« José, vous devez les couper en deux pour les vaincre !

— Sortez d'ici, c'est trop dangereux ! » lui ordonna-t-il, surpris par sa présence, pour ne pas la voir blessée.

Ne pouvant en faire davantage pour lui venir en aide, elle obéit sans attendre.

Les paroles de Valandra furent entendues. José lutta corps et âme et parvint à repousser les monstruosités suffisamment loin pour lui permettre de dégainer son épée.

À peine la lame sortie du fourreau, il subit une nouvelle attaque. Mais, cette fois, il fut le plus rapide et trancha la furie à la taille. Les deux moitiés de corps tombèrent sur le sol poussiéreux et se liquéfièrent pour ne laisser qu'une flaque noire gélatineuse.

José ne se laissa pas distraire et reprit sa garde, sans attendre, prêt à répondre à l'agression des suivantes. Mais elles n'en firent rien.

Pendant la lutte, sa chemise fut déchirée et ne masquait plus le médaillon qu'il portait. En découvrant l'objet, et à la vue du sort qu'il leur réservait, les deux survivantes disparurent tel un mirage.

Soulagé, José s'adossa un instant à la paroi rocheuse et souffla de s'en être tiré à bon compte.

« Décidément, on ne trouve rien de bon dans ces fichues grottes ! »

Il sortit de la caverne et retrouva Valandra, l'attendant à l'extérieur, inquiète. Voyant José se présenter devant elle sain et sauf, elle fut aussitôt rassurée. Ses vêtements déchirés et tâchés de sang pourpre lui donnaient vilaine allure, mais il semblait bien se porter.

« Ah les femmes ! ironisa-t-il. Toutes à se servir de leurs charmes pour mieux vous attirer dans leurs filets !

— Vous feriez mieux de mettre un peu d'ordre à vos vêtements, pour ce qu'il en reste, critiqua Valandra, exaspérée face à tant de désinvolture. Vous êtes complètement débraillé ! »

Agacée, elle le laissa en plan et partit rejoindre leur campement de fortune. José s'empressa de lui emboîter le pas.

« Vous pourriez me dire qui sont ces horribles créatures ?
— Ce sont des Lamies, des fantômes féminins. Comme vous avez pu le remarquer, elles sont d'une grande beauté en apparence et elles s'en servent pour attirer les idiots comme vous, qui pensez avec autre chose que votre tête, et se nourrir de leur sang.
— On peut dire que j'ai eu de la chance !
— Il me semble vous avoir mis en garde ! Vous auriez pu y rester !
— Ça me servira de leçon, croyez-moi. Si je m'en suis tiré, c'est grâce à vous. J'ai suivi votre conseil et je n'ai eu qu'à en tuer une seule pour me débarrasser des deux autres. Elles ont tout de suite compris qu'elles n'étaient pas de taille.
— Sûrement parce qu'elles ont vu votre amulette ! fit-elle remarquer.
— Est-ce qu'il y a quelqu'un dans ce monde qui ne soit pas au courant de cette prophétie ?
— Je ne crois pas, non. Parmi les êtres magiques, tout au moins. C'est pourquoi vous devez le garder caché si vous ne voulez pas vous attirer encore des problèmes !
— Apparemment, c'est plutôt ça qui m'a sauvé ce soir !
— Cette fois-ci peut-être, mais vous allez aussi faire l'objet de convoitises qui risqueraient de compliquer notre voyage. Tant que les trois Élus ne seront pas réunis, il vaut mieux se montrer discrets. »

Revenu à leur campement, Valandra organisa un tas de bois pour l'embraser. Elle tendit alors deux morceaux de bois creux à José ainsi qu'un bout de mousse séchée.

« Il faut frotter très vite ces deux bouts de bois l'un contre l'autre pour obtenir une étincelle. Je pense que vous y arriverez plus vite que moi. Une fois que vous aurez obtenu cette braise, enflammez immédiatement ce morceau de mousse et servez-vous en d'allumage pour le feu.
— Très bien, je me mets tout de suite au travail.
— Donnez-moi d'abord votre chemise. Je vais la recoudre.
— Merci, c'est très aimable à vous.

— Il faut que vous ayez meilleure allure si on ne veut pas attirer les regards sur nous. »

Organisée, Valandra avait emporté un nécessaire de couture, fort utile pour repriser la chemise de José. Compte tenu des faits, elle ne doutait pas qu'il lui serve encore à l'avenir si l'Élu s'obstinait à se montrer toujours si imprudent.

José embrasa rapidement le tas de bois et Valandra exécuta son ouvrage de couturière presque aussi vélocement.
Un repos mérité s'offrit enfin à eux, derrière un bosquet sélectionné pour l'abri qu'il offrait, éreintés par une journée éprouvante mais rassurés par les flammes protectrices.

Malgré la fraîcheur qu'offrait le feuillage des arbustes, malgré la nuit, la chaleur moite perdurait comme venant de la terre elle-même. La nuit ne s'annonçait pas des plus agréables.

CHAPITRE XXI

Debout derrière la fenêtre, Marie observait un regroupement de citadins postés devant la demeure d'Yzhi. Ils attendaient, sans esclandre, que le Sage leur apporte quelques explications justifiant l'absence du Griffon lors de l'attaque des Harpies.

Yzhi demeurait assis à sa table, depuis longtemps déjà. Il consulta maintes et maintes fois ses runes dans l'espoir qu'elles lui révèlent les raisons de cet abandon. Mais les pierres restèrent fermement muettes.

« On devrait peut-être informer votre peuple de ce qui est en train de se tramer ! suggéra Marie. Je veux parler des projets de Ramalack et de la prophétie.

— Inutile de les effrayer. Ils pourraient être pris de panique et tenter de prendre la fuite, ce qui mettrait leur vie en péril.

— Je comprends, mais je crois qu'ils en savent bien plus sur la menace qui pèse sur eux que vous ne semblez le croire.

— Qu'est-ce qui vous fait penser cela ? Yzhi leva enfin le nez de ses runes et se montra plus attentif.

— J'ai discuté avec Meggie et il se trouve qu'elle aussi a remarqué un changement dans les habitudes des plus anciens. Ils sont tous sur la défensive et ne pensent qu'à s'armer pour se prémunir contre d'éventuels dangers.

— Si ce que vous me dites là est exact, l'attaque dont nous avons été victimes ne va faire qu'amplifier leurs craintes.

— C'est drôle que Jox n'ait rien remarqué et qu'il ne vous en ait pas parlé ! Mais comment ont-ils pu se rendre compte de quelque chose ? Avez-vous déjà subi des désagréments avant mon arrivée ?

— Rien de très parlant. Je sens une entité malsaine qui plane dans l'air depuis quelque temps, mais je ne me doutais pas qu'elle avait pu être perçue par d'autres.

— Et pourtant, cela semble bien être le cas. Yzhi, si les Harpies n'ont plus à craindre votre cher Griffon, vous pouvez être sûr qu'elles reviendront bientôt. Loin de moi l'idée de vous donner des conseils, mais vous ne croyez pas qu'il serait judicieux que les citadins soient préparés à une nouvelle attaque et prêts à se défendre ?

— C'est une pensée sage de votre part et digne d'une Élue ! Vous avez raison, nous devons les y préparer. Je vais faire réunir les anciens et en discuter avec eux. »

Jox entra à cet instant. Parti à la rencontre des artisans afin de s'assurer que tous se portaient bien, il rentrait de leur avoir porté gracieusement des baumes pour soigner les blesser à la demande du Sage.

« Je suis de retour Maître.

— Dis-moi tout Jox. Comment se porte le peuple ?

— Il y a beaucoup de blessés, mais, fort heureusement, aucune perte n'est à déplorer.

— Tu m'en vois soulagé. Merci de t'être occupé d'eux pendant que je questionnais les runes.

— Êtes-vous parvenu à résoudre le mystère du Griffon ?

— Hélas, non. Les runes ne m'ont rien appris. C'est comme si une ombre les rendait aveugles à ce sujet. C'est très inquiétant.

— Qu'allons-nous faire à présent ?

— Justement, notre jeune Élue et moi-même avons décidé qu'il était temps d'informer les anciens sur ce que nous savons.

— Êtes-vous sûr que ce soit très judicieux ? S'ils en parlent aux plus jeunes, je crains qu'un vent de panique ne les rende tous incontrôlables !

— Comme l'a très justement souligné la jeune Marie, nous devons les préparer à un éventuel retour de nos ennemies. Nous sommes maintenant vulnérables et nous allons devoir nous défendre nous-mêmes.

— Bien, dans ce cas, je vais faire le nécessaire. »

Vexé de ne pas être à l'initiative du projet, Jox sortit sans même une attention à l'égard de Marie. Il n'appréciait guère, non plus, que son maître se laisse conseiller par l'étrangère.
Il prit le temps de parler au groupe de citadins campés devant la maison, avant de s'en aller chercher, chez eux, les anciens, exigeant de leur part la plus totale discrétion afin de n'éveiller les soupçons d'aucun autre.

Tous se rassemblèrent au pied des pilotis. Yzhi sortit se présenter à eux depuis sa terrasse, Jox à ses côtés. Les questions fusèrent avant même qu'il ne puisse lancer le débat.

« Sage, pourquoi le Griffon ne nous protège-t-il plus ? questionna l'un.

— Et cela fait des semaines qu'on n'a pas vu un itinérant aux portes de la Cité ! ajouta un autre. On raconte qu'ils ont peur de traverser la contrée !

— Calmez-vous mes amis. J'ignore encore pourquoi notre protecteur n'a pas répondu à notre appel, mais je compte bien le découvrir. En attendant, s'il est vrai que nous sommes menacés, il va nous falloir redoubler de prudence et s'armer pour nous défendre. Je crois savoir que nombre d'entre vous se sont déjà préparés à cette éventualité. »

Yzhi restait volontairement évasif sur la situation, jugeant inopportun d'informer ses concitoyens de l'existence du médaillon et des Élus, mais surtout de la menace qu'ils apportaient avec eux.

« Mais vous savez comme nous que nous ne pouvons rien contre ces pestes, poursuivit un troisième homme. On a bien essayé de se défendre tout à l'heure, mais elles sont trop puissantes ! »

Si plein de sagesse fut-il, Yzhi ne savait pourtant plus que répondre pour les rassurer. Marie sentit le moment venu de faire son apparition.

« Tout à l'heure, vous n'étiez pas préparés à répondre à leur attaque, intervint-elle, mais maintenant c'est différent. Vous n'allez plus seulement vous battre pour protéger vos vies et vos biens, mais vous allez contre-attaquer !

— Qui êtes-vous ? interrogea une voix dans l'effervescence générale.

— Je suis une amie venue de loin pour vous apporter mon aide.

— Et comment voulez-vous contre-attaquer ces monstres ?

— En leur tendant un piège auquel ces mégères ne pourront pas résister. Laissez-moi faire, je sais exactement comment m'y prendre, mais je dois pouvoir faire appel à vous, car il me faudra du matériel. Est-ce que je peux compter sur votre aide ?

— Si vous pensez pouvoir nous débarrasser de ces vermines ailées alors vous pouvez nous demander tout ce dont vous aurez besoin. »

Yzhi, tout comme Jox se gardèrent d'émettre le moindre commentaire s'agissant des intentions de Marie, mais ils s'interrogeaient néanmoins, et Jox plus encore que son maître.

« Nous ferons donc appel à vous le moment venu, reprit Yzhi, jugeant bon de mettre un terme à ces échanges. Maintenant, regagnez vos échoppes et restez vigilants. »

Les anciens se soumirent à la volonté du Sage et rentrèrent chez eux. Yzhi, Jox et Marie regagnèrent l'intérieur de la maison.

« Je vous félicite pour votre éloquent discours qui a permis d'apaiser un peu les esprits, applaudit Yzhi.

— Mais qu'est-ce que c'est que cette histoire de piège ? Et pourquoi ne pas nous en avoir informé avant d'en faire l'annonce publiquement ? interrogea Jox, méfiant.

— Cette idée m'est venue à l'instant. Je me suis dit que, si le Griffon ne veut plus défendre la Cité, pourquoi ne pas fabriquer un piège pour que ses habitants puissent la défendre eux-mêmes !

— Pourquoi le Griffon refuserait-il de la protéger ? insista Jox.

— Je l'ignore, mais vous avez vu comme moi qu'il n'est pas intervenu tout à l'heure ! Si ça devait se reproduire, votre peuple devrait pouvoir se tenir prêt à s'opposer à l'envahisseur.

— Sans doute ! » finit-il par concéder à regret.

Jox reconnaissait peu à peu le discernement dont Marie pouvait faire preuve lorsque les événements le réclamaient.

« Que proposez-vous alors ? poursuivit-il.

— Il faut encore que j'y travaille, mais j'ai déjà ma petite idée là-dessus. Yzhi, j'aurai besoin de consulter vos livres si vous le permettez.

— Bien sûr ! Regardez sur l'étagère et prenez tous ceux dont vous aurez besoin. »

Le nombre impressionnant d'ouvrages faillit décourager Marie, persuadée de devoir y passer des heures avant de parvenir à tous les lire. Elle en ouvrit un premier entièrement rédigé en latin.

« Tous vos bouquins sont écrits en latin ?

— Effectivement ! Cela vous pose-t-il un problème ?

— C'est juste que je n'ai pas appris à déchiffrer cette langue.

— Dois-je vous rappeler que vous possédez le savoir du médaillon ? Concentrez-vous un peu et les mots deviendront limpides. »

Marie suivit le conseil donné, prit son fragment dans une main et ferma les yeux comme pour s'imprégner de son pouvoir. Lorsqu'elle les rouvrit, elle décrypta, de l'ouvrage, chaque mot, chaque phrase. Les textes se transformaient sous ses yeux dans une valse de mots en pleine mutation. La traduction devint instantanée à leur lecture.

Yzhi constata la pertinence de ses recommandations à son visage éclairé, mais garda le silence pour ne pas la distraire.

L'amulette lui offrit un autre don auquel elle ne s'attendait guère. En peu de temps, elle dévora un grand nombre des recueils exposés sur l'étagère. Ravie de gagner ainsi un temps précieux, Marie disposait de suffisamment de données pour mettre au point le plan du piège qu'elle imaginait.

Tous les traités de magie, de plantes et de créatures fabuleuses existantes furent consultés.

Sans perdre de temps, elle se munit d'un parchemin et d'un fusain afin de dessiner le schéma de son piège.

Jox assista son maître dans la confection de nouveaux baumes et onguents, en remplacement de ceux délivrés gracieusement aux blessés, afin de constituer une réserve en prévision d'une nouvelle attaque.

« Ça y est, j'ai terminé ! » proclama Marie, attirant l'attention des deux hommes.

Jox fut le premier à s'approcher pour découvrir son esquisse. Au premier coup d'œil, il reconnut l'ingéniosité du plan, mais préféra mesurer ses élans.

« C'est étonnant ! »

Marie apprécia le compliment dissimulé du moralisateur.

Yzhi s'intéressa, lui aussi, au projet de sa protégée et se pencha, à son tour, sur le croquis. À l'inverse de son élève, il montra bien plus d'exaltation face au talent de Marie.

« C'est une idée brillante !

— Il ne me reste plus qu'à réunir les matériaux nécessaires et à monter le piège. Si ça ne vous dérange pas, Jox, j'aimerais que ce soit vous qui demandiez aux artisans ce dont j'ai besoin. Ils ne discuteront pas cette demande si elle vient de vous.

— Certainement. Et quelles sont vos exigences ?

— Voici la liste. Et j'aimerais vous demander un dernier service.

— Je vous écoute ! soupira-t-il.

— Voyez s'il y a des hommes de confiance qui accepteraient de nous aider à fabriquer ce piège.

— Bien sûr, vous êtes l'Élue, je ne peux rien vous refuser. »

Comme il sortait afin de répondre, sans attendre, à ses demandes, Marie n'ignorait pourtant pas qu'il se montrait davantage contraint à s'exécuter que motivé d'une réelle volonté de lui apporter son aide. S'astreindre à satisfaire la demande de l'étrangère, la tâche lui semblait presque humiliante.

« Ne prêtez pas trop d'attention aux humeurs de mon élève, rassura Yzhi, percevant sa contrariété. Jox est orgueilleux et accepte mal de partager son vieux maître. Depuis votre arrivée, il est vrai que je concentre beaucoup de mon attention sur vous, mais il finira par comprendre.

— Pourvu que vous disiez vrai. Je n'ai pas besoin d'un ennemi de plus ici.

— Ne vous inquiétez pas. Il ne manque pas de raison et sait où se trouve l'intérêt de tous. »

L'heure passa. Jox revint accompagné de quelques artisans tirant derrière eux des charrettes emplies des matériaux réclamés par Marie. Cordes, planches de bois, clous et pièces de métal s'amoncelaient dans les chariots.
Sans perdre un instant, tous furent réunis à l'arrière de la demeure pour travailler dans le plus grand secret.
Marie épingla son plan sur le mur de la maison et laissa la parole à Jox. Les citadins agiraient sans doute plus vite et sans discussion aux commandes d'un homme. Elle espérait, également, par ce geste, apaiser l'hostilité dont Jox ne cessait de faire preuve envers elle depuis son arrivée.

Jox donna ses instructions et répartit les différentes tâches, tenant compte des compétences de chacun. Un maître cordier, un menuisier et un forgeron furent engagés, ainsi qu'une poignée d'hommes sûrs capables de travailler vite et efficacement, tous fils des plus anciens citadins, trop âgés pour venir eux-mêmes leur prêter main-forte. Les tâches distribuées, chacun se mit aussitôt à l'ouvrage.

Discrètement, Marie supervisa les opérations. Chaque détail de son plan devait être scrupuleusement respecté. Elle participa, finalement, à la mise en œuvre et assista le maître cordier affecté à la partie principale du dispositif, mais aussi la plus longue à réaliser.
Jox vint leur apporter son aide tandis que Yzhi s'en retournait dans son logis poursuivre la préparation d'onguents et autres potions.

Ils travaillèrent tous durement et sans relâche afin que le piège soit prêt avant la fin de journée. Leurs peines ne furent pas vaines.

À la suite de tant d'efforts, leur fallait-il encore installer l'attrape-harpies au cœur du marché, là où les mégères avaient frappé quelques heures plus tôt.
L'un des ouvriers courut chercher quatre bêtes de trait à son étable et revint pour les atteler aux sections de piège encore désunies.
Ensemble, ils se rendirent sur le lieu du traquenard, attirant sur leur passage les regards interrogateurs des badauds, interdits par tant de

remue-ménage.

Comme ils installaient le piège promis, chacun se montra admiratif. De taille impressionnante, il apparaissait suffisamment important pour faire prisonniers les trois monstres ailés.
Le piège réfléchi en deux parties insécables, un plateau et un filet cerclé de métal s'articulaient sur deux jeux d'énormes charnières solidement soudées par le maître forgeron.
Marie les imaginait dissimulées sur le sol, sous une fine couche de terre et de feuilles mortes. Dessus le plateau, serait installée une table, faisant office de déclencheur, sur laquelle reposerait nombre de victuailles afin d'attirer les harpies à l'insatiable appétit. Le filet ne devrait qu'attendre que les furies actionnent le mécanisme par leur poids. En se posant toutes trois sur la table, le piège viendrait se refermer sur elles comme un filet à papillons sur trois misérables insectes.

Comme ils le prévoyaient, les trois ennemies tant redoutées ne tardèrent pas à s'annoncer pour la seconde fois. Quelques femmes installaient encore le buffet lorsqu'elles firent leur apparition.
Aux prémices d'une vraie préparation, les citadins ne s'attendaient pas à voir les prédatrices répéter si tôt leurs attaques. L'absence du Griffon devait, certes, les y encourager. Le piège se trouvait là, prêt à fonctionner, mais ce fut à nouveau la panique et chacun couru se mettre à l'abri dans les cris et la cohue.

L'abondance de provisions et de mets installés sur la table appâta les harpies. Préférant le butin facile à l'effort que réclamait la chasse, elles ne tentèrent nulle agression sur les citadins ni capture de bétail et se ruèrent sur les victuailles.
L'une après l'autre, elles vinrent se poser sur la tablée, dévorant, sur-le-champs, tout ce qui se présentait sous leur bec. Dès lors que la troisième harpie atterrit sur le mobilier, tout leur poids reposant sur le déclencheur actionna le mécanisme du piège. Le filet vint alors s'abattre sur elles en l'espace d'une seconde.

Les calculs de Marie s'avéraient donc exacts. Mais, cet instant de jubilation fut rapidement abrégé, tout comme le soulagement des citadins. Quittant leur cachette, ils se réjouissaient déjà de voir enfin leurs ennemies prisonnières.
Seulement, telles des enragées, les harpies se débattirent dans leur toile,

tant et si bien qu'à coups de bec, qu'à coups de serres, elles finirent par entailler le filet et eurent tôt fait de se frayer un passage suffisamment grand pour s'en extirper.
Les trois pestes ne s'attardèrent pas à se venger. Sans demander leur reste, elles eurent tôt fait de s'envoler, en pestant, poussant des cris stridents à glacer tous les sangs. Survolant la Cité dans un ciel déjà assombri, elles dessinèrent de larges cercles, caquetant sinistrement avant de s'éloigner pour de bon.

Marie s'approcha des ruines de son piège, constatant avec peine qu'il faudrait bien plus que de simples cordages pour séquestrer les fléaux de la ville. Tous, à présent, sur la place du marché, l'observaient, affligés. Jox la rejoignit et constata, avec elle, l'étendue des dégâts.

« Vous vouliez nous impressionner, mais c'est un échec cuisant ! »

CHAPITRE XXII

Depuis peu, un crachin s'abattait sur les dormeurs, encourageant le réveil de Widley.
Lorsqu'il s'éveilla, du feu ne restaient que des cendres froides. Les Nains, déjà levés et leurs affaires rangées, se tenaient prêts à partir.
Lucie dormait encore. Il n'en fut guère étonné. Il déplora ses pleurs venus perturber le calme plaisant de la nuit jusqu'à son épuisement total.
Widley prit un peu de pain et d'eau pour tout petit déjeuner puis roula sa couverture dans sa besace.

À son tour, Lucie fut tirée de ses songes, arrosée de gouttes ruisselant depuis le feuillage de quelques hauts noisetiers.
Ses yeux gonflés et rougis trahissaient une nuit de larmes et peu de sommeil. À la vue de ses compagnons déjà prêts à reprendre route sur le chemin des noisetiers, et n'attendant plus qu'elle, Lucie prit à peine le temps de s'étirer et se hâta de faire son paquetage.

« Vous devriez peut-être prendre le temps de manger quelque chose, s'inquiéta Durin.

— Nous n'avons pas de temps à perdre. Je grignoterai en chemin. Allons-y ! »

Les Nains échangèrent leur surprise. Ayant profité de si peu de repos, elle semblait, pour le moins, déborder d'énergie et de volonté. Plus encore, Lucie refusait de subir un autre silence oppressant et se voir reprocher le retard pris sur l'itinéraire, si elle venait à prendre le temps d'une collation.

Sans discussion, les Nains la suivirent. Widley s'entêtait dans son mutisme, refusant tout contact, même visuel.

D'abord en tête de cortège, mais ignorante, elle retrouva rapidement sa place à l'arrière des trois bonshommes.

Lucie ne trouvait ses compagnons ni beaux ni laids. Mesurant, tous trois, entre 1,10 mètre et 1,20 mètre, ils partageaient, en signe distinctif, une barbe. Durin la portait plus longue que ses camarades. Le chef Mab, lui aussi paré d'une barbe si luxuriante qu'elle en caressait le sol, marquait en cela sa position sociale dans la communauté des Nains. Leur abondante pilosité ne se résumait pas à leur menton et leurs moustaches, mais affectait également leurs cheveux, coiffés longs, et leurs sourcils broussailleux.

Une grosse tête reposait sur un corps courtaud et leur visage plat et duveteux laissait paraître des yeux enfoncés dans leur orbite. Un énorme nez, une grande bouche et de larges oreilles, s'échappant de leur épaisse chevelure, achevaient leur silhouette singulière.

Les marques des décennies traversées sillonnaient déjà les visages de Motsogner et Durin. Plus jeune, Neb ne subissait pas encore les caprices du temps et conservait quelques taches de rousseur sur les joues.

De leurs vêtures, en tout point semblables, rien ne trahissait un rang social différent d'un Nain à l'autre. Le même pantalon de toile brute fourré dans une paire de bottes en cuir, la même tunique serrée à la taille par un large ceinturon et les mêmes pièces d'armure aux avant-bras les équipaient.

Au terme d'une longue marche, les compagnons parvinrent enfin à l'issue de l'interminable Route des Noisetiers. Elle aboutit à une aire de verdure circulaire circonscrite par un mur de prunelliers. Au fond de la place verte, se distinguait, parmi nombres d'autres, un arbre pour le moins remarquable.

Ancien et trapu, les racines généreuses, son feuillage révélait sa nature de chêne bien que son allure laissât planer le doute. Une excroissance centrée dans l'écorce évoquait un nez. Exception faite de cet étrange détail, l'arbre paraissait des plus banals. Difficile, alors, d'imaginer l'âme d'un être admirable dissimulée sous la vieille écorce.

Néanmoins, une timidité s'installa parmi eux, face à cet être annoncé si important. Ils se sondèrent muettement, attendant de voir qui oserait faire le premier pas et prendre la parole.

Lucie, comme Widley, plus qu'intimidés, craignaient davantage de se trouver ridicules. Et s'il s'agissait bien là de l'Arbre sacré, comment devaient-ils s'adresser à lui ?

« Alors, qu'est-ce qu'on fait maintenant qu'on l'a trouvé ? s'impatienta Widley

— Rien ne nous dit que c'est bien lui ! refréna Lucie
— Peut-être, mais si on ne tente rien, on ne le saura jamais ! »

Malgré les efforts de Lucie pour renouer le dialogue, Widley demeurait acerbe. À l'évidence, il ne semblait pas encore prêt à oublier leurs différends.

« Puisque vous êtes si malin, à vous l'honneur ! » s'emporta-t-elle, agacée par son attitude dédaigneuse.

Elle tendit nerveusement un bras vers l'arbre pour l'inviter à s'avancer.

« Pourquoi devrais-je y aller le premier ? C'est vous l'Élue, pas moi !
— Assez ! Coupa Durin, prompt à mettre un terme à leurs chamailleries. Cessez de vous quereller ! Pour l'heure, il y a plus urgent à faire. »

Les raisons pour lesquelles ils se trouvaient face à l'arbre millénaire devaient rester leur priorité. Lucie et Widley ne purent que se plier aux sages paroles du petit homme. Ils se détournèrent l'un de l'autre pour s'épargner la tentation d'une nouvelle dispute.

Motsogner perdit patience à la différence de Neb, maître d'une diplomatie presque inexistante chez son compère.

« Allons, ne soyez pas si bornés ! Vous ne prouverez pas plus que vous avez raison en agissant ainsi !
— Puisque vous ne vous décidez pas à agir, c'est nous qui allons le faire ! »

Comme Neb tentait de se montrer persuasif auprès de Lucie et Widley, Motsogner se résolvait fermement à vérifier, par lui-même, si l'arbre en présence se trouvait être celui qu'ils cherchaient. Il s'avança pour en avoir le cœur net, mais n'eut pas le temps de parvenir à lui. Un bruit inquiétant, provenant précisément du gros chêne même, le persuada de stopper son élan.

Le bourdonnement évoquait ces bruits d'ailes d'insectes qui tourmentent avec insistance et agacent. Le bruissement d'ailes frétillantes s'accompagnait d'un son distinct indéfinissable, tels les chuchotements d'un langage inconnu et incompréhensible.

Soudain, une nuée s'échappa de l'arbre. De prime abord, il leur sembla voir des libellules se délogeant par dizaines du feuillage, du tronc ou encore des racines du chêne entraînant le bruit mystérieux avec elles. Les créatures volèrent à vitesse folle vers les intrus et entamèrent un ballet autour d'eux.

Aucun n'osa souffler mot face au spectacle captivant, mais néanmoins effrayant. Leur vitesse incroyable ne permettait pas de suivre les créatures dans leurs déplacements. Le temps d'un bref répit, ils firent l'étrange constat que, d'insectes, elles ne possédaient que les ailes. Minuscules et magnifiques, les petits êtres à la nature féminine dévoilaient un corps divin, absolument parfait, sous un mince voile, lorsqu'elles ne s'exhibaient pas complètement nues.

Virevoltant dans d'infatigables pirouettes, certaines s'échappaient parfois du groupe pour s'approcher plus près encore. L'une des créatures féeriques se faufila sous la chemise de Lucie et ne ressortit que dans l'intention d'appeler du renfort. Cinq ou six autres la rejoignirent et entreprirent de dénouer le cordon du haut de sa chemise. Lucie n'osa les repousser de crainte de les blesser et qu'elles n'y voient un geste d'agression. Bien que minuscules, leur nombre ne leur laisserait aucune chance.

Leur besogne achevée, les créatures écartèrent les deux pans de chemise et révélèrent le morceau d'amulette. La colonie cessa alors toute danse et porta la plus grande attention à Lucie et son médaillon.

Lucie n'appréciait guère être dévisagée de la sorte, mais elles ne lui en laissaient pas le choix.
Puis, aussi vivement qu'elles firent leur apparition, les petites dames regagnèrent l'abri de l'arbre.

« Qu'est-ce que c'était ? Des fées ? interrogea Lucie, émergeant difficilement de son état de surprise.

— Pas des fées, répondit Durin, des Dryades. Ce sont des nymphes qui habitent les arbres qu'elles vénèrent tels que les chênes. »

Durin ne pouvait témoigner d'aucun phénomène semblable,

mais connaissait, comme chaque Nain, les légendes de la forêt.

« Elles ont la réputation d'être terribles envers qui ne respecte pas leur territoire. Je me demande quel sort elles vont nous réserver ! pesta Motsogner, fidèle à son humeur grincheuse.

— Je crois que voilà ta réponse ! » annonça Neb.

Il attira leur attention vers le vieux chêne derrière lequel une nouvelle surprise, plus grande encore, les attendait.

Une autre créature, plus qu'étrange, plus encore que les harpies, apparut. Elle ne ressemblait à rien d'existant dans le monde d'où venait Lucie ni à ce qu'elle connaissait désormais de cette contrée.

Ils découvrirent une chimère, curieux croisement d'animaux hétéroclites, plus ou moins faciles à identifier. Le corps d'un lion dévoilait sa puissance, les serres, la tête et les ailes d'un aigle lui octroyaient une allure fière, imposant le respect. La longue queue, ainsi que la crête dorsale d'un animal lui demeurant inconnu, achevaient de le rendre terriblement effrayant.

La bête se posta devant l'arbre dans une posture noble et fière. Nul doute qu'il se trouvait là pour le défendre.

Les Nains, Lucie et Widley le considérèrent un instant, les yeux pleins d'émerveillement et de crainte, avant de se dévisager mutuellement. La réponse à leurs interrogations se présenta en les personnes de cinq Dryades qui s'approchèrent uniquement de Lucie, délaissant ses camarades.

Se saisissant du médaillon pendu à son cou, elles entraînèrent Lucie avec elles pour la mener au Griffon.

Terrifiée face aux serres et bec énormes et acérés, elle craignit d'être dévorée.

L'animal fabuleux contempla, un instant, l'amulette, dévisageant de son œil rond l'Élue pétrifiée, puis leva la tête au ciel avant d'émettre un terrible cri. Si la peur ne l'eût maintenu statufiée, Lucie aurait quitté les lieux sans attendre.

Alors qu'ils pensaient tous leur dernière heure venue, l'oiseau-lion recula de quelques pas pour se poster à côté du gros chêne. Ainsi, leur apparurent les desseins de ce cri. Le Griffon venait de réveiller l'arbre endormi.

L'écorce s'écarta, laissant apparaître un trou béant, et l'arbre se mit à bailler. Au-dessus de l'excroissance, s'ouvrirent deux grands yeux aux paupières d'écorce. En cet instant, nul doute ne subsistait quant à l'identité de l'arbre. Ils se trouvaient bien en présence d'Irminsul, l'Arbre de Vie.

« Aaaaaaaaaah ! Qu'il est dur de sortir de son sommeil ! »

Comme s'il s'étirait après un long somme, l'arbre remua ses branches.

« Qu'y a-t-il pour que l'on vienne ainsi troubler mon repos ? »

Sa voix rappelait celle d'un vieil homme. Grave et lente, calme et apaisante, sans agressivité aucune mais plutôt gaie bien qu'il fut réveillé brutalement.
Pour répondre à sa question, le Griffon poussa un nouveau cri, plus pondéré et ténu. L'arbre sembla en comprendre, immédiatement, le sens.

« Oh, je vois ! Nous avons des visiteurs et pas des moindres semble-t-il ! »

Il observa les pèlerins, figés d'admiration.

« Le bienheureux porteur de l'amulette d'Akus veut-il bien s'approcher ? »

Lucie obéit sur-le-champ.

« Oh, il s'agit en fait d'une bienheureuse ! sourit-il.
— Je ne suis pas sûre que le terme de bienheureuse soit très approprié.
— Il est vrai que tu as un lourd fardeau à porter. Mais dis-moi plutôt ce qui vous amène à moi, toi et tes amis. Qu'est-ce qu'un vieil arbre comme moi peut faire pour vous ? »

Lucie hésita un instant. Elle mesurait parfaitement la gravité de sa requête.

Widley se montra plus audacieux et s'avança à son tour.

« Vous avez vu son médaillon et vous semblez connaître la raison pour laquelle il se trouve ici. L'heure est grave, mais un terrible ennemi tente de nous tuer pour l'empêcher d'accomplir la prophétie. Si vous êtes bien l'Arbre de Vie, vous seul pouvez nous aider !

— Je suis bien Irminsul, mais dites-moi qui est votre ennemi.

— Vous devez le connaître, il s'agit de Fenrhir.

— Effectivement, je le connais, dit-il plus grave. Mais en quoi puis-je vous être utile ?

— Nous aimerions savoir comment on peut s'en débarrasser ! » lança Lucie, gagnée d'un trait d'assurance.

Irminsul ne parut pas surpris par sa requête. Il baissa les morceaux d'écorce lui faisant office de paupières et sembla réfléchir un instant. Puis, il rouvrit les yeux et leur communiqua le résultat de sa profonde réflexion.

« Je suis navré, mais je ne peux vous venir en aide, mes fonctions me l'interdisent. »

Il demeurait aimable et serein dans son indiscutable refus. Lucie et Widley comprirent sans mal, par la sagesse et la bonté émanant de son être, les raisons faisant de lui le veilleur de la forêt, gardien de la prospérité et du bien-être de ses habitants. Mais, compte tenu de la menace que représentait Fenrhir pour chaque être vivant, ce refus fut une surprise. Tous reconnaissaient Lucie comme l'une des trois Élus et pourtant, pour la première fois, on lui refusait de l'aide.

« Non ? Mais pourquoi ? s'offusqua-t-elle

— Je comprends votre désarroi, mais, comme je viens de vous le dire, mes fonctions ne m'y autorisent pas. En tant que grand protecteur de la nature et de tout être vivant de cette forêt, je me dois de tout mettre en œuvre pour que chaque vie, minérale, végétale ou animale, puisse y demeurer en paix en prenant soin d'éloigner de mon mieux tout individu qui nuirait à cette pérennité. Je ne peux faillir à mon rôle sinon je ne mériterais plus le noble titre d'Arbre de Vie que l'on m'octroie.

— Et vous, qui vous protège ?

— Mon ami le Griffon est là pour veiller à ma sécurité. Il est vrai que, sans lui, je suis sans défense, mais je ne crains rien, car il ne me quitte que pour aller défendre la Cité lorsqu'elle est attaquée, ce qui se trouve être fort rare. »

Irminsul commençait à divaguer, s'éloignant peu à peu du sujet, volontairement ou non. Lucie n'en avait que faire et le rappela vite à l'objet de ses préoccupations.

« Tout cela est très intéressant, mais revenons, si vous le voulez bien, au sujet qui nous amène. Non pas que votre bonne santé ne nous intéresse pas, parce que si vous n'étiez pas là...

— Bon ! intervint Widley, sentant Lucie se perdre, elle aussi, dans ses propos. D'accord, vous êtes le protecteur de la nature. Mais je ne comprends toujours pas pourquoi vous refusez de nous aider. Après tout, cet abominable loup est aussi un ennemi de la forêt ! C'est un monstre, un démon assoiffé de sang !

— Je ne le sais que trop bien et je comprends parfaitement vos motivations à désirer sa mort. Il est cruel et impitoyable avec les êtres faibles qui ont le malheur de croiser son chemin. Il tue sans discernement. Toute la forêt le craint et souhaiterait le voir disparaître pour de bon. Mais il fait malheureusement aussi partie de cette nature que je protège et je ne peux donc pas vous révéler le secret qui vous permettrait de le tuer. Si je me refuse à lui offrir ma bienveillance, je suis contraint, tout au moins, à ne pas lui nuire. »

Les yeux au sol, l'air contrit, leur déception s'échappa dans un long soupir.

« Il est important que vous preniez conscience d'une chose, jeunes amis, reprit Irminsul. Le Mal ne peut disparaître et il est illusoire de le croire. Qu'on le veuille ou non, il participe au maintien de l'équilibre universel. Cela peut vous paraître étrange et même surprenant, c'est d'ailleurs une pensée des plus désagréables, mais on doit s'efforcer d'admettre que, d'une certaine manière, on a besoin de lui.

— Mais comment pourrait-on avoir besoin du Mal ? objecta Lucie.

— Il ne faut pas oublier que, sans lui, nous ne serions pas ce que nous sommes. Peu importe que l'on ait choisi de prendre le bon ou le mauvais chemin, le Mal fait partie intégrante de chacun de nous, on ne peut le nier.

— À vous entendre, on pourrait penser que vous avez, vous aussi, ce côté noir dans l'âme.

— Lorsque je n'étais qu'un arbrisseau, s'amusa-t-il, j'ai dû moi-même faire le choix de qui je voulais être et il m'arrive parfois d'avoir quelques moments de colère !

— Quoi qu'il en soit, on a fait tout ce chemin pour rien. »

Lucie sombra dans ses désillusions. Widley manifesta sa contrariété, imputant aux Nains le gaspillage de temps et d'énergie que leur coûtait le voyage infructueux jusqu'à Irminsul.

« La prochaine fois, accusa-t-il, on évitera d'écouter les conseils de personnes qui ne dépassent pas 1m20 ! »

Ses propos blessants piquèrent droit au cœur les petits guides, venus jusque-là avec l'unique désir de leur rendre service. Et pour quels remerciements ?

Le groupe, alors totalement désuni, s'apprêtait à tourner les talons et à reprendre la Route des Noisetiers lorsque le Griffon poussa quelques glapissements à l'intention d'Irminsul.
Le vieux chêne cligna de ses paupières d'écorce en signe d'acquiescement.

« Attendez, jeunes gens ! »

Irminsul se tut et attendit de les voir, tous les cinq, à nouveau devant lui.

« Je vous ai dit que je ne pouvais vous aider et je ne reviendrai pas sur ma décision. Mais mon compagnon vient de rappeler à ma mémoire quelqu'un qui pourrait le faire à ma place.

— Mais je croyais que vous étiez le seul à connaître ce secret ! contesta Widley, incrédule.

— Tout le monde le pense or, ce n'est pas tout à fait la vérité. Je dois dire que je fais tout pour le laisser croire, car mon amie n'aime guère être importunée. Mais, en réalité, nous sommes bien deux à le connaître.

— Et de qui s'agit-il ?

— Iléana, la reine des Fées, connaît, comme moi, le moyen de mettre un terme à la menace que représente le loup Fenhrir.

— La reine des Fées ? s'étonnèrent-ils, d'une seule voix.

— Ne soyez donc pas si surpris. Après tout, il s'agit là d'une des plus puissantes régentes de cette forêt ! »

Irminsul prit, à nouveau, un instant pour sonder ses propres pensées.

« Vos chers amis, que vous dédaigniez tout à l'heure, jeune homme, pourront vous conduire jusqu'à elle et son peuple si tant est qu'ils le désirent. Je crois donc qu'il serait judicieux de leur présenter vos excuses. »

S'il ne voulait voir les Nains les abandonner à leur pauvre sort et rentrer chez eux sans plus de formalité, Widley concéda à suivre la recommandation de l'Arbre de Vie. Il ravala sa fierté et s'excusa platement. Sans lui tenir rancune, les trois Nains acceptèrent. Les réconciliations rapidement conclues, Irminsul dispensa quelques dernières consignes.

« Lorsque vous vous trouverez en présence d'Iléana, dites-lui que vous venez de ma part. Maintenant, prenez l'une des plumes du Griffon. »

Nul n'osa s'approcher de l'animal. Durin et Neb encouragèrent leur camarade Motsogner à s'y risquer, le poussant vers la chimère. Le pauvre Nain grincheux grommela et s'avança prudemment. L'animal, presque docile, tendit une aile pour lui offrir l'une de ses plumes.D'un geste vif, Motsogner lui arracha sans précaution avant de s'éloigner en courant de peur de ne voir le Griffon se venger d'un coup de bec. Mais la bête n'eut pour lui qu'un œil sévère.

« Gardez précieusement cette plume, reprit enfin Irminsul. Vous la donnerez à Iléana en guise de preuve de votre bonne foi, ça ne sera pas inutile. »

Le sourire revenu sur les visages, ils remercièrent chaleureusement l'Arbre de Vie, à la sagesse sans faille.

« Au revoir et bonne chance. » leur souhaita-t-il enfin, scellant ainsi leur rencontre.

Son visage se figea et redevint l'écorce inerte trouvée à leur arrivée. Le Griffon se réfugia dans son feuillage et les quelques curieuses Dryades encore présentes disparurent à leur tour. Le camouflage était parfait. D'aucun n'aurait su dire, le découvrant ainsi, que l'arbre centenaire se trouvait être si extraordinaire.

CHAPITRE XXIII

Au petit matin, le réveil fut difficile pour José, couché sur un sol encore chaud et désormais humide. La pluie versée depuis l'aube ruisselait jusqu'à leur couche.

Levés et rassasiés de quelques denrées tirées de leur besace, ils reprirent leur introduction dans la forêt interdite.

Valandra connaissait parfaitement la montagne et ses abords pour y être née, y avoir grandit et s'en être nourrie au quotidien. Cependant, ses repères disparaissaient à mesure qu'ils s'enfonçaient davantage dans la forêt. Elle ralentit le pas, se montra plus hésitante sur la direction à prendre. José entreprit alors de diriger les opérations et lui passa devant.

Sa leçon d'escalade lui avait permis d'assimiler la position géographique de la montagne et des domaines l'environnant. Son orientation, dans ces lieux inconnus, ne s'en trouvait que facilitée.
José ne cessait de progresser et ses dons avec lui. Son odorat subissait une évolution et sa mémoire olfactive l'autorisait désormais à créer un lien entre les lieux qu'il traversait et les odeurs qu'il rencontrait. Ces mêmes odeurs lui offrirent de trouver les chemins à emprunter.

« Au fait ! interrogea-t-il. Pourquoi votre père dit-il de cette forêt qu'elle est interdite ? »

Valandra oublia, un instant, les recommandations de son père pour ménager le jeune Élu, se moquant bien de ses états d'âme. Il valait mieux le préparer aux périls qui les attendraient au cours de leur périple.

« C'est à cause des dangers dont elle regorge.

— Quels types de dangers ?

— Vous tenez vraiment à le savoir ?

— J'en sais trop rien, mais je préfère m'éviter de mauvaises surprises et vous attisez ma curiosité.

— Alors, sachez qu'on risque de rencontrer des créatures féroces et sans pitié. Je vous conseille donc de vous tenir sur vos gardes.

— C'est encourageant ! »

De tout ce qu'il lui avait enseigné, Calchas s'était bien gardé de lui révéler les détails des rencontres périlleuses mais, pour le moins, inévitables qu'il risquait fort de faire. Le vieux devin devait craindre de l'effrayer et de le voir refuser son destin.

José ne cessa alors d'observer son environnement. Et plus ils s'enfonçaient dans les bois, plus une étrange sensation l'envahissait. Le sentiment d'être observé devenait de plus en plus oppressant.

Attentif au moindre détail suspect, son attention se concentra enfin sur les frémissements du feuillage d'un arbre non loin d'eux. Des mouvements et bruits légers, imperceptibles aux sens ordinairement humains de Valandra.

Dans un mouvement d'une extrême rapidité, José ramassa une pierre et la jeta de toutes forces sur le point frémissant. Un être s'y trouvait caché et les observait. Sous le coup violent de la pierre, l'individu tomba de son perchoir. Il se releva, se tenant l'épaule, le visage crispé de douleur. Le curieux délogé ne semblait pas totalement humain. Certaines parties de son corps paraissaient étrangement difformes.

José et Valandra n'eurent pas le temps de s'en approcher pour l'interroger. Déjà, une dizaine d'êtres semblables, hommes et femmes, les encerclaient. Leurs oreilles pointaient haut vers le sommet de leur tête quand leur nez s'allongeait en finesse. Leurs cheveux courts confondaient les deux sexes et leur physique filiforme offrait une impression de légèreté lorsqu'ils se déplaçaient.

Ils surgissaient de cachettes situées dans les arbres, les buissons ou parfois même d'une trappe dissimulée sous la végétation.

Les personnages ne paraissaient guère accueillants, menaçant José et Valandra de leurs arcs, armés pour tirer. José tenta un échange diplomate, mais ce fut peine perdue.

« Calmez-vous ! Je suis navré de vous avoir blessé, mais j'ai cru qu'un animal allait nous agresser !

— Qui êtes-vous et comment avez-vous fait pour le toucher ? rétorqua l'une des femmes. Nos réflexes sont, d'ordinaire, supérieurs aux vôtres, pauvres humains. Il aurait dû pouvoir éviter votre attaque.

— J'ai sûrement eu de la chance ! mentit José. Écoutez, nous ne sommes pas vos ennemis. Tout ce que nous voulons, c'est traverser cette forêt et gagner la Cité, sains et saufs. »

Tant qu'il restait incertain de se trouver face à des ennemis ou de potentiels alliés, il préférait taire le secret du médaillon et le garda précieusement caché sous sa chemise.
La femme semblait être le chef du groupe. En écoutant ses paroles, un rictus se dessina sur ses lèvres.

« Si vous croyez vraiment arriver vivants à la Cité, c'est que vous connaissez bien mal ces territoires. Qui plus est, vous avez commis un acte passible de châtiment en agressant l'un des nôtres. Notre reine seule pourra décider de votre sentence.

— Qu'est-ce que c'est encore que cette histoire ? C'est vous qui nous menaciez, cachés dans les arbres !

— Nous ne faisions que vous observer pour nous assurer que vous ne représentiez pas un danger. Il est clair, maintenant, que c'est le cas, c'est pourquoi vous devez être jugés. »

Sans plus de formalité, José et Valandra furent contraints d'avancer pour suivre les êtres humanoïdes. Afin qu'ils ne puissent retrouver le chemin qui menait à leur souveraine, les créatures aux oreilles pointues leur bandèrent les yeux. Ils ignoraient, alors, tout des facultés de José qui mémorisa chaque pas, chaque odeur, chaque sensation en prévision d'une évasion si elle s'avérait nécessaire.

Des branches au sol cédaient sous leur poids manquant souvent de les faire choir, des brindilles craquaient sous leurs pas, le terrain était accidenté. Privée de vision, la forêt leur semblait semblable à n'importe quelle autre au détail près d'une crevasse géante qu'ils les poussèrent à traverser.
Attirée par le vide et déséquilibrée par un sol glissant, Valandra tomba et alla rouler au fond de la fosse. À l'appel de ses gémissements, José s'empressa de la secourir, mais leurs détenteurs s'y opposèrent. Il n'osa se débattre. Il serait parvenu, sans mal, à les maîtriser, mais il ignorait s'il pourrait les contenir suffisamment pour paraître juste un peu plus fort que la moyenne. Valandra dû se relever seule, sous la surveillance des arcs.

Les humanoïdes marchaient vite et les pressaient de faire de même sans se soucier de la peine que partageaient José et Valandra, privés de leur sens. Là, une pierre les fit trébucher, ici, une branche leur fouetta le visage. Comme ils progressaient, José perçut à peine le son des pas de leurs ennemis. Il semblait que leur poids n'avait aucune incidence sur la couverture boisée.

Lorsqu'ils leur ôtèrent, enfin, leur bandeau, ce fut pour les mettre en présence de leur reine après une longue marche.

« Soyez les bienvenus, étrangers, si vos intentions envers nous sont bonnes. Je suis Alcania, reine des Elfes. »

Devant eux se tenait une jeune femme à la beauté éclatante. Contrairement à ses semblables coiffés de cheveux courts et bruns, une flamboyante crinière dorée se mêlait à sa robe de voiles virginaux.

La chef des troupes elfes pressa vigoureusement José et Valandra de s'agenouiller devant leur reine.

Alcania porta immédiatement son attention sur José et ne s'en détourna plus. Il sentit son emprise le gagner. Elle tentait de lire en lui de son regard pénétrant, presque hypnotisant et s'approcha de lui pour le jauger minutieusement.

« Je sens chez toi quelque chose de particulier, lui adressa-t-elle. Quelques don cachés. Il en faut bien tant pour accomplir l'exploit que tu as réalisé en blessant l'un de mes sujets ! Sois sans crainte, tu peux te confier à moi.

— Sans vouloir vous offenser, face à l'accueil que votre armée nous a réservé, permettez-moi d'en douter !

— Nous n'avons jamais vu un humain capable d'une telle prouesse. Comprends, alors, que nous puissions te craindre. Mais je te crois quand tu dis ne pas être notre ennemi. Rien de mauvais n'émane de toi. Au contraire, je sens une sorte de magie puissante et bienveillante qui te protège.

— J'imagine que si vous aviez eu l'intention de nous tuer, ce serait déjà fait alors, je vais vous montrer ce qui me donne ces pouvoirs. »

Confiant, José sortit son fragment d'amulette. Alcania sourit simplement.

« Vous ne semblez pas surprise ? s'étonna-t-il.

— Dès ton arrivée, j'ai compris qui tu étais. Un humain ordinaire n'aurait jamais senti la présence d'un Elfe et serait moins encore parvenu à le toucher avec une simple pierre. Mais il fallait que tu aies confiance en moi pour me dévoiler, toi-même, ton secret.

— Que savez-vous de ce médaillon ?

— Rien de plus que ce que l'on a déjà dû t'en dire. Tu as déjà commencé ta quête n'est-ce pas ? Et tu espères retrouver celles qui portent les deux autres tiers ?

— Comment savez-vous tout ça ?

— Je suis reine des Elfes, mais on me nomme aussi Alcania la clairvoyante. J'ai le don de voir les événements importants du passé, du présent et du futur. Mais ne me demande pas ce qui va t'arriver. En ce qui te concerne, je ne peux le dire car un voile aveugle mon esprit.

— Dites-moi au moins si cette quête sera vaine ou si nous avons une chance de réussite !

— Toi et tes compagnes ne serez pas seuls pour affronter le Grand Vagnard. Vous recevrez l'aide d'amis fidèles. Restez unis, ce sera votre plus grande force. Lorsque le moment sera venu, vous devrez ne faire qu'un et de cette union naître la victoire. Dans le cas contraire, ce sera l'échec qui scellera votre perte et transformera à jamais notre monde. »

Le regard brumeux, Alcania sembla se perdre dans quelques sombres pensées. Présages ou visions, il n'en su rien. Leur avenir restait trouble, mais quelle était cette force qui s'opposait aux pouvoirs d'Alcania comme elle le fit pour la vasque divinatoire de Calchas ?

La souveraine mit un terme à la conversation. Elle ne pouvait leur en apprendre davantage et leur temps était précieux. Elle ordonna, à deux sujets de sa garde, d'escorter José et Valandra hors des bois.

« Thydie et Fégus vont vous conduire jusqu'à l'orée de la forêt interdite. Elles assureront votre protection jusque-là. Après ça, vous serez à nouveau livrés à vous-mêmes. Il vous faudra trouver un moyen de traverser sans danger la mer fermée, mais je ne doute pas de vos compétences pour le trouver. Faites bonne route et retrouvez vite vos amies. »

Fégus, chef de l'armée Elfe, secondée de Thydie la guerrière, courbèrent l'échine devant leur reine et se postèrent aux côtés de leurs, désormais, protégés.

Les trois femmes et José quittèrent, sans attendre, le domaine elfique. Ils préféraient éviter de déambuler en pleine forêt la nuit tombée.

Fégus et Thydie jamais ne discutaient un ordre de leur reine, mais leur exécration des humains leur rendait la tâche pénible.

« Qu'est-ce qu'Alcania entendait par Grand Vagnard ? s'aventura José.

— C'est un terme elfique qui signifie Sorcier, répondit l'austère Fégus. Regardez autour de vous. Si l'on ne fait rien pour l'arrêter, tout ce que vous voyez ici mourra ! »

José considéra les bois, un instant. Aussitôt, La forêt réveilla en lui de bien désagréables souvenirs. Celle dans laquelle il n'aurait jamais dû mettre les pieds avec ses cousines se rappela à lui. Celle sans qui tous ces désagréments ne seraient restés que fiction.

Bien que pourvu de dons, la crainte de s'égarer persistait à le hanter. D'autant plus en des lieux peuplés de bien des entités autres que de simples animaux sauvages.

« Vous êtes sûr de savoir où vous nous emmenez ?

— N'ayez aucune inquiétude, je connais la forêt comme le creux de ma main. N'oubliez pas que j'y vis !

— Excusez ma méfiance mais, la dernière fois qu'on m'a dit ça, j'ai été aspiré dans une boîte ! »

Les trois femmes le dévisagèrent sans comprendre le sens de ses paroles.

« Laissez tomber. C'est une longue histoire. »

Alors qu'ils se trouvaient proches de la lisière, les bois ne

tardèrent pas à s'assombrir. Le crépuscule s'annonçait tout proche. Soudain, Fégus et Thydie s'immobilisèrent en armant leur arc. José eut beau étudier le périmètre, rien de menaçant, justifiant ce comportement subit, ne le frappa.
Bien que la menace lui restât invisible, José remarqua toute autre chose. Depuis quelque temps déjà, une odeur nauséabonde, semblable au vieux bouc mêlé à la fange, venait lui chatouiller l'odorat. Il se souvint l'avoir senti déjà, alors qu'il contemplait les paysages du haut de la montagne. Cette odeur ne faisait que s'amplifier à mesure qu'ils avançaient.
Les Elfes ne la connaissaient que trop bien pour la savoir appartenir à l'un de leurs plus terribles ennemis.

« Qu'est-ce que c'est que cette odeur qui flotte dans l'air ? interrogea José, ignorant encore son origine.

— Ce que tu sens, c'est la puanteur des Trolls ! Ils sont très habiles pour le camouflage, mais leur odeur pestilentielle les trahit toujours.

— Apparemment, vous ne les aimez pas beaucoup !

— Les Trolls sont des êtres lâches et stupides. Ils ne répondent qu'à leurs instincts primaires et sauvages.

— À en croire l'intensité de cette puanteur, en déduit Valandra, je crois qu'on est encerclés !

— Tenez-vous prêts à vous défendre ! »

José, Valandra et les deux Elfes se postèrent dos à dos, assurant ainsi leurs arrières et adoptant un plan de défense adapté pour répondre au nombre caché dans l'ombre, prêt à les assaillir d'un instant à l'autre.
Un craquement, venu d'en haut, brisa le silence des bois. José eut à peine le temps de lever les yeux, qu'une masse velue s'écrasa sur lui comme un poids mort. La bête, qui le martelait déjà de coups de poing, fut brutalement repoussée par les bottes de sa victime.
À peine se trouvait-il à nouveau sur pied, qu'il fut, une seconde fois, fauché par une bête s'extirpant de sous le sol.
De petite taille, les créatures se montraient rapides et possédaient une force surnaturelle. José croisa leurs petits yeux noirs animés de bestialité. Il comprit rapidement les raisons pour lesquelles Fégus les traitait de lâches. À présent, face à eux, les menaçaient non pas

quelques Trolls mais une multitude surgissant de partout.

Les guerrières Elfes se débattirent avec nombre d'entre eux, tout comme Valandra qui s'épuisait au combat. José vint alors lui porter secours et, bien que sa force et sa rapidité lui permirent de repousser ses attaquants, rien ne les dissuadaient. Ils s'entêtaient encore et encore, infatigables, revenant à la charge sans relâche.

Jusque-là, José avait préféré combattre à mains nues, espérant que sa seule force suffirait à décourager les Trolls. Il n'était pas de nature à nuire, mais la situation ne lui laissait d'autres choix que de se défendre autrement qu'avec ses poings. Il libéra, de son fourreau, son épée et ôta la vie aux créatures sanguinaires qui osaient encore l'approcher et n'auraient de cesse que lorsqu'elles auraient causé leur mort.

L'un des Trolls parvint, pourtant, à l'atteindre suffisamment pour empoigner son médaillon à l'instant où son épée vint le transpercer. Il poussa un cri de douleur infernal lorsqu'il sentit la brûlure de l'amulette sur sa paume avant de rendre l'âme, les tripes à l'air.

Face à ce spectacle, les rescapés du carnage prirent la fuite et la meute se dispersa.

« Est-ce qu'il y a encore beaucoup de surprises comme celle-là par ici ? s'enquit José, à peine essoufflé mais pour le moins secoué.

— Nous devrions être tranquilles maintenant. Vous leur avez fait très peur avec votre magie.

— Mais d'où ils viennent et comment on peut être aussi moche ?

— Leur apparence hideuse reflète la noirceur de leur âme. On raconte qu'avant de devenir ces créatures cruelles, les Trolls étaient des êtres magiques, mais leur désir de faire le mal a fini par les mener à être maudits et transformés en ce qu'ils sont aujourd'hui. À se conduire comme un monstre, on devient un monstre ! »

Il leur fallut un moment avant de se remettre de leurs émotions, mais ils durent vite reprendre la marche. Le soleil couchant ne leur en laissait guère le choix.

La lisière toute proche fut rapidement atteinte. La faible clarté du jour mourant perça les arbres clairsemés. Là s'arrêtèrent Fegus et Thydie.

« C'est ici que nous devons vous laisser. Il serait dangereux pour nous d'aller plus loin. Vous trouverez une plage en sortant de la forêt et vous pourrez y passer la nuit. Mais gardez-vous bien de vous endormir trop près des flots.

— Dites-nous comment on pourra traverser la mer fermée !

— Demain, à l'aube, vous saurez. Ne laissez pas le Grand Vagnard transformer notre monde en royaume des ténèbres, nous vous en prions ! »

Sur ces paroles bien énigmatiques, les guerrières Elfes firent leurs adieux d'un salut respectueux avant de disparaître, sans bruit, dans les bois.

José et Valandra marchèrent quelques centaines de pas avant de gagner la plage de sable gris. Le choc des rencontres terribles et incroyables les tenait silencieux.
Épuisés, ils se trouvèrent vite un endroit où se reposer et passer la nuit. Gardant à l'esprit que l'eau pouvait, elle aussi, se montrer hostile, ils trouvèrent refuge derrière un rocher reposant aux pieds de la forêt interdite.

CHAPITRE XXIV

Marie s'éveilla en sursaut. Elle s'échappait d'un mauvais rêve. Cette dernière nuit n'avait été animée que de cauchemars. Elle demeurait obsédée par l'attaque des harpies, l'abandon du Griffon et l'échec de son piège.
À peine sortie du lit, sans prendre le temps d'un petit-déjeuner, elle retourna à la bibliothèque du Sage et consulta, à nouveau, tous ses ouvrages. Jox, déjà présent, ne comprenait pas cet entêtement.

«Vous perdez votre temps à plonger le nez dans ces grimoires. Nous devons trouver autre chose pour chasser les harpies.

— Vous l'avez dit vous-même. Mon piège était une bonne idée. J'ai juste sous-estimé nos ennemies. Il y a forcément quelque chose qui peut être amélioré et qui le rendra plus efficace.»

Marie lisait, traduisait, déchiffrait toujours plus vite les ouvrages. C'est alors que son visage s'illumina comme instruit d'une révélation.

«Mais bien sûr ! J'ai trouvé la solution ! »

Yzhi, occupé à ses potions, admirait tant de persévérance. Se limitant, jusqu'alors, à de l'observation, il finit par se montrer curieux.

« Qu'avez-vous trouvé ma chère ?

— J'ai trouvé le moyen de calmer ses furies au moment où elles seront prises dans le filet. Il suffit d'empoisonner la corde avec laquelle il sera confectionné !

— L'empoisonner ? Mais comment comptez-vous faire ?

— En utilisant des plantes paralysantes ! Il en existe plusieurs dont les propriétés attaquent le système nerveux. Je compte m'en servir pour en recouvrir les mailles du filet ainsi, plus elles se débattront et plus le poison fera effet.

— Ces plantes peuvent s'avérer mortelles !

— Je le sais Yzhi, mais je n'ai pas l'intention de tuer les harpies, juste de les paralyser suffisamment longtemps pour pouvoir les emprisonner le temps que le Griffon puisse à nouveau venir vous protéger. Leur peau est suffisamment épaisse pour leur éviter l'absorption de trop de poison.

— L'idée ne semble pas mauvaise or, je ne possède pas de telles plantes dans mes armoires. Il faudrait que vous vous rendiez dans la plaine pour en trouver, mais c'est très risqué pour vous !

— Il n'y a malheureusement pas d'autres solutions. Ces mégères n'ont pas encore fait de victimes humaines, mais la prochaine attaque pourrait causer bien plus de mal que les précédentes et je refuse d'en être témoin alors que je connais le moyen de l'éviter.

— Puisque vous semblez décidée, nous ne pouvons vous retenir. Vous devrez cependant prendre certaines précautions pendant votre cueillette. Il ne faut pas que votre peau soit en contact avec la sève de ces plantes sous peine d'en être vous-même la victime.

— C'est compris. Il ne me reste qu'à savoir où je peux en trouver.

— Ces plantes poussent en général près des points d'eau ou dans les lieux rocailleux.

— Saurez-vous seulement les reconnaître ? critiqua Jox

— J'ai mémorisé leurs images en feuilletant les grimoires et je suis sûre de ne pas me tromper. »

Toute à son idée de piège, une inquiétude la hantait néanmoins.

« Savez-vous si ma sœur et mon cousin seront bientôt là ?

— Mes runes restent, hélas, toujours muettes. Je ne sais quel sort les rend aveugles, mais il existe un autre moyen, pour vous, de savoir où en sont vos amis dans leur voyage. Vous pourrez profiter de votre sortie pour rencontrer les Grées. Ce sont trois sorcières diseuses de bonne aventure qui se cachent dans une grotte au-delà de la colline. Mais il vous faudra faire preuve d'ingéniosité pour obtenir d'elles ce que vous désirez savoir.

— Je pense qu'il vaut mieux que je parte tout de suite. Je n'aurai pas trop de la journée pour accomplir tout ça.

— Tenez, prenez ces gants de lin, ils vous protégeront des poisons. »

Marie emporta avec elle une besace dans laquelle elle rangea les gants et une serpette qui lui seraient bien utiles pour sa récolte.

Comme elle se trouvait devant l'énorme porte de la Cité, son coeur s'emballa. Elle ignorait quels autres périls l'attendaient, peut-être, au-dehors et quel était ce mal qui empêchait les runes de parler.

« Je serai de retour avant la nuit, promit-elle en passant de l'autre côté après une grande inspiration.
— Soyez prudente jeune Élue ! Soyez très prudente ! »

Yzhi cachait difficilement l'angoisse qui le tiraillait. Nul doute que Ramalack avait déjà envoyé un tueur sur les traces de Marie et rien ne pourrait la protéger à l'extérieur de la Cité, pas même le médaillon tant qu'il restait incomplet.

———

Marie connaissait déjà la route qui menait à la colline, mais elle serait longue avant de pouvoir l'entrevoir.

Chemin faisant, elle profita de l'excursion pour cueillir les plantes médicinales dont manquait Karla, la vieille guérisseuse. En bonne élue, elle n'oubliait aucun de ses devoirs ni promesses. La plaine se révéla être une véritable réserve naturelle, riche et abondante.
Marie y trouva toutes sortes de fleurs et de plantes. Elle se surprit à en reconnaître chacune d'elles, elle qui, pourtant, n'avait jamais porté grand intérêt à la phytothérapie.
Elle choisit de ne prendre que les plus rares et les plus efficaces afin de garder, dans sa besace, la place nécessaire à celles qui serviraient son piège.

Comme elle la garnissait, elle finit par atteindre, sans s'en apercevoir, la colline. Elle entreprit de la gravir dans l'intention d'inspecter son environnement et tenter de trouver le repaire des Grées.

Mais, alors qu'elle grimpait, un ennemi invisible l'attaqua. Quelque chose la fit tomber et, chaque fois qu'elle se relevait, la bousculait de nouveau. La chose était petite, suffisamment pour se dissimuler dans les hautes herbes. Seul un ricanement en était perceptible. Il lui sembla, un instant, qu'il s'agissait peut-être même de plusieurs petits agresseurs d'une extrême rapidité.
À la suite de chutes répétitives, Marie finit par perdre patience.

« Sales petites pestes ! Attendez un peu, si je vous attrape ! »

Une bruine se mit alors subitement à tomber, faisant mystérieusement cesser les agressions. Marie ne s'en interrogea pas davantage.
Le sommet gagné, elle aperçut immédiatement la petite grotte recherchée. De ce côté de la dune verdoyante, la plaine disparaissait laissant place à la tristesse de la lande.

À grandes foulées, elle dévala le mont, devenu sec et rocailleux, sautant parfois au-dessus de roches, et se rapprocha de la grotte.

Près de là, un filet d'eau circulait entre les pierres avant de disparaître dans les terres. Marie y découvrit, ravie, la plante tant convoitée.

« De la ciguë ! C'est exactement ce qu'il me fallait ! »

Elle enfila les gants de lin avant de couper les quelques plants présents, d'autant plus précieux qu'il s'en trouvait peu. Elle prit soin de les ranger à part des autres plantes déjà récoltées afin qu'ils ne puissent les contaminer.

Une fois le trésor bien à l'abri, Marie gagna l'entrée de la petite caverne, creusée dans la masse d'un énorme rocher, isolée de toute vie. Sa situation d'isolement, à l'écart de toute montagne, sans attache à quelques monts rocheux, faisait sa particularité.

Une chaleur et une pâle clarté se dégageaient des entrailles de la bouche béante, assurant une présence. Marie perçut également des murmures, des incantations à peines audibles.
Dans un geste inconscient, elle empoigna son fragment d'amulette, pour se donner courage, et pénétra dans la cavité rocheuse. L'antre peu profond la mit, immédiatement, face à trois vieilles femmes réunies

autour d'un chaudron bouillonnant. D'une laideur presque insoutenable, les orbites dépossédées de leurs yeux, les trois sorcières demeuraient aveugles.

Marie les observa, sans bruit, et ne tarda pas à remarquer que l'une d'elles tenait un oeil. La sorcière le passa à une autre qui vint le loger dans l'une de ses orbites évidées.

« Qui va là ? » interpella cette dernière.

La vue retrouvée, grâce à l'œil mobile, la sorcière se trouvait, désormais, en mesure de voir Marie se tenant face à elle. Les deux autres, demeurant aveugles, surprises et inquiètes, s'enquièrent de l'événement.

« Quoi ? Qu'y a-t-il Enyo ?
— Que se passe-t-il ? »

Marie resta muette tandis qu'elle les dévisageait. Le visage de deux d'entre elles se fendait d'un sourire complètement édenté quand la troisième ne possédait qu'une unique dent en bouche. Marie n'osa imaginer les trois sorcières faire avec cette dent de même qu'avec leur précieux globe.

La prénommée Enyo passa l'œil aux deux autres qui se le disputèrent pour voir, chacune à leur tour, qui osait se présenter devant elles.

« Qui es-tu ?
— Mon nom ne vous servirait pas à grand-chose. Je viens vous voir, car j'espère obtenir une réponse à une question.
— Et pourquoi donc mes sœurs et moi t'aiderions-nous ? »

Il semblait évident que les Grées n'étaient pas sorcières à aimer rendre service. Cependant, Marie gardait à l'esprit les paroles du Sage. Il fallait faire preuve d'ingéniosité, avait-il dit, si elle voulait obtenir d'elles des informations sur ses proches.

« Très bien. Vous ne me laissez pas le choix ! »

Comme l'oeil changeait encore de main, Marie se précipita pour leur subtiliser.

« Où est-il, où est notre œil ?
— Dino, c'est toi qui l'as ?
— Non, c'est moi qui te l'ai donné tout à l'heure Péphrédo !
— Il est peut-être tombé dans le chaudron !
— Pauvre sotte ! Qu'allons-nous devenir sans lui ?

— Ne vous affolez pas mesdames, rassura Marie, prise de pitié. C'est moi qui ai votre œil.
— Sale petite voleuse ! Rends-le nous !
— Je vous le rendrai à une seule condition. Vous devrez d'abord répondre à la question que je suis venue vous poser.
— Mais nous avons besoin de notre œil pour cela !
— Ne vous moquez pas de moi ! Vous êtes sorcières, faites donc appel à vos talents pour voir ce qui est invisible ».

Marie savait pertinemment que l'oeil ne leur était nullement nécessaire pour voir l'avenir et que, une fois restitué, elle n'obtiendrait plus rien d'elles.

« D'accord. Poses-nous ta question.
— Deux proches parents sont arrivés avec moi ici, mais nous avons été séparés. Je voudrais savoir où et quand je pourrai les revoir. »

Sans rien ajouter, les Grées mélangèrent le liquide fumant de leur chaudron, à l'aide d'un grand bâton, en y jetant quelques ingrédients mystérieux. Puis, elles entamèrent un discours presque énigmatique, dans un rythme saccadé où chacune s'exprima à la suite de l'autre comme trois esprits n'en formant qu'un. À chaque prédiction, elles jetaient un nouvel ingrédient et ne cessaient jamais de remuer leur soupe immonde.

« Un garçon très fort traversera les flots...
— Une jeune fille puissante traversera les airs...
— L'union sera si tu sais être patiente...
— Un terrible danger vous poursuit tous les trois...

— Quel est ce danger ? coupa Marie.
— Il sera bientôt là pour toi ! »

Toutes trois se fendirent d'un large sourire édenté. L'annonce de cette nouvelle les réjouissait, à ne pas en douter. Marie en fut terrifiée.

« Nous t'avons dit ce que nous avons vu...
— Maintenant, rends-nous notre œil...
— Et va-t-en !
— Je n'ai qu'une parole, concéda Marie. Voici votre œil en guise de remerciements. »

Marie n'en exigea pas davantage, bouleversée par l'avertissement du danger imminent qui la guettait. Elle ne saisissait pas encore tout le sens de leurs paroles, mais comptait bien en discuter plus tard avec le Sage. Sans doute, l'aiderait-il à y voir plus clair. Elle quitta les trois vieilles sorcières, les laissant se disputer le précieux œil.
Marie se pressa de gravir la colline à revers, impatiente de regagner la sûreté des palissades de la Cité.

Comme elle descendait le versant herbeux, elle fut ralentie, une fois encore malmenée par les petits êtres vicieux camouflés dans l'herbage. Cette fois, elle entrevit l'un d'eux, tandis qu'il se faufilait parmi les brins, et leurs regards se croisèrent. Les petits génies des plaines, barbus, velus, cornus, aux pattes de bouc et affublés de grandes oreilles, n'appréciaient guère être démasqués.
L'œil mauvais, l'expression grimaçante n'annonçaient rien de bon pour elle.
Marie se leva en vitesse, mais n'eut le temps de faire qu'un pas. Déjà, une nuée de ces petits êtres malveillants se ruait sur elle pour l'agresser avec bien plus de violence.
De nouveau, la pluie se déversa et les méchants bonshommes stoppèrent instantanément leurs coups. Dans cette bruine, apparurent des nymphes, toutes complètement nues. Au nombre de sept, leurs corps divins se perlaient de la pluie tombant de par leur simple volonté. Autoritaires, elles ordonnèrent aux gnomes de cesser leurs agissements. Ils obéirent, honteux, et s'enfuirent en grommelant.

« Nous savons qui tu es, jeune Élue, s'adressa enfin, l'une

d'elles, à Marie. Pardonne à nos frères les Faunes d'avoir manqué d'égards envers toi, mais ils aiment taquiner les humains et ne supportent pas d'être vus.

— Quel caractère ! Ils ont bien failli me tuer ! Mais vous, qui êtes-vous ?

— Je suis Aesylé et voici mes sœurs Ambrosia, Cléia, Coronis, Eudore, Phaeo et Phaesylé.

— Nous sommes les Hyades, nymphes de la pluie, et nous sommes venues là pour t'aider.

— Je vous en remercie. Vos petits frères sont de vraies brutes.

— Il n'y a pas que de nos frères, les Faunes, dont tu dois te méfier. Tu cours un bien plus grand danger en ce moment même.

— Mais de quoi s'agit-il ?

— Fenhrir arrive. Il sera bientôt là !

— Mais qui est Fenhrir ?

— C'est le monstre diabolique que Ramalack a envoyé pour te tuer.

— Il est cruel et sans pitié. Tu dois te hâter pour te mettre à l'abri dans la Cité. »

L'une des Hyades s'approcha de Marie, confiante, et posa une main sur sa tête. Dès l'instant où elle la toucha, Marie se sentit envahie d'une brève mais intense chaleur.

« Que m'avez-vous fait ?

— Je t'ai offert un présent. Tu en profiteras très bientôt. »

Les Hyades s'évanouirent, ensuite, se mêlant à la pluie qui ne cessa plus de tomber.

Marie s'empressa de rejoindre la Cité. Elle courut à en perdre le souffle. Sa poitrine s'écrasait sous le poids de la terreur que le monstre, en marche pour l'abattre, faisait naître dans ses entrailles.

Posté au sommet du mirador, Jox guettait patiemment son retour, sur ordre de son maître.

Comme elle se présentait aux portes, haletante, elle l'implora de lui les faire ouvrir au plus vite.

« Laissez-moi entrer, s'il vous plaît !

— Qui me prouve que vous êtes bien celle que vous prétendez ? dénia-t-il, de mauvaise foi.

— Mais voyons, je ne prétends rien ! Vous voyez bien que c'est moi ! Et regardez, j'ai même le médaillon !

— Il s'agit peut-être d'une ruse. Certains sorciers peuvent prendre l'apparence qu'ils veulent. Quant à votre médaillon, rien ne me prouve qu'il s'agisse bien de l'authentique !

— Ne soyez pas stupide et dépêchez-vous de me faire entrer. Je crois que je suis poursuivie.

— En ce cas, répondez à une nouvelle énigme, que je vais vous poser, et j'ordonnerai l'ouverture des portes !

— Faites vite alors !

— Écoutez ceci : si tu sais sauter haut et être très rapide, attrape-moi et sers-toi de mon habit pour écrire mon nom. Dis-moi qui suis-je. »

L'esprit plus vif, Marie prit à peine le temps de se répéter la devinette pour donner sa réponse. Sa vivacité stupéfia le disciple.

« Je crois qu'il s'agit de l'oiseau. C'est bien ça n'est-ce pas ?

— Félicitations, c'est exact, dut-il concéder, interdit par sa vivacité d'esprit. Vous pouvez entrer.

— Trop aimable! »

Dès lors que les énormes portes se refermèrent lourdement derrière elle, le temps prit un autre visage. La pluie arrosait toujours doucement la contrée, mais le ciel s'obscurcit subitement comme à l'annonce d'un violent orage.

« Il est déjà là !

— Qui cela ?

— Un assassin, à la solde de Ramalack, chargé de me tuer !

— Mais de qui donc s'agit-il ?

— Je crois qu'on ne va pas tarder à le découvrir. »

Elle ne fit pas erreur. Jox rejoint en haut du mirador, ils contemplèrent ensemble l'altération du ciel, attendant de voir ce que les

nuages noirs amèneraient avec eux.
Les perturbations du climat alertèrent, immédiatement, Yzhi le Sage. Il se précipita jusqu'aux portes pour y retrouver, l'espérait-il, Marie encore sauve.

« Il vous a trouvée !

— De qui s'agit-il, Maître ?

— Fenhrir, le mal incarné ! Le Grand Sorcier vous a envoyé son plus redoutable serviteur.

— Que devons-nous faire ? s'affola Marie.

— Il faut vous cacher sans tarder. Je m'occupe de notre visiteur indésirable. »

Marie courut se réfugier dans la demeure du Sage. Yzhi semblait bien connaître l'ennemi qui ne tarderait pas à se présenter aux remparts de la Cité. Peut-être trop bien même.

Les nébulosités gagnèrent, rapidement, du terrain. Aussi vite, s'approcha le sinistre visiteur.

Du haut du mirador, Yzhi accueillit le monstre sans prendre la peine de feindre l'étonnement ni de se perdre en politesses hypocrites.

« Quelle est la raison de ta venue, Fenhrir ?

— Tu la connais, vieux Sage. Je sais qui se cache derrière les remparts de ta cité. Ne me fais pas perdre mon temps et fais ouvrir ces portes !

— Pour la sûreté de mes citadins, ces portes resteront closes, Fenhrir. Mais, ce serait te faire affront que de prétendre en être navré.

— Je n'ai que faire de ces paysans ! Livre-moi la fille et j'épargnerai le reste de la population !»

La conversation se déroulait sous les yeux de gardes médusés. S'ils ne connaissaient si bien leur Sage, ils l'auraient pensé fou. Le dialogue bien étrange ne leur paraissait qu'un monologue auquel s'adonnait le vieil homme face à un loup énorme et terrifiant. À leurs oreilles, les seules réponses obtenues n'étaient que grognements haineux.
Mais le démon communiquait d'une tout autre façon. Seul un esprit initié, tel que celui du Sage ou de son disciple, parvenait à pénétrer

celui de l'animal.

Doué de parole télépathique mais nullement de patience, Fenhrir ne tolérait aucun refus.

« Je suis navré, mais tu as fait un bien long chemin pour rien. Il te faudra rentrer bredouille auprès de ton maître, car jamais tu ne poseras un seul de tes crocs sur cette enfant !

— Me prends-tu pour un chien ? grogna-t-il. Tu ne devrais pas me provoquer vieillard. Tu vas vite le regretter.

— À voir le mal que ton maître se donne pour faire disparaître cette jeune personne, il semblerait que vous ayez plus à craindre que nous tous ici !

— Tu ne pourras pas la garder à l'abri très longtemps » souffla-t-il avant de capituler provisoirement.

L'ignoble Loup possédait la force nécessaire pour briser le bois de l'épaisse porte protectrice, toutefois, il aurait manqué de discernement en s'attaquant à toute une cité, emplie de paysans bien armés et déterminés à le voir mort. Fenhrir essuya donc l'échec et se replia en soufflant de rage. Il disparut de l'horizon aussi vite qu'il était venu, emportant avec lui les sombres nuages qui l'avaient précédé.

Une fois assurés le Loup n'être plus une menace imminente, Yzhi et Jox se hâtèrent de rejoindre Marie. Ils la retrouvèrent prostrée sur une chaise, terrifiée. Le talent qu'ils partageaient, leur permettant un dialogue avec Fenhrir, ne leur était pas dédié. Le médaillon, que portait Marie, ouvrait son esprit et lui avait permis d'entendre, elle aussi, les pensées de Fenhrir.

« Vous avez tout entendu, n'est-ce pas ? comprit Yzhi, à ses traits apeurés.

— Je ne suis pas autant en sécurité, ici, que j'aurai pu le penser. »

CHAPITRE XXV

Irminsul laissé à son état d'arbre endormi, Lucie et son escorte avaient entamé une marche interminable.

Depuis peu, la nuit les enveloppait tandis que le crachin continuait de les tremper. L'unique lanterne éclairant, désormais, leur chemin, crépitait sous les gouttelettes dégoulinant des arbres.

Suite aux paroles blessantes de Widley à leur égard, les Nains se montrèrent moins enjoués et loquaces qu'au départ de leur village. La traversée sylvestre s'accomplissait dans un silence pesant, mais le mutisme collégial fut brisé. Sans préambule, un spectacle, d'une pure beauté, s'offrit à leurs yeux. L'inattendu provoqua un émerveillement collectif.

Au détour d'un buisson, ils se trouvèrent face à un mur de végétation scintillant de toute part, piqué de milliers de lucioles étincelantes envahissant chaque arbuste.

« L'arbre au Mille Lumières !!! » s'exclama Durin.

La porte vers le royaume des Fées souvent était contée aux enfants Nains. Désormais face à elle, Durin et ses compagnons saisissaient tout le sens de cette légende.

Les petits êtres lumineux ne semblaient guère dérangés par leur présence. Afin de mieux les observer, ils s'approchèrent. Il ne s'agissait pas là d'insectes, mais de minuscules personnes au corps translucide, luisant de l'intérieur.

Lucie surprit l'une d'entre elles qui finit par quitter le nid pour graviter autour de la curieuse et tenter de l'identifier.

Lucie, coutumière de ces agissements, laissa la créature magique l'observer sans rébellion. Ses compagnons, alors simples observateurs, furent ensuite, à leur tour, sujets à examen.

Ses investigations achevées, la luciole s'engouffra dans les buissons pour y disparaître. L'instant suivant, elle revint accompagnée d'une minuscule femme ailée à la peau de nacre.

« Que venez-vous faire ici ? » s'indigna la porte-parole royale.

La fée hautaine n'attendit pas de réponse à sa question et se tourna vers les Nains.

« Vous savez que les humains n'ont pas le droit de venir jusqu'à notre royaume, alors pourquoi les y avoir conduit ? » les réprimanda-t-elle sévèrement.

Epuisée et tendue, Lucie ne put tolérer le ton méprisant qu'employait la fée à l'adresse de ses amis. Puisqu'elle leur faisait aussi perdre un temps de plus en plus précieux, Lucie osa s'interposer, non sans décontenancer son interlocutrice.

« C'est l'Arbre de Vie qui nous envoie et il a demandé aux Nains de nous conduire à votre reine. Nous vous serions donc obligés d'aller l'avertir de notre venue !

— Et quelles sont les raisons d'une telle requête ?

— Je ne les confierai qu'à la reine Ileana en personne. Dites-lui seulement que c'est très urgent.

— Comment osez-vous vous adressez à moi sur ce ton ? s'offusqua-t-elle. Savez-vous seulement qui je suis, jeune mortelle ?

— Et vous, savez-vous qui je suis ? Je porte le médaillon d'Akus et dans peu de temps, il va se passer des choses affreuses dans votre petit monde féerique contre lesquelles vous ne pourrez rien. Alors, sauf votre respect, cessez de nous faire perdre notre temps et dépêchez-vous d'informer votre reine de notre visite ! »

Lucie brandit son fragment pour faire preuve de ses dires. À la vue du talisman, la fée se tue et s'engouffra dans le feuillage de l'arbre aux lucioles. Elle ne tarda pas à réapparaître pour leur transmettre les désirs de sa souveraine.

« La reine accepte de vous recevoir. »

Les milliers de lucioles ouvrirent alors, devant eux, le mur végétal, les laissant, ainsi, pénétrer dans le royaume secret des Fées. Bien au-delà de leur imaginaire, ce qui les y attendait les enchanta.
Par-delà les arbustes, se cachaient nombre d'arbrisseaux aux fleurs blanches virginales dont le parfum envoûtant de fleurs d'oranger

embaumait le domaine. Dans chaque fleur reposait une fée gracile, observatrice attentive des nouveaux venus. Se comptant par centaines, couvertes d'un pétale du buste aux cuisses, d'autres virevoltaient sans cesse de leurs grêles ailes translucides, irisées de bleu. Certaines portaient les cheveux bruns, d'autres roux, courts ou longs, mais toujours la même paire d'oreilles pointues s'en échappait. Pas plus grandes qu'un bouton de rose, les créatures magiques laissaient derrière elles une traînée de fine poudre jaune à chaque déplacement.

« Quelle est cette poudre qu'elles sèment derrière elles ? s'émerveilla Lucie.

— De la poudre de fées ! proposa Widley

— Ce n'est rien d'autre que le pollen qu'elles collectent dans les fleurs qui les abritent » corrigea Durin.

Ils suivirent le nuage poudreux laissé par la porte-parole pour les guider jusqu'à leur reine.
Le sillage s'arrêta au pied d'un petit rosier sauvage, aux fleurs blanches fabuleusement odorantes, reposant sur un tapis d'herbe fraîche. Alentour, le petit peuple les observait toujours en chuchotant.

« Et bien, on peut dire qu'elle sait se faire désirer ! s'impatienta Widley après quelques minutes.

— Je vous prie de ne pas offenser la reine des Fées. Elle pourrait bien se montrer moins clémente envers nous que ne l'ont été nos amis Nains ! »

La reine ne tarda pas à faire son apparition et les voyageurs découvrirent une fée bien différente des autres. Par quelque magie, elle se présenta à eux à taille humaine et dépourvue de ses ailes.
Lucie admira la beauté pure à la peau irisée, perlée de rosée scintillante telles des pierres précieuses, et aux longs cheveux d'or mêlés de feuilles et de fleurs. La noble dame aux pieds nus, couronnée de jasmin, se présenta à eux presque nue. Le corps, à peine masqué sous une robe de voile, dévoilait la courbe de ses seins et ses jambes élancées.
Face à la beauté royale, les Nains s'agenouillèrent humblement, invitant expressément Lucie et Widley à en faire de même.

Avant de s'adresser à eux, la souveraine écouta, une dernière fois, sa conseillère lui chuchoter quelques mots à l'oreille.

« Toutes ces messes basses commencent sérieusement à m'agacer ! râla, une fois encore, Widley.
— Gardez votre calme et restez courtois. Son aide nous est indispensable ! » le réprimanda Lucie

La reine prit enfin la parole, d'un ton aimable et bienveillant. La voix était douce et posée tout comme le regard qu'elle leur portait.

« Approchez ! Soyez les bienvenus dans le royaume d'Inwynn. Je me nomme Iléana. Pardonnez l'accueil qui vous a été fait. La froideur de ma conseillère est justifiée par les règles très strictes que nous nous imposons. Aucun humain ne doit connaître notre existence et moins encore le lieu où nous vivons. J'imagine donc que les Nains ne vous auraient jamais guidé jusqu'ici sans une raison très particulière ! »

Lucie s'avançait déjà pour prendre la parole, mais Iléana ne lui en laissa pas le temps.

« D'après Pétréa, ce serait Irminsul, l'Arbre de Vie lui-même, qui vous aurait envoyé à moi. Pourquoi aurait-il fait pareille chose ? En avez-vous seulement la preuve ?
— Nous nous attendions à cette question. Irminsul nous avait prévenus, c'est pourquoi, il nous a demandé de vous remettre ceci... »

Lucie tendit la main vers Widley qui tira, de sa besace, la plume du Griffon pour la lui remettre.

« Ce cher Irminsul ne me connaît que trop bien, sourit Iléana. Parlons maintenant de ce qui vous amène dans mon royaume.
— C'est très simple. Nous sommes poursuivis par Fenhrir, le serviteur du Grand Sorcier et, de toute évidence, il en veut à notre vie. Nous aimerions donc pouvoir nous défendre contre lui la prochaine fois que l'on croisera sa route.
— L'Arbre de Vie nous a dit qu'il n'existait qu'un seul moyen pour le détruire, poursuivit Widley, mais à cause de ses fonctions de protecteur de la nature, il ne peut pas nous révéler ce secret et nous a

conseillé de venir vous voir.

— En effet, il ne vous a pas menti. Je suis bien en mesure de vous donner ce que vous voulez. Les Fées ont pour rôle de maintenir l'équilibre de la nature et il est évident que cet animal ne fait que lui nuire. Mais qui êtes-vous pour prétendre être en mesure de vaincre le Loup ?

— Votre conseillère a dû vous parler du talisman que je porte, n'est-ce pas ?

— C'est exact ! Puis-je le voir ? »

Lucie ne la fit pas attendre et lui tendit son fragment dans l'espoir que cela suffirait à la convaincre.

« Il est incomplet. Où se trouve le reste ?

— Il a été brisé en trois morceaux et je le partage avec ma sœur et mon cousin qui se trouvent quelque part dans ce monde, mais j'ignore encore où. Je dois me rendre à la Cité pour espérer les retrouver, mais, avec ce monstre à nos trousses, ça devient très compliqué. Je vous avoue que mes compagnons et moi-même sommes épuisés et il me tarde de retrouver mes proches alors, je vous en prie, répondez à notre requête !

— Ainsi, l'amulette d'Akus vous a choisie. Mais vous sentez-vous de taille à lutter contre des forces dont vous ignorez encore tout ?

— J'ignore si on a la moindre chance, mais vous nous offririez au moins les moyens de nous défendre contre Fenhrir.

— S'il n'y a pas d'erreur et que vous êtes bien l'une des Élus, vous avez peut-être une chance de le vaincre ».

Iléana fit silence avant de reprendre.

« J'accepte de vous donner ce pour quoi vous êtes venus, mais j'y pose une condition.

— Laquelle ? »

La douceur de son visage fit place à plus de dureté.

« Je veux une promesse. La promesse solennelle que jamais aucun d'entre vous, mortels, ne divulguera le secret de notre royaume.

Personne ne doit être en mesure de trouver la porte aux Mille Lumières. Et souvenez-vous que toute fée possède une excellente mémoire et n'oublie jamais les incorrections faites à son égard. L'acceptez-vous ? »

Son regard insistant se porta, davantage, sur Widley. Comment savait-elle ? Il l'ignorait, mais savait néanmoins qu'il serait dans son intérêt de tenir parole au risque de subir les représailles évoquées.

« A-t-on le choix ? se résigna Widley.

— Vous avez notre parole ! Promis Lucie, espérant éclipser la remarque inappropriée du voleur.

— En ce cas, écoutez-moi attentivement. Il vous faudra fabriquer un ruban long de 10 coudées humaines. Ce ruban devra être confectionné à partir d'une liste d'ingrédients très particuliers. Il sera nécessaire de trouver sept pas de chat, de la barbe de femme, trois nerfs d'ours, une racine de montagne, l'haleine d'un poisson et des crachats d'oiseaux. Quand le ruban sera prêt, et lorsque vous rencontrerez à nouveau Fenhrir, vous devrez lui nouer autour du cou pour l'étrangler. C'est très simple, mais cela réclamera beaucoup de courage et d'adresse de votre part ainsi qu'une grande rapidité et une force sans mesure.

— Pardonnez mon incrédulité, mais vous trouvez vraiment ça simple ? En considérant qu'il s'agisse bien d'ingrédients, et je vous assure que ça n'a rien d'évident pour moi, où allons-nous les trouvez ? Selon moi, il n'y a rien de simple dans tout ça !

— Je comprends votre inquiétude, mais ne vous souciez de rien. Vous n'aurez nul besoin de les chercher. Nos amis Nains n'auront aucune peine à les trouver pour vous et seront parfaits pour ce travail. »

Iléana se tourna alors vers Durin, Neb et Motsogner, hébétés par l'annonce de la reine.

« C'est à vous qu'incombera cette tâche. Vous seuls êtes en mesure de confectionner un tel ruban. Votre connaissance de la forêt et des terres qui l'entourent vous permettra de trouver, sans mal, ce qui est nécessaire à son élaboration. »

Ils approuvèrent d'un hochement de caboche puis, elle revint vers Lucie et Widley.

« Les Nains fabriqueront l'arme, mais ce sera à vous de l'utiliser. Parmi les trois Élus, choisissez celui qui sera en mesure d'en faire un usage efficace.

— Puisque vous connaissez le moyen de détruire ce monstre, interrogea Lucie, pourquoi ne l'avoir jamais utilisé ?

— Parce que nous ne nous sommes jamais senties menacés par lui jusqu'alors. Votre présence montre que tel n'est plus le cas. Vous êtes notre salut et si le Mal s'en prend à vous, il s'en prend aussi à nous. Pourtant, bien que nous sachions nous défendre, nous ne sommes pas faites pour la guerre. »

Iléana discourait, mais semblait tourmentée par des pensées plus alarmantes.

« Voyez l'altération de notre climat, reprit-elle, effleurant la rosée qui couvrait son rosier blanc. C'est mauvais signe. Cette pluie est mauvaise. Dans peu de temps, elle polluera lacs et rivières et empoisonnera chaque plante et quiconque boira de son eau. Je vous conseille de ne pas vous nourrir des baies sauvages, je crains que le mal de la forêt ne les ait déjà atteintes. Maintenant, partez, le temps presse. Au revoir et bonne chance.

— Merci pour votre confiance, vous ne le regretterez pas. »

De sa poudre de fée, Pétréa, la conseillère royale, les invita à la suivre afin de regagner la porte des lucioles. Le passage, traversé pour quitter le royaume des Fées, se referma derrière eux et les mille lumières s'éteignirent les unes à la suite des les autres.

À cet endroit même fut décidé qu'il était temps pour les Nains de prendre un chemin différent.

« Partez dès maintenant à la recherche de ces ingrédients mystérieux dont nous a parlé Iléana, recommanda Lucie. Plus vite vous les aurez trouvés et plus tôt vous pourrez confectionner le ruban qui nous armera contre Fenhrir. Quant à nous, nous allons tenter de gagner la Cité. J'espère bien y retrouver mes proches. »

Seul Durin conservait les idées claires. La reine des Fées venait de leur confier une responsabilité inattendue qu'ils ne pouvaient lui refuser, toutefois, sans nul doute aurait-il préféré n'être pas mêlé à cette quête avec ses deux confrères. En quittant leur village, le trio de Nains ne s'était guère préparé à vivre de telles péripéties.

« Je connais une façon de gagner très rapidement la Cité si vous êtes prêts à prendre encore quelques risques mesurés.

— Plus le temps passe et plus le Grand Sorcier répand le mal sur votre royaume. J'ai peur de ne pas retrouver ma famille à temps si nous poursuivons notre voyage à pieds.

— Vous n'aurez que peu de chance, c'est un fait !

— Que proposez-vous, alors ?

— En dehors de la forêt, dans une grotte, vit un dragon vert qui pourrait, si vous savez vous y prendre, vous emmener jusqu'à la plaine qui cerne la Cité. Kukun est son nom.

— Ne sois pas stupide ! coupa Motsogner, bien moins optimiste que son camarade. Les dragons sont bien trop orgueilleux pour venir en aide aux humains. Qu'aurait-il à y gagner ?

— C'est bien là que résidera toute la subtilité de leur discours pour le convaincre, insista Durin. Vous aurez tout le loisir d'y réfléchir en vous y rendant. Je vous conseille de ne pas le traiter comme un animal mais bien comme l'être supérieur qu'il est.

— Mais c'est terriblement dangereux ! Le feu d'un dragon est si ardent qu'il ferait fondre leurs os dans l'instant ! Et ils vont devoir faire un grand détour pour le rencontrer et perdre un temps précieux sans être assurés d'une réussite !

— Essayons quand même, se risqua Lucie. C'est notre meilleure chance de réussite.

— Il a peut-être raison, s'opposa Widley, gagné de pessimisme. On dit aussi que les dragons se nourrissent de chair humaine, ça peut être dangereux. Il pourrait nous dévorer avant même qu'on ait prononcé un mot !

— Il faut qu'on tente notre chance malgré tout ! Et n'oubliez pas que mon médaillon peut me protéger. Il nous aidera peut-être à gagner sa confiance.

— Oui, il vous protégera vous, mais pas moi !

— S'il ne le fait pas, je m'en chargerai. De toute façon, on n'a pas vraiment le choix. Quant à vous, mes courageux compagnons, je compte sur vous pour nous apporter le ruban le plus tôt possible. Dès que vous en aurez achevé la confection, retrouvez-nous à la Cité, nous vous y attendrons.

— Pas question de mettre les pieds sur le territoire des humains ! contesta Motsogner.

— Nous vous ferons savoir quand notre tâche sera achevée. Dès qu'elle le sera, nous pourrons nous retrouver à l'orée des bois. Nous ne passerons pas cette limite, concéda Durin, résolu.

— Soit ! C'est d'accord. Bonne chance à vous et à très bientôt.

— En route mes amis ! »

Comme ils commençaient à s'éloigner, Neb quitta le groupe un instant. Il courut vers l'Élue qui leur tournait déjà le dos aux côtés de Widley.

« Attendez ! »

Ils s'arrêtèrent, un peu surpris, le regardant brandir l'épée de poing confiée par le chef Mab.

« Cette épée vous permettra de vous défendre au cas où Kukun se montrerait irritable, offrit-il, une fois près d'eux. Prenez-la et bonne chance à vous aussi.

— Merci, merci pour tout ! » s'émut Lucie.

Neb rejoignit ses compères au pas de course. Ils se mirent en route vers le cœur des bois à l'opposé du chemin que Lucie et Widley devaient suivre.

Ils eurent tôt fait d'en atteindre la lisière pour s'en extraire et ne furent guère surpris de constater que le royaume des Fées s'en trouvait si proche. L'environnement, dans lequel ils s'apprêtaient à progresser, paraissait très inhospitalier et le traverser nécessitait davantage de courage. Le paysage rocailleux, semé de geysers crachant leur eau brûlante, offrait un sol instable. Les pierres, jonchant le sol, roulaient sous leurs pieds, les menaçant d'une chute à chaque pas, et compliquaient leur progression. Un décor sinistre et dissuadant, peu prometteur quant à l'habitant des lieux.

À mesure qu'ils avançaient sur ce territoire, les geysers poussaient en nombre, surprenant de leurs jets Lucie et Widley qui titubaient pour les éviter. L'eau brûlante menaçait de les ébouillanter chaque fois qu'elle jaillissait.

Lucie fixa son attention sur l'une des fontaines dans laquelle elle crut voir une forme humaine déformée par le liquide.
Frappée d'un rayon de lune, la forme réapparut dans une autre et y demeura jusqu'à ce que le jet s'épuise. Lucie discerna le corps d'une femme dont l'image, à peine visible, se brouillait dans la vapeur. L'espèce de génie des eaux se promenait de geyser en geyser, au gré des éruptions, dans l'intention de leur apparaître.

« Que cherchez-vous voyageurs ? » dit-elle d'une voix ondée.

L'esprit des eaux, aux intentions mystérieuses, encouragea la méfiance de Lucie. Se montrerait-il bienveillant ou son contraire, elle l'ignorait encore. Widley, lui, se fascinait pour les charmes dévoilés de la créature.

« Qui êtes-vous ?
— On me nomme Ondine. Que cherchez-vous ?
— Nous aimerions rencontrer le dragon Kukun.
— Alors, marchez jusqu'à ce que vous trouviez la cascade. Derrière se trouve l'antre du dragon.
— Pourquoi nous aidez-vous ? »

Elle n'obtint aucune réponse. L'Ondine avait déjà disparu. Widley sortit alors de sa torpeur.

« Ouah ! Quelle beauté !
— Remettez-vous, elle est partie! »

Les Nains ayant conservé l'unique lanterne qu'il leur restait, il faisait, désormais, trop sombre pour leur permettre de poursuivre à travers le désert de pierre malgré la clarté de la lune.
En dehors des bois, sans la protection des arbres, la pluie se faisait désormais plus intense.

« Il fait trop sombre maintenant. Mettons-nous à l'abri pour la nuit, suggéra Widley. Nous reprendrons la route à l'aube »

Mais l'endroit hostile n'offrait point d'abri et la forêt, à présent, bien loin derrière eux, ne pouvait plus les abriter. Ils se résolurent à installer un campement de fortune au pied de la cheminée d'un geyser prédominant, tendant leurs couvertures pour en faire une tente qui les protégerait raisonnablement de la pluie et des gouttes d'eau fumantes.

La nuit, déjà bien avancée, les voyait épuisés. Widley s'endormit rapidement mais pas Lucie. Elle repensa aux paroles de la reine Iléana. Qu'entendait-elle par ces mots : "s'il n'y a pas d'erreur... ". Le médaillon aurait-il pu se tromper ? Si tel était le cas, de quelles chances disposaient-ils face à Fenhrir et Ramalack ?

CHAPITRE XXVI

José fut le premier levé. La pluie, déversée la nuit durant, tombait un peu plus fort depuis le petit matin. Les arbres en lisière leur avaient offert un abri appréciable, leur évitant d'être trempés, mais il faudrait bientôt quitter cette couverture.

Les Elfes avaient assuré qu'ils sauraient, à leur réveil, comment traverser la mer fermée. Pourtant, José avait beau regarder alentour, aucune solution ne lui apparaissait. La plage n'offrait que ronces argentées et rochers anthracites. Entre la forêt luxuriante d'émeraude et de bois, et les gris scintillants du morne rivage, le contraste était frappant.

Debout, face à la mer, il observa l'horizon. La mer fermée, étendue immense, n'autorisait pas son regard à percer les mystères du lointain. La houle charriait son écume et quelques algues blanches inertes sur le sable d'argent. Le clapotis des vagues chantait sur les rochers tandis que le reflux paisible de la mer fonçait le sable à ses pieds. Le calme régnant lui fit presque oublier l'avertissement de Fégus. La quiétude pouvait-elle être annonciatrice de chaos ? Le ciel teinté de gris et de rose, s'assombrissant peu à peu, lui apportait le début d'une réponse. José ne pouvait plus en douter. Un terrible événement se tramait.

Comme Valandra s'éveillait à son tour, ils choisirent de s'éloigner un peu pour tenter de trouver, plus loin, une issue.

Sous la pluie, la plage n'était plus qu'un buvard spongieux. Le sable gris semblait vouloir les piéger. Leurs pieds s'y enfonçaient, tant et si bien, qu'ils peinaient à avancer.

Ils longèrent la plage, se tenant à distance de la vicieuse marine, mais ne trouvèrent pas le moindre pont pour la traverser, ni le moindre quai pour embarquer. Au loin, une dune en marqua la limite. Le temps leur échappait sans qu'ils puissent le retenir alors que, déjà, le mal se mettait en marche.

« Il semblerait que le Grand Sorcier ait commencé à faire appel aux forces du mal, s'inquiéta Valandra, les yeux levés au ciel. Les ténèbres commencent déjà à s'étendre et bientôt le chaos s'installera à son tour.

— C'est pas vrai ! On n'arrivera jamais à retrouver mes cousines à temps !

— Sans bateau, on n'a aucune chance. »

Sans le savoir, Valandra venait de lui souffler l'idée qui allait les sauver. José retourna près des bois et, sans effort, déracina l'un des plus gros arbres en lisière avant de s'employer à en élaguer toutes les branches.

« Mais qu'est-ce que vous faites ?

— Vous l'avez dit vous-même, il nous faut un bateau ! »

À l'aide de son épée, il débita l'arbre pour n'en conserver que le tronc qu'il creusa dans le but d'en faire une barque, sous l'oeil intrigué de Valandra. Il pensa à conserver une branche en guise de rame pour faire avancer l'embarcation.

Son travail vite achevé, il mit aussitôt la pirogue à l'eau. Valandra s'y installa, confiante. José poussa alors la barque, gagna de la profondeur et y monta à son tour.

Ravi de pouvoir quitter cette plage, il envisageait déjà les retrouvailles prochaines avec ses cousines.

Il ramait vite, motivé et plein d'ardeur malgré la faim et la fatigue. Mais, alors qu'ils progressaient sans mal sur des flots tranquilles, la mer commença à s'agiter dangereusement. Une forte houle fit tanguer l'embarcation si bien que Valandra faillit basculer parmi les vagues. José la retint de justesse.

C'est alors qu'un monstre surgit du fond des eaux troubles pour les engloutir. José réagit vite, lui assénant un violent coup de rame sur la tête. L'instant fut bref, mais suffisant pour entrevoir le monstre, sorte d'énorme serpent des eaux à la gueule parée de plusieurs rangés de petites dents acérées. Nul ne pourrait survivre à telle morsure.

La bête disparue, pourtant José et Valandra savaient qu'elle n'en resterait pas là. Le monstre marin leur donna vite raison, attaquant une seconde fois et frappant le canot si violemment qu'il le fit chavirer.

José s'empressa de porter secours à Valandra et la mit en sûreté sur le bateau désormais coque au vent. Il scruta les flots, ignorant encore d'où le serpent de mer choisirait de jaillir pour sa prochaine attaque. Mais chose certaine, la bête allait encore frapper.

Tandis qu'il se préparait déjà à riposter, José ignora son amulette. Immergée dans l'eau salée, elle se mit à briller avec intensité. L'eau bouillonna sous ses pieds. Il comprit que le monstre approchait à grande vitesse pour le prendre à revers.

Le serpent surgit de nouveau. José n'eut que le temps de se retourner pour le voir et, alors qu'il se croyait perdu, quelque chose arrêta le monstre. Venant des abîmes de la mer, une voix profonde et puissante se fit entendre.

« Midgôrd, assez ! »

À quelques coudées de lui, un tourbillon se creusa dans l'immense étendue saline. De ce cratère émergea un être d'une telle prestance qu'il ne pouvait s'agir là que d'un dieu. Qui d'autre pouvait se faire obéir du serpent Midgôrd ? Les traits de poissons-chèvre, des ruisseaux s'échappant de ses épaules et le corps couvert de plantes aquatiques, ce dieu, soulevé par les eaux, n'apparut pas seul. Des nymphes l'entouraient. Des Néréides s'ébattaient dans les flots autour de leur maître, propulsées par leur queue de murène et leurs mains palmées. Des Océanides, à la peau d'écailles dorées habillées d'algues, s'accrochaient au dieu des Eaux pour se sécuriser.

Les barbillons de son visage se mirent à frétiller lorsque le dieu s'adressa à José de sa voix grave et sévère.

« Que portes-tu là à ton cou ? »

L'amulette ne rayonnait plus. José la saisit fermement dans sa main pour la protéger.

« Dites-moi d'abord à qui ai-je l'honneur !

— Je suis Enki, Maître des Eaux. Sans moi, Midgôrd, le gardien des profondeurs marines, aurait eu raison de vous. Une seule morsure, et son venin vous aurait été mortel.

— Pourquoi nous avoir porté secours ?

— C'est ce que tu portes qui m'a appelé à le faire. Qu'est-ce donc ?

— C'est un médaillon, ou du moins un fragment.

— Il ne s'agit pas là d'un simple médaillon, n'est-ce pas ? Quand tu étais en danger, il a brillé si fort que son éclat a percé l'obscurité de mes abysses !

— Puisque vous nous avez sauvés, je suppose que je peux vous faire confiance. Il s'agit d'un morceau de l'amulette d'Akus.

— Je ne me trompais donc pas! Et où comptiez-vous vous rendre sur cette embarcation misérable ?

— Nous espérions gagner la plaine qui borde la Cité. On m'y attend.

— Vous n'irez pas bien loin sur votre radeau de fortune !

— Peut-être pourriez-vous nous aider encore une fois ?

— Pourquoi le ferai-je ?

— Si vous connaissez cette amulette, vous n'êtes donc pas sans savoir ce qu'elle annonce !

— Le Grand Sorcier se moque bien de la domination des fonds marins. Il ne pourrait y régner. Aurais-tu plutôt quelque chose à me proposer en échange de mon aide ?

— Je ne vois pas ce que je pourrais vous offrir !

— Nombreux sont les trésors enfouis dans les profondeurs marines. Tous proviennent de naufrages. À force de les amasser, j'en suis devenu collectionneur. Posséderais-tu quelque chose qui puisse compléter cette collection ? »

En cet instant, José ne se connaissait rien qui puisse satisfaire le dieu Enki hormis son précieux médaillon. Cependant, après réflexion, un souvenir lui revint. Les deux pièces anciennes, dénichées dans la table de chevet de la maison coloniale, feraient peut-être l'affaire. Il fouilla ses poches, là où il les avait précieusement glissées en revêtant sa nouvelle tenue, et tenta la transaction.
Espérant, par celles-ci, contenter le Maître des Eaux, José lui tendit les deux pièces de monnaie. Une vaguelette se forma alors à sa hauteur. José y déposa les précieuses rondelles d'argent et l'onde les porta lentement jusqu'au dieu. Enki s'en saisit et les examina avec intérêt.

« Quelle étrange monnaie ! Je n'en ai jamais vu de telle. D'où viennent-elles ?

— D'un autre monde. Celui d'où je viens !

— Intéressant ! Elles seront parfaites pour ma collection.

— Vous acceptez donc de nous aider ?

— J'accepte ! Mais ce n'est pas sur votre pauvre esquif que vous finirez votre voyage. Le temps vous manque pour que vous puissiez gagner la Cité à temps.

— Mais alors comment ? »

En réponse à sa question, Enki leva un bras au ciel avant de l'abattre brutalement sur le miroir de la mer. Il déploya tant de puissance que les ondes formées se diffusèrent jusqu'aux plus lointaines profondeurs. Peu de temps suffit pour qu'une réaction soit ainsi provoquée.

Un énorme reptile rouge ailé jaillit des flots et vint se poser près du Maître des Eaux. Il semblait lui vouer, lui aussi, totale obéissance. Enki posa une main sur le front du reptile et le caressa, silencieux. Le geste apaisait la bête, mais permettait, également, un échange non verbal entre la divinité et sa créature.

« Draco va vous porter jusqu'à votre destination, reprit-il enfin. Ainsi, votre voyage sera bref. »

José et Valandra se montrèrent hésitants, face au dragon de mer. Mais l'animal glissa sur la nappe pour les atteindre et ne leur laissa plus le choix.

José montra plus de témérité que sa compagne et l'enfourcha le premier, empoignant fermement, mais non sans crainte, l'échine hérissée de longues écailles. Saisissant Valandra par la taille, il l'aida à monter derrière lui. Serrée contre lui, elle le ceintura solidement.

Draco prit alors de l'élan, battant de ses ailes immenses, et glissa sur l'eau tel un navire à pleine vitesse. Bien qu'ailé, le dragon rouge ne volait pas plus haut que la surface de l'eau, élément vital à l'animal.

Derrière lui, José vit disparaître le Maître des Eaux, qu'il n'avait eu le temps de remercier, ainsi que ses nymphes. Ils naviguaient désormais sur une mer revenue au calme.

Son regard se perdit dans le paysage. D'abord, la frontière forestière, dense et effrayante. Puis la dune mystérieuse, frontière vers l'inconnu. Son regard se promena jusqu'à gagner la plage d'argent sur laquelle il fut surpris de voir rôder un énorme loup. L'animal les observait de son regard de braise, déambulant, piégé par l'étendue marine. Le regard menaçant de la bête ne lui semblait pas inconnu. José éprouva, alors, le sentiment d'avoir échappé, de justesse, à une autre terrible rencontre.

Les regardant s'éloigner à dos de dragon, Fenhrir souffla de rage avant de rebrousser chemin pour disparaître dans les bois.

CHAPITRE XXVII

La visite de Fenhrir fut un épisode traumatisant pour Marie. Le sommeil agité, elle n'y trouva que songes annonciateurs de bouleversements imminents. Les jours prochains, un événement marquant se produirait. Elle le sentait proche. Ses rêves lui avaient annoncé, mais, à son réveil, les détails lui échappèrent. Seuls lui restaient quelques maux de tête persistants.

Marie avait passé la nuit chez Yzhi. Le Sage la pensait plus en sécurité dans sa propre maison, à ses côtés.
La veille, il aurait aimé qu'elle lui raconte sa visite dans la lande, sa rencontre avec les Grées et ce qu'elle avait pu en savoir, mais l'apparition de Fenhrir et ses menaces l'avaient plongé dans un mutisme pétrifié. La voyant s'éveiller enfin, il se pressa déjà vers elle pour la questionner.

« Ah, vous voilà réveillée ! J'aimerais que vous me racontiez ce que vous ont dit les Grées alors que vous les visitiez. Avec l'arrivée de ce maudit loup, nous n'avons pas eu l'occasion d'en discuter.

— Ces vieilles sorcières se sont montrées très énigmatiques. Elles m'ont parlé d'un garçon doté d'une grande force physique qui traverserait les flots, d'une jeune fille puissante qui arriverait par les airs, de patience et d'un terrible danger qui nous menace tous les trois. Je suppose qu'elles faisaient allusion à Lucie et José.

— Et bien, nous savons maintenant comment s'est faite la répartition des pouvoirs de l'amulette. Voilà un mystère résolu. Votre cousin doit certainement se trouver de l'autre côté de la mer fermée. Quant à votre sœur, je suis impatient de voir par quel moyen elle nous arrivera. Ce qui est sûr, c'est qu'il vous faut les attendre, car c'est ici même que vous serez réunis et cela ne sera plus très long à mon humble avis. En ce qui concerne la menace qui vous guette, nous savons déjà de quoi il s'agit. Il reste à espérer que vos proches n'aient pas encore eu à subir les attaques de Fenhrir et qu'ils aient autant de chance que vous. »

Yzhi ne se trompait sans doute pas. Il ne lui restait peut-être plus très longtemps à patienter toutefois, dans cette attente, il lui fallait s'occuper l'esprit pour ne pas sombrer dans le doute et le découragement. Il lui restait encore tant à découvrir de ses nouveaux dons.

Il lui fallait, également, s'acquitter de la promesse faite à la grand-mère de Meggie. Ainsi, décida-t-elle de parfaire son apprentissage des plantes guérisseuses.
Marie prenait soin de consigner ses études de phytothérapie dans un carnet, à la reliure de cuir et de crin, offert par Yzhi. Chaque découverte, chaque nouvelle formule, lui constituait, désormais, un important herbier, riche de connaissances.
En bonne élève, elle se replongea assidûment dans les grimoires du Sage. À force de lecture, de notes et de formules, elle crut, un instant, détenir la solution au remède miracle qui soignerait les maux de vieillesse de la couturière.

« N'auriez-vous pas certaines algues séchées dans votre réserve ?

— Les produits de la mer sont très rares. Il faudrait sortir de la ville pour les récolter sur les bords de mer et le voyage est périlleux. Il arrive parfois qu'un marchand itinérant nous en échange contre notre hospitalité, mais...

— ...Mais je suppose qu'il y a bien longtemps qu'aucun ne s'est présenté à vos portes !

— Qui risquerait sa vie pour du poisson ? »

Ne tenant plus en place, Marie finit par abandonner ses lectures pour se rendre chez la vieille guérisseuse. Elle emporta, avec elle, sa besace encore pleine des plantes récoltées la veille, dans la plaine.

Parvenant à sa hutte, elle trouva Meggie toujours derrière son étal, concentrée sur un ouvrage de tricot.

« Bonjour Meggie, la salua-t-elle rapidement pour ne pas l'interrompre. Je viens voir ta grand-mère.

— Bonjour Marie. Tu peux entrer, elle doit être en train de faire sa sieste. »

Elle pénétra donc dans la maisonnette sans frapper afin de ne pas réveiller trop brusquement la vieille dame somnolant sur sa chaise à bascule.
Karla ouvrit lentement les yeux en sentant la main de Marie se poser délicatement sur son épaule.

« C'est toi mon enfant ! Tu l'as trouvé ?

— Oui Karla, et je vous ramène bien plus ! Je me suis dit qu'il ne serait pas inutile de remplir votre stock de plantes.

— Tu es formidable ! »

Marie prit l'initiative de remplir, soigneusement, les petits pots en terre cuite de feuilles, de pétales et de pollens de prêle et de mauve, de feuilles et bourgeons de frêne, de racines d'harpagophytum, minutieusement prélevés et triés. Et bien d'autres plantes encore dont Karla pourrait avoir besoin pour apaiser ses douleurs arthritiques.
Elle se sentait redevable envers la couturière et sa petite-fille, aussi passa-t-elle un certain temps dans la hutte afin de leur faire profiter de ses dons. Marie prépara onguents et potions en nombre, se concentrant prioritairement sur la préparation qu'attendait la bonne Karla.
Elle reprit le mélange, entreprit la veille, lors de sa toute première visite, et y ajouta le pollen de prêle ainsi qu'une poudre de Malva séchée.

« Voilà ! J'ai terminé le remède que je vous avais promis. J'aurais aimé pouvoir faire mieux, mais certains végétaux sont bien plus compliqués à se procurer.

— Je suis certaine que tes remèdes feront des miracles et je t'en remercie par avance. En plus de me soigner, ils me permettront de faire du troc.

— Je suis ravie d'avoir pu vous aider et j'ai beaucoup appris grâce à vous. »

La vieille couturière l'embrassa pour la remercier avant que Marie ne quitte sa hutte pour regagner la maison d'Yzhi.
Sa promesse envers Karla enfin honorée, elle devait, maintenant, se consacrer à une tout autre obsession.
Sur place, elle ne perdit pas un instant et se mit au travail. Depuis

l'attaque des Harpies, elle ressassait l'échec de son piège. Forte d'idées nouvelles et de solutions à la faille de son plan, elle comptait bien mettre à exécution son dernier projet.
Jusqu'à cette tentative infructueuse, Marie pensait naïvement qu'un simple filet pouvait suffire à retenir ces chipies. Elle devait, désormais, en repenser tous les détails.
Elle enfila ses gants de lin et sortit de sa besace le plant de ciguë encore frais. Cette plante, aux propriétés paralysantes, libéra une forte odeur d'urine de chat à mesure qu'elle l'écrasait sous un pilon afin d'en extraire la sève.

Yzhi, ayant coutume de rencontrer les citadins dans le but de se tenir informé de leur quotidien, revint de sa longue promenade sur le marché.

« Que préparez-vous là ?

— Un baume à base de ciguë pour le piège destiné aux Harpies. Je suis persuadée qu'en imprégnant le filet de cette mixture, il nous sera plus facile de contrôler ces pestes.

— L'idée est ingénieuse, mais vous oubliez sans doute un détail et non des moindres !

— Je ne vois pas lequel !

— La sève de ciguë pourra, sans mal, paralyser les Harpies à condition que quelqu'un parvienne à les retenir suffisamment longtemps dans le filet pour que ce poison fasse son effet.

— Je n'ai pas oublié, mais nous verrons cela le moment venu. »

Son visage se masqua alors d'une certaine gravité.

« Vous semblez soucieuse ! s'inquiéta Yzhi

— Cette nuit, j'ai le sentiment d'avoir rêvé d'un événement qui pourrait se produire, mais je n'arrive pas à me souvenir de quoi il s'agit.

— Vous auriez donc fait un rêve prémonitoire ? Eh bien, cela n'a rien de vraiment étonnant quand on sait quelle partie de l'amulette vous portez.

— Peut-être, mais à quoi cela me sert-il si je n'ai pour tout souvenir de ce rêve qu'un vague pressentiment ?

— Il y a peut-être un moyen d'en savoir plus.

— Comment ?

— Nous allons chercher ce souvenir directement dans votre mémoire ! »

José, Marie et Lucie l'ignoraient, pourtant quelqu'un les observait, épiant leurs moindres agissements.

Au tréfonds d'une crypte, un individu diabolique scrutait, inlassablement, une pierre de sang, laquelle lui dévoilait des images. Des silhouettes se dessinaient à l'intérieur, nulles autres que celles des jeunes Élus. Le personnage avait d'abord pu observer la fuite de Lucie, prise en chasse par Fenhrir. Plus tard, lui étaient parvenues des images de Marie pénétrant la Cité pour y trouver refuge avant de voir José prendre embarcation sur le dos d'un dragon rouge.
L'homme ruminait de rage. Il pouvait voir ces scènes car elles lui venaient du Loup, fenêtre sur l'extérieur à travers ses propres yeux. Et il devenait, ainsi, témoin de ses échecs.

Rappelé par son seigneur, Fenhrir se trouvait, désormais, dans la crypte. Bien qu'il servît Ramalack, le sorcier lui-même craignait la puissance et la cruauté du Loup autant que tout autre. Il reconnaissait en lui l'incarnation des puissances du Mal. Et bien que le Loup se trouva sur une plate-forme, isolée par une faille béante, il n'osa le rendre directement responsable de ses insuccès.

« Comment est-ce possible ? Comment de simples mortels ont pu parvenir à t'échapper ? »

Pour toute réponse, le Loup grogna et souffla de rage, mais Ramalack en entendait bien plus.

« Je sais qu'ils se sont trouvés très vite de puissants alliés, mais j'ose espérer qu'ils ne demeureront pas un obstacle et que les Élus ne parviendront pas à t'échapper encore très longtemps ! »

D'un retroussement de babines, Fenhrir sembla sourire.

« Je te fais confiance. Avec toi, je sais que leurs heures sont comptées! »

Le Loup géant déambulait et finit par émettre un grognement, signifiant son impatience.

« Oui, venons-en à la raison de ta présence. Si je t'ai fait rappeler à moi, c'est que mes plans ont changé. Je ne tiens plus à me contenter d'une seule pièce de l'amulette d'Akus pour les rendre inoffensifs. Nous allons attendre que ces chers porteurs du médaillon soient réunis au sein de la Cité. Alors, seul le vieux Sage sera un obstacle. Dès que tu en auras l'occasion, affronte-les et ne laisse aucun survivant. Tu pourras m'apporter, ensuite, la totalité du médaillon. Ainsi, j'entrerai en possession de ses pouvoirs et personne ne pourra plus se mettre en travers de mon chemin. »

Il prit un instant, comme pour écouter le Loup avec qui s'échangeait un dialogue télépathique.

« Je sais que c'est très risqué, mais il ne s'agit là que de simples mortels et je doute fort qu'ils parviennent déjà à maîtriser tous les pouvoirs que le médaillon peut leur octroyer. Face à toi, ils n'auront aucune chance. Maintenant, va et ne me déçois pas ! »

Fenhrir prit alors congés, saluant le Sorcier d'un signe de tête et l'abandonnant à ses incantations.

CHAPITRE XXVIII

La pluie finit par percer la matière épaisse, mais perméable, des couvertures tirées en toile de tente. Gouttant sur le visage de Lucie et Widley, elle les tira de leur sommeil.
Sans prendre le temps de manger, ni même de replier leurs couvertures, ils partirent, aussitôt, à la recherche de la cascade dissimulant la tanière du dragon Kukun.

Plus proches qu'ils ne le présumaient, ils dépassèrent la contrée des Chaudes Fontaines et ne tardèrent pas à entendre le bruit assourdissant de la cascade jusqu'alors masqué par celui des geysers. La masse d'eau s'écrasait plus bas dans une rivière. L'Ondine avait dit vrai. Il leur suffirait d'escalader la paroi rocheuse pour constater la présence d'une caverne dissimulée par-delà.

« Et maintenant, que comptez-vous faire ? interrogea Widley.

— Je n'ai pas d'autre choix que d'aller trouver le dragon dans sa grotte.

— S'aventurer là-dedans, ça ne tient pas du courage, mais plutôt de la folie ! Il paraîtrait même que certains chasseurs de dragons ne seraient pas rentrés au pays après s'être rendus ici !

— Je tente ma chance. Je ne nous vois pas faire demi-tour maintenant qu'on y est. C'est la dernière solution qu'on ait, alors je dois y aller.

— Non, attendez ! C'est moi qui vais y entrer. Je pense avoir plus de chance de m'en sortir.

— Vraiment ? Dites-moi à quand remonte votre dernière confrontation avec un dragon ?

— Et bien...

— C'est bien ce que je pensais ! Il est hors de question que vous preniez un tel risque, d'autant plus que rien ne vous protégera, alors que moi, je possède le médaillon !

— Laissez-moi au moins venir avec vous !

— Non, il vaut mieux que j'y aille seule. Votre présence pourrait lui faire penser qu'on lui veut du mal. »

Déterminée, Lucie ne lui laissait aucune alternative. Widley, ne pouvant rien pour la retenir, fut contraint de se soumettre à sa volonté. Comme elle gravissait la roche bordant la cascade, il n'en détacha plus le regard.

« C'est de la folie, tenta-t-il une dernière fois, en vain. Vous allez vous faire dévorer ! »

Mais il ne pouvait plus la raisonner. Lucie affichait une détermination et une assurance qui masquaient pourtant une peur grandissante.

À mi-hauteur, elle tendit la main à travers l'eau afin d'y découvrir la cavité cachée. Tâtonnant la roche, elle finit par la trouver. Elle prit une profonde inspiration avant de traverser le rideau d'eau et pénétra dans le repaire du dragon, disparaissant bientôt derrière la cascade.

L'antre obscur et profond, dépourvu totalement d'éclairage, la contraignit à avancer, prudemment, à l'aveugle.

Quelques pas plus avant, elle perçut une puissante respiration et un souffle chaud l'enveloppa entièrement. Elle venait de trouver le dragon, mais ne pouvait encore le voir. Chose sûre, il promettait d'être énorme.

Humant le parfum de l'intruse, la bête endormie ne tarda pas à se réveiller. Lorsqu'il ouvrit ses yeux immenses, aux pupilles incandescentes, elle put faire le constat de sa taille gigantesque.

Il ne lui laissa nullement le temps d'expliquer les raisons de sa présence, ni ne prit la peine de l'interroger. Trop habitués à être traqués et massacrés, les dragons craignaient l'Homme autant qu'ils le méprisaient et ne toléraient aucunement sa présence.

Inquiet de ne plus la voir revenir, Widley décida d'entrer, à son tour, dans la grotte. Comme il s'apprêtait à gravir la roche pour la rejoindre, Lucie jaillit à travers la cascade et fut projetée dans la rivière. Le dragon avait usé de tout son souffle pour l'expulser de sa demeure et ne tarda pas à fendre les eaux, à son tour, pour la retrouver.

Invisible dans l'obscurité de la grotte, Le dragon se révéla alors qu'ils se trouvaient tous deux à l'extérieur. Ainsi qu'elle le pressentait, le monstre reptilien était énorme et vert, les écailles de son échine hérissées de colère. Ses ailes immenses le portaient au-dessus d'elle. Lucie s'extirpa de justesse de la rivière avant de le voir fondre sur elle en rugissant.

De retour sur la terre ferme, Widley accourut pour l'aider à sortir des eaux. Il brandissait déjà son épée, prêt à se défendre contre l'ennemi. Mais la vue de la lame intimida moins le dragon qu'il ne le rendit, davantage, fou de rage.

« Idiot ! lui lança Lucie. Rangez donc cette épée ! Vous ne faites qu'aggraver la situation ! »

Elle tenta de raisonner la bête enragée par leur menace.

« Nous ne sommes pas là pour vous faire du mal !
— Me faire du mal ? adressa-t-il alors, d'une voix rauque et caverneuse. C'est moi qui vais vous faire mal, maudits chasseurs de dragons ! »

Le voir leur répondre fut une surprise. Ainsi, le reptile géant se trouvait doué de parole. Son agressivité resta, pourtant, leur principale préoccupation.

« Vous vous trompez ! Nous ne sommes que des voyageurs !
— Vous perdez votre temps, s'impatienta Widley, moins diplomate. Il ne veut rien entendre ! »

Le dragon mit, sans tarder, ses menaces à exécution et cracha, sur eux, ses flammes. Ils eurent à peine le temps de se réfugier derrière un rocher pour y échapper. Lucie, alors sortie trempée de la rivière, se retrouva totalement séchée sous l'ardeur du feu du dragon.

« Faites quelque chose, supplia Widdley. Il va finir par nous transformer en torches humaines !
— Mais que voulez-vous que je fasse ?
— Utilisez le pouvoir du médaillon ! »

Son don, qu'elle maîtrisait à peine, Lucie en avait fait usage, pour la dernière fois, avant sa fuite de la maison de Scatach et il ne lui fut d'aucune utilité face à Fenhrir. Comment pouvait-il croire qu'elle parviendrait à stopper le dragon ?

« Vous en attendez trop de moi, s'excusa-t-elle, effrayée à l'idée de ne pas être à la hauteur. Je ne peux rien faire !
— Mais si, vous pouvez nous sauver ! Servez-vous du médaillon, allez ! »

Sous la pression de son ami, elle tenta finalement l'expérience et serra l'amulette entre ses mains, fermant les yeux pour se concentrer autant que possible.

« Souvenez-vous de ce que disait ma grand-mère. Vous devez ne faire qu'un avec lui. Vous allez y arriver ! »

Kukun ne cessa pas pour autant de les inonder de ses attaques et ne leur autorisa aucun répit. Profitant de leur inattention, il passa derrière eux et s'apprêtait à leur projeter une nouvelle vague de feu.

Ce que Lucie croyait impossible finit, pourtant, par se produire. Les flammes vinrent s'écraser sur un mur invisible, semblant les protéger pendant un bref instant.

« Ouf ! On a eu chaud ! » souffla Widley.

Kukun s'arrêta net et se posa alors face à eux, troublé.

« Tu es bien téméraire. Avant toi, jamais une femme n'avait osé pénétrer dans mon antre. »

Il rôdait, maintenant, près d'eux tout en les fixant. Lucie n'entendait rien à son attitude et resta prudemment tapis derrière son rocher aux côtés de Widley.

« En fait, je vous avoue que je n'ai pas vraiment eu le choix.
— Que me voulez-vous ? »

Tout en paroles, il exhala une haleine à la limite du supportable.

L'odeur émanait, sans doute, des chairs en décomposition des restes de petits animaux coincés entre ses dents. Lucie et Widley en grimacèrent de dégoût.

« Si nous sommes venus vous trouver, répondit timidement Lucie, presque implorante, c'est pour vous demander de nous faire traverser le reste du territoire afin que l'on puisse gagner la Cité.

— C'est pour cette raison que tu t'es permis de me sortir de mon sommeil ?

— Je ne l'aurais pas fait si ça n'avait pas été vital. Nous manquons de temps. Je vous en prie, nous avons besoin de votre aide.

— Explique-toi ! »

Lucie se montra enfin, suivit de Widley dissimulant l'épée derrière son dos afin de ne pas réveiller la fureur du dragon.

« Il se prépare quelque chose de terrible qui plongera ce monde dans le chaos si le Grand Sorcier Ramalack n'est pas mis en échec, poursuivit-elle. Je peux empêcher cela, mais je dois avant tout rejoindre la Cité pour y retrouver deux de mes proches.

— Qu'est-ce qui te permet de prétendre pouvoir faire cela ?

— Je possède un fragment d'un médaillon que vous reconnaîtrez sans doute. Il semblerait qu'il m'ait choisi, ainsi que mes amis, pour accomplir cet acte. »

Elle tira son amulette de dessous sa chemise et la tendit vers Kukun. Le dragon avança son énorme tête pour la voir de plus près.

« Et bien, cela explique que tu aies échappé aux flammes de ma colère, tout à l'heure ! Mais pourquoi vous rendrai-je ce service ?

— Enfin, réfléchissez ! Si vous ne nous aidez pas, je n'arriverai jamais à temps pour empêcher le sort terrible qui menace votre monde ! Vous risquez autant que n'importe quelle autre créature de ce monde !

— Je n'ai besoin de personne pour me protéger contre le Sorcier !

— Croyez-le, Ramalack n'épargnera pas votre espèce et vous ne pourrez rien contre lui. »

Les Nains les avaient avertis. Le dragon, bien trop orgueilleux, ne voulait reconnaître avoir besoin de l'aide des humains. Pourtant, le courage et l'acharnement de Lucie eurent raison de ses certitudes. D'abord parvenue à apaiser sa colère, elle faisait naître en lui, à présent, quelques craintes. Kukun en demeura perplexe. Il sembla réfléchir et son regard de braise s'éteignit un peu.

« Après tout, qu'est-ce que ça change ? soupira-t-il enfin. Quoi qu'il arrive, ma race est condamnée à disparaître. Que la menace vienne des humains ou d'un sorcier, quelle importance ? »

Le destin tragique de l'animal fantastique émut, profondément, Lucie. Son entrée dans ce monde lui avait offert des rencontres féeriques. Or, toutes craignaient ou maudissaient les Hommes. Elle comprenait difficilement les raisons les poussant à persécuter ces créatures fabuleuses si passionnantes. Mais, pour l'heure, ce combat-là devait attendre. Il lui fallait, à tout prix, parvenir à convaincre le dragon vert de leur venir en aide malgré tout.

« Je comprends votre position, mais nous avons besoin de vous, je vous en prie !

— Si j'accepte, que vais-je y gagner en retour ? »

Elle prit un instant de réflexion, ignorant comment satisfaire un dragon. Puis, vint l'idée d'une proposition qu'il ne pourrait pas refuser.

« Si vous nous portez jusqu'à la plaine, je m'engage à faire signer aux Hommes un traité les engageant à renoncer à toute traque contre votre espèce.

— Pourquoi accepteraient-ils un tel pacte ? Ils nous prennent pour des démons !

— Je suis une Élue. Ils ne pourront rien me refuser, je vous en donne ma parole.

— L'enjeu est de taille et vaut la peine d'être médité... En ce cas, je vais prendre le risque de te faire confiance. »

Kukun s'approcha plus près, provoquant un mouvement de recul chez Lucie et Widley. Indifférent, il baissa l'échine jusqu'au sol, les invitant, ainsi, à grimper sur son cou.

« Montez et accrochez-vous bien ! »

Les négociations longues, Lucie le chevaucha la première, sans réfléchir, afin de ne pas perdre davantage de temps. Widley la suivit, un peu hésitant.
Ses ailes immenses brassèrent l'air avec puissance pour les porter vers le ciel en direction de la Cité.

« Cette fois, c'est grâce à vous si on s'en est tirés, félicita Widley, adouci depuis leur dernière dispute. Et c'était une belle négociation. Considérez que vous avez une dette en moins envers moi. »

Lucie se contenta de sourire, trouvant enfin un instant de réconfort et de repos comme elle n'en connaissait plus depuis quelque temps.

La pluie, toujours présente, finissait de tremper leurs vêtements. Malgré la chaleur pesante, Lucie frisonna. Widley se serra davantage contre elle pour la réchauffer et la rassurer.

« Je resterai avec vous jusqu'à la fin. Vous pouvez compter sur moi. »

Les yeux clos de sérénité, ils se laissèrent porter par leur nouvel allié.

CHAPITRE XXIX

Yzhi prit quelques plantes dans ses armoires et prépara une tisane à l'intention de Marie. L'eau frémissante, il lui en apporta un godet fumant.

« Tenez ! Buvez, cela va vous aider à vous détendre. »

Marie ingurgita lentement le breuvage, sans grimacer, avant de s'allonger sur son lit. Immédiatement gagnée par le sommeil, elle se mit à rêver. Le songe de la dernière nuit, celui dont elle ne parvenait à se souvenir, refit surface. Elle se retrouva dans la plaine. La nymphe de pluie, lui ayant fait un don mystérieux, lui apparut. Sans un mot, elle la toucha de nouveau avant de pointer du doigt l'horizon. Marie se tourna dans la direction qu'elle lui désignait et vit, au loin, un dragon vert planant dans les airs. Plus loin, un second, de couleur rouge, glissait sur les flots. Sur leur dos s'agrippaient Lucie et José, tous deux accompagnés d'une autre personne. Soudain, le ciel s'obscurcit de manière inquiétante et Marie se réveilla.

Yzhi, n'ayant pas quitté son chevet, s'empressa de la questionner sur la nature de son rêve.

« Racontez-moi ! Qu'avez-vous vu ?

— J'ai rencontré les Hyades quand je traversais la plaine et l'une d'elles m'est apparue dans mon rêve. Elle m'a montré la venue de mon cousin et de ma sœur. Ils arrivaient tous les deux sur le dos d'un dragon, l'un par les airs, l'autre par la mer, comme l'avaient prédit les Grées. Et ils n'étaient pas seuls. Ensuite, le ciel est devenu noir et j'ai senti qu'une menace était proche.

— Serait-il possible que, lors de votre rencontre avec ces nymphes, l'une d'elles vous ait touché ? questionna-t-il, intrigué par cette rencontre.

— C'est exact. Elle a d'ailleurs ajouté, après ça, qu'elle venait de me faire un cadeau, mais j'ignore de quoi elle parlait.

— Alors, elle vous a offert le don de prémonition. Les Hyades ont le pouvoir de permettre les rêves prémonitoires. Elles devaient savoir que la magie noire nous rendait aveugles sur l'extérieur. En vous touchant, celle-ci vous a fait ce cadeau pour que vous puissiez savoir quand vos proches arriveraient parmi nous. Il semblerait que ce soit imminent. »

La nouvelle réjouit Marie. Elle commençait à se désespérer.

Jox pénétra dans la demeure à cet instant. Yzhi ne put lui cacher son enthousiasme. Leurs visages éclairés de joie l'intriguèrent.

« Qu'y a-t-il Maître ?
— Ils arrivent !
— Mais qui arrivent ?
— Ceux qui ont été choisis pour nous sauver ! Ils approchent et leur venue est pour bientôt. »

Marie laissa le Sage à son exaltation et quitta discrètement la maison sur pilotis. Peut-être parviendrait-il, en son absence, à communiquer un peu d'entrain à son disciple que rien n'égayait.
Le réveil avait été brusque et la tête lui tournait, mais elle ne pouvait résister au besoin impérieux de se tenir prête à accueillir ses proches. Elle se rendit aux portes et monta sur le chemin de ronde. Impatiente et pleine d'ennui, Marie attendit en scrutant l'horizon dans l'espoir d'y voir, bientôt, apparaître Lucie et José.

Embarqués sur le dos de Draco, José et Valandra profitaient du voyage. Les eaux calmes, ridées par les battements d'ailes, reflétaient les teintes alarmantes du ciel. Quelques créatures s'ébattaient à leurs côtés, insouciantes, accompagnant leur traversée. Le vent chaud leur semblait une caresse humide de pluie qui ne voulait plus cesser. Les embruns salés s'y ajoutaient pour les tremper davantage.
Draco, impassible, filait droit devant. Par instant, il montait plus haut afin d'éviter un écueil sur lequel les vagues venaient se briser. En

d'autres temps, il dut contourner un récif, scindant la mer, et quelques bancs de sable peuplés d'étranges créatures, ni humaines ni animales.

Comme la traversée touchait à sa fin, Draco déposa José et Valandra sur le rivage. La plage de sable argenté n'était plus. Leurs pieds foulaient désormais la grève de galets blancs. Les ronces et la forêt disparues, elles aussi, laissaient place aux broussailles sèches à quelques pas des eaux troublées par le ressac des vagues.
José et Valandra remercièrent leur monture et José se risqua à une caresse sur le front du dragon. La bête, plus docile que son apparence ne le suggérait, cligna des yeux de contentement.

Désormais, ils devaient achever à pied la distance les tenant encore éloignés de la Cité. Le littoral passé, ils gagnèrent enfin l'intérieur des terres tapissées d'une vaste prairie.

Au loin, José vit poindre une tourelle.

« La Cité n'est plus très loin, j'arrive déjà à l'apercevoir.

— Nous y serons, donc, dans quelques heures. Espérons que vos amies y soient aussi. »

Ils parcoururent alors la plaine, à grandes foulées, sans halte, impatients de trouver les sœurs et un abri sûr dans l'enceinte de la Cité. José, plus empressé, marchait toujours plus vite. Valandra, peinant dans les hautes herbes, raccourcit sa longue jupe pour se mettre à courir dans ses pas. José n'en remarqua rien, focalisé sur les retrouvailles.

Les maux de tête de Marie s'amplifiaient à mesure que le temps s'écoulait. Le regard perdu vers la plaine, elle attendait, ne sachant où regarder, ignorant où se trouvait la Mer fermée qui lui amènerait José, et par quel côté viendrait Lucie. Se dessinèrent alors, au loin, deux formes mouvantes semblant avancer dans sa direction. À cette distance, il lui était impossible de les distinguer nettement pour en deviner l'identité, mais il ne s'agissait nullement d'animaux ni de créatures inhumaines. Le cœur battant plus fort, la douleur de ses tempes

s'intensifia à chaque pas supplémentaires des voyageurs incroyablement rapides.
Lorsqu'ils furent suffisamment proches pour lui permettre de distinguer leur silhouette, une jeune femme accompagnée d'un jeune homme grand et fort, portant une lourde épée sur l'épaule, lui apparurent. Plus aucun doute ne subsistait. Ses proches la retrouvaient enfin.

« Les voilà ! Ce sont eux. Ils m'ont retrouvé ! » se murmura-t-elle, soulagée et émue.

Tandis qu'elle s'apprêtait, déjà, à dévaler les marches du mirador, les sentinelles se mirent à crier.

« Un dragon ! Un dragon arrive ! »

Elle reprit alors position au poste de garde pour observer. La femme accompagnant José s'avérait donc être une autre que sa sœur. Les Grées étaient peut-être de vieilles folles aveugles, mais leurs visions s'étaient montrées très claires.

La visite inattendue du reptile ailé amorça un moment de panique parmi les gardes ignorants.

Les cris, entendus depuis la maison sur pilotis, interpellèrent Yzhi et Jox. Vivement, ils rejoignirent Marie, toujours sur le chemin de ronde. Les gardes, armés et prêts à lâcher leurs traits, tenaient la bête en joue de leur arbalète, attendant l'ordre d'Yzhi ou de Jox qui n'en firent rien. Yzhi fit un signe de la main les invitant à attendre et observa la scène.
Le dragon se posa dans la plaine. Voyant deux individus en place à califourchon sur son dos, les gardes retinrent encore leurs traits.

Leur dernière nuit peu reposante, Lucie et Widley se trouvaient endormis, épuisés, sur le dos de Kukun. Comme le dragon posait pattes dans l'herbe humide, la secousse les sortit de leur état de torpeur. Widley sauta le premier en bas de la monture, suivit de Lucie qui se laissa glisser le long de son énorme patte écailleuse.

« Je vous suis reconnaissante de votre aide précieuse, le remercia-t-elle ensuite.

— Tenez votre parole et c'est moi qui vous serai reconnaissant.»

Apercevant les arbalètes pointées en sa direction, Kukun ne s'attarda pas davantage dans la plaine. Il prit un peu d'élan afin de reprendre son envol et s'éloigna de la Cité puis de la plaine en direction de sa cascade.

Le premier duo poursuivait son approche, laissant derrière eux le sillon de leur passage. Marie ne tarda pas à reconnaître José suivit d'une belle jeune femme à la toison d'ébène. La jeune fille à dos de dragon ne pouvait être, alors, que Lucie escortée d'un charmant jeune homme.

José modéra ses pas, permettant ainsi à Valandra de le rejoindre au pas de course et ainsi finir la traversée côte à côte.

Les conseils avisés d'Yzhi, inspirés des présages des Grées, faisaient leurs preuves. Marie ne regrettait nullement de les avoir suivis. Sans attendre un instant de plus, elle se précipita vers l'escalier pour en dévaler toutes les marches.

« Que faites-vous ? » l'interpella Jox.

Quand bien même tenterait-il de l'arrêter, de la raisonner, fort impatiente, Marie ne prit pas la peine de lui répondre.

Empruntant l'escalier quatre à quatre, sautant les dernières marches, elle se précipita vers la porte massive.

Sur ordre du Sage, les gardes l'ouvrirent, l'autorisant ainsi à gagner la plaine.

« Faites preuve de prudence. » lui recommanda-t-il avant qu'elle n'en passe le seuil.

José s'arrêta à quelques pieds des remparts pour y attendre Lucie. Abandonnant Widley, elle courut vers lui et lui sauta au cou. Naturellement dans la retenue, José lui tapota le dos pour toute démonstration affective. Ils avancèrent alors ensemble vers Marie qui se précipitait pour les rejoindre en dépit des dangers encourus à l'extérieur des remparts de la Cité.

Une fois rejoints, elle les étreignit vigoureusement, ignorant la présence de leurs compagnons de pèlerinage.

Marie s'était cru condamnée à demeurer prisonnière de la Cité tandis que José et Lucie pensèrent ne jamais y parvenir. Ils s'étaient imaginés n'y revoir que l'un d'entre eux. Se retrouver tous trois réunis s'avérait donc inespéré.

Le cœur à nouveau allègre et confiant, chacun oublia les mésaventures qui les menèrent à douter de ces retrouvailles, tout au long de leur périlleux voyage et leur interminable attente.

L'euphorie les envahissant, ils se tordirent d'une crise de rires hilares. Widley et Valandra, observateurs, redoutaient de les voir perdre la raison.

Les chaleureuses embrassades prirent fin avec les rires. José se montrait fort désireux de leur conter ses mésaventures.

« J'ai fait quelques mauvaises rencontres depuis mon arrivée dans ce monde, mais vous n'allez jamais croire ce que j'ai trouvé sur mon chemin et vous me croirez encore moins quand je vous dirai ce que ce médaillon peut faire !

— Des monstres ! Tu as rencontré des monstres ! coupa Marie, déjà affranchie de la nature des êtres parcourant les chemins du Troisième Monde.

— Et le médaillon te donne certains pouvoirs ! ajouta Lucie, tout autant informée des propriétés de l'amulette.

— Quoi ? Vous aussi ?

— Je pense qu'on a tous reçu une partie des pouvoirs du médaillon. Pour ma part, j'ai hérité du Savoir, la Connaissance absolue.

— Et moi, j'ai hérité de sa partie magique. Quant aux monstres, j'en ai rencontré un peu trop à mon goût. Et toi José ?

— Le médaillon a bien fait les choses en me léguant la Force physique. Il me permet aussi de manier les armes comme personne ! »

José fit alors virevolter son épée aux fins de leur démontrer ses nouveaux talents. Fier des dons reçus, chacun venta les mérites de ses nouveaux pouvoirs.

« En ce qui me concerne, commença Marie, à l'abri dans la Cité, je pense avoir fait moins de rencontres déplaisantes que vous si ce n'est... »

Parcourut d'un frisson, elle ne put achever sa phrase. Le souvenir du Loup démoniaque se rappela à sa mémoire.

« Ça va ? s'enquit Lucie.
— T'es toute pâle tout d'un coup ! s'inquiéta José
— C'est que...balbutia-t-elle, l'oeil humide, peinant à trouver les mots justes. Il y en a un qui...qui n'a rien de commun avec les autres...Il a quelque chose de bien plus effrayant... »

Lucie avait fait l'expérience de cette rencontre traumatisante et côtoyé de bien plus près que n'importe lequel d'entre eux. L'expression de terreur se dessinant sur le visage de sa sœur, elle ne la connaissait que trop et su, dès ses premiers mots, quel monstre la provoquait.

« Fenhrir ! »

Ce nom imposa le silence. Bien qu'il lui fût encore inconnu, José perçut dans le regard de ses cousines toute la dangerosité de l'être, sans doute celui annoncé par Calchas.
Une peur terrible les consumait. Tous redoutaient le moment, le savaient-ils inévitable, où ils croiseraient à nouveau Fenhrir, où ils devraient s'interdire de fuir face à lui pour l'affronter, bel et bien.
Seul José, soustrait in extremis au face à face avec le monstre, ignorait encore la menace qu'il représentait réellement.

« Vous vous souvenez des yeux rouges qui se trouvaient sur le coffret ? Je les ai revus ici, expliqua-t-il. Ce sont les siens n'est-ce pas ?
— Moi aussi, je les ai reconnus. Il est terrifiant. J'ai eu l'occasion de le voir à l'œuvre et, croyez-moi, il est sans pitié. Il a déjà fait une victime innocente depuis notre arrivée.
— Ceux qu'il veut, c'est nous et il n'hésitera pas à tuer tous ceux qui lui barreront la route, confia Marie. En tout cas, maintenant on sait à quoi s'attendre. On n'est en sécurité nulle part !
— Espérons seulement que les menaces ne soient pas trop nombreuses par ici, aspira José. »

Valandra et Widley, restés volontairement en retrait afin de les laisser profiter de leurs retrouvailles, ne se sentaient pas sereins. Trop de menaces suivaient les traces des Élus et il leur paraissait imprudent de se tenir ainsi à découvert trop longtemps.

« Vous aurez tout le temps de vous raconter vos aventures, s'immisça Valandra. Je pense qu'il serait prudent de gagner la Cité au plus vite. »

Obéissant à la raison, les cinq voyageurs pressèrent le pas en direction de la ville fortifiée tout en conversant.

« Vous avez de la chance, vous avez rencontré des compagnons de route très sympathiques. J'ai dû supporter un enquiquineur rabat-joie très méfiant.

— Tu semblais nous attendre, perchée sur les remparts. Comment as-tu su qu'on allait venir ici ? interrogea Lucie.

— J'ai eu l'info par trois vieilles sorcières qui se partageaient un œil et une dent ! »

José et Lucie la dévisagèrent en grimaçant.
Leurs instructifs échanges durent en rester là, interrompus par quelques bourrasques soufflant brusquement.

« Je crois qu'une tempête se prépare ! annonça gravement Lucie.

— Ça ne présage rien de bon, les filles !

— On ferait bien de se mettre rapidement à l'abri. »

Ils n'en eurent pas le temps. À l'ouest des portes de la Cité, un étrange individu fit son apparition, portant avec lui les mystères de sa présence. Ne l'ayant vu arriver, nul d'entre eux ne se trouvait en mesure d'affirmer d'où il venait ni comment il était parvenu à eux.

Remerciements

Je suis reconnaissante envers toutes les personnes qui m'ont aidé à porter mon projet d'écriture jusqu'à ce qu'il voie le jour.

A ma moitié, Maxime, mon soutien du quotidien, mon partenaire de vie dont les encouragements et la fierté me portent toujours plus loin dans mes espoirs, merci d'avoir foi en moi.

A ma mère, Martine, mon père Jean-Marie et mes sœurs Audrey et Stephanie, merci pour votre indéfectible soutien.

A mes proches, David Sergeant, Maryse Berlan et Joël Renard, merci pour vos précieux encouragements.

A mes collègues et amis,

Sonia Bailly, Manon Delfosse, Aurélie Lavenu, Angélique Fastré, mes premières lectrices et supportrices, merci pour votre amitié et merci d'y croire autant que moi et parfois bien plus.

Fabrice Marquis, Elisabeth Bussignies, Daniel Bourla, Jérôme Comyn, Audrey Hugé, Ludivine Drache, merci de porter un si vif intérêt à ma réussite et de m'apporter votre soutien,

Aurélie Descamps, Guillaume Decherf, Lorina Billiet, Jérôme Cauhet, Céline Wallerand, Romain Closse, Steven Dusart, Pierre-Yves Béna, Nina Faure, Gwladys GB et Sylviane Vroome, merci de garder un œil bienveillant sur ma passion et de répondre présents malgré les longues séparations.

Mais aussi, à tout ceux qui m'ont soutenu et ont cru en mon projet quand ils me connaissaient à peine et ne m'ont découverte qu'à travers mon écriture,

Angélique Levan Boelen, Jeremy Dejonckeere, Thomas Rodriguez, Doriane Piperaud, Xavier Dorlencourt, Claire Blondel, Fabienne Perrot et Julianne Prevost, merci de votre soutien et de votre investissement.

Et enfin, merci à tous ceux qui ont souhaité conserver humblement l'anonymat et que je n'ai pu citer ici mais qui ont tout autant joué un grand rôle dans la réalisation de mes rêves d'écrivain.

Editeur :
Aurore Dapsence – 15, rue Jean-Baptiste Moniez – 59141 IWUY

Illustration couverture :
Fabrice BREMME

Dépôt légal : Juillet 2016

numérique

Impression & brochage - France
Numéro d'impression : N18372191009 - Achevé d'imprimer : Octobre 2019

IMPRIM'VERT®